Einfach
gönn
Entspannen

JUDITH PINNOW, geboren 1973 in Tübingen, besuchte die Schauspielschule in Ulm und studierte am Lee Strasberg Theatre Institute in New York. Als Schauspielerin war sie in Fernsehserien und in Filmen zu sehen. Bekannt wurde sie als Fernsehmoderatorin. Mit ihrem Ehemann und Kollegen Stefan Pinnow und ihren drei Kindern lebt die Autorin in Schwerin.

Von Judith Pinnow sind in unserem Hause außerdem erschienen:
Rendezvous in zehn Jahren

JUDITH PINNOW

DEIN HERZ IN TAUSEND WORTEN

Eine Liebesgeschichte in Notting Hill

Ullstein

Besuchen Sie uns im Internet:
www.ullstein.de

Originalausgabe im Ullstein Taschenbuch
1. Auflage Juli 2021
© Ullstein Buchverlage GmbH, Berlin 2021
Umschlaggestaltung: Sabine Kwauka
Titelabbildung: © Sorbis / shutterstock (Paar);
© woodhouse / shutterstock (Blumen)
Gesetzt aus der Quadraat Pro powered by pepyrus.com
Druck und Bindearbeiten: CPI books GmbH, Leck
ISBN 978-3-548-06297-6

Der Raum des Vergessens

Die U-Bahn rast in den Tunnel. Angstfrei stürzt sie sich in das enge schwarze Loch, ohne ihre Geschwindigkeit auch nur ein bisschen zu verringern. Gleichgültig hält sie an Bahnhöfen, spuckt einen Schwall Menschen aus, um gleich darauf andere aufzusaugen. Wenn ich von meinem Manuskript aufblicke und aus Versehen aus dem Fenster schaue, gucken mich große, erschrockene grüne Augen an. Ich weiß nicht, warum mein Spiegelbild in der Scheibe immer diesen Ausdruck hat. Niemand auf der Welt hat Angst vor seinen eigenen Augen, sage ich mir und lese weiter.

Ab und zu fällt mir auf, wie schlecht die Luft hier in den Waggons ist. Beinahe fünf Millionen Menschen nutzen jeden Tag die Londoner U-Bahn, und ich bin einer von ihnen. Ich wohne in einem Vorort von London. Um zur Arbeit zu kommen, nehme ich den Bus und steige in Epping in die *Tube*, wie die U-Bahn liebevoll von den Briten genannt wird. Es ist die erste Station, weshalb ich immer einen Sitzplatz bekomme. Ich quetsche mich in eine Ecke, um nur einen Sitznachbarn zu haben, und lese. Mein Manuskript verstecke ich in einer Wohnzeitschrift, die inzwischen schon einige Jahre alt ist. Bisher hat das keiner bemerkt. Die Menschen sind immer mit sich selbst beschäftigt.

Das mag ich sehr an London, man lässt sich in Ruhe. Man spricht den anderen nicht an. Jeder in der *Tube* ist in seiner ganz persönlichen Blase. Viele haben Kopfhörer in den Ohren. Sie lesen, schlafen oder starren in die Gegend. Synchron wackeln alle, wenn der Zug hält und wenn er wieder anfährt. Manchmal denke ich, es ist wie ein gemeinsamer Tanz.

Alles in allem brauche ich über anderthalb Stunden, um die Haltestelle Notting Hill Gate zu erreichen. Ich werde mit dem Menschenstrom an die Oberfläche gespült und betrete eine ganz andere Welt. Londoner Vororte sind grau. Notting Hill ist bunt. An manchen Tagen schreien einen die Farben geradezu an.

Obwohl ich seit vier Jahren hier in der Gegend arbeite, habe ich immer noch das Gefühl, durch eine Filmkulisse zu laufen. Plattenläden wechseln sich mit Vintage- und Einrichtungsläden ab. Alles hat genau die richtige Größe. Alles stimmt. Nie habe ich so perfekte Blautöne gesehen an den Ladenfronten und so unglaublich passende Blumen in den Kästen davor. Als ob sie genau wüssten, dass sie in Notting Hill stehen, leisten sie sich keinen schiefen Wuchs, keine vertrockneten Blätter.

Aber vielleicht kommt nachts auch einfach eine Armee an Gärtnern und tauscht die verblühten, schief gewachsenen gegen perfekte neue aus.

Wenn ich könnte, würde ich die alten retten, so wie ich die Geschichten rette.

Ich gehöre nicht hierhin, genau wie die schiefen Blumen. Trotzdem ist es schön, durch diese Welt zu gehen. George Orwell hat hier gelebt, Jimi Hendrix ist hier gestorben.

Meine Schritte sind beschwingter, wenn ich durch die Portobello Road laufe. Manchmal nehme ich einen Umweg über eine Seitenstraße, um an dem Gewürzladen vorbeizukommen. Wenn man sich nähert, riecht es zuerst nach Curry, und dann glaubt man plötzlich, alles auf einmal zu riechen. Den Chickensalat meiner Oma, die Paella, die ich mal in Spanien am Meer gegessen habe, obwohl ich sie nicht mochte, ein Essen bei einer Freundin zu Hause, als wir noch in die Vorschule gingen. Am Gewürzladen vorbeizugehen, ist eine Zeitreise.

Wenn sich die Nase erholt hat, kommt der verrückte Schuhladen. Ich habe mich noch nie getraut hineinzugehen, aber ich gucke mir immer die Schuhe im Schaufenster an. Jedes Mal stehen andere drin. Heute sind es rote hohe Plateauschuhe, daneben flache plüschige mit Fell und niedliche mit Spitze und Schleifen. Sofort habe ich Geschichten und Menschen dazu im Kopf und weiß genau, wer welche Schuhe tragen würde.

Manchmal stelle ich mir auch vor, wie es wäre, den Laden zu betreten und ein Paar anzuprobieren. Ein ganz verrücktes Paar, das mit dem Kunstrasen und den Plastikblumen dran vielleicht. Ich würde es kaufen und mir zu Hause an einen besonderen Platz stellen, um es jeden Tag anzuschauen.

Man braucht besondere Füße, um solche Schuhe zu tragen. Füße, wie sie die Heldinnen in den Manuskripten haben, die ich ständig lese.

Ich reiße mich los und eile weiter. Ich werde wieder zu spät kommen. Die Zeit ist etwas Abstraktes für mich. Ich kann nicht begreifen, wieso eine Stunde mal unendlich lang ist und dann wieder wie im Flug vorbezieht. Die Minuten kommen mir manchmal so schnell abhanden wie Wassertropfen, die an einer Scheibe heruntergleiten.

Ich jogge die Stufen hoch und stemme die schwere Tür auf, die weiß gestrichen ist, in schönem Kontrast zu dem pinkfarbenen Haus.

Ich liebe diese Farbe. Man kann eigentlich nicht länger traurig sein, wenn man das Verlagshaus sieht. Es strahlt einen an mit seinem Pink, und man muss unwillkürlich zurückstrahlen.

Ich habe mich bei *Anderson & Jones* beworben, weil der Verleger ein Faible für romantische Romane hat, so wie ich.

Heimlich hatte ich gehofft, jemand würde meine Liebe für Geschichten entdecken. Ich stellte mir vor, jemand würde sagen: »Millie hat das gewisse Etwas. Sie ist wie ein Trüffelschwein für gute Geschichten. Wir sollten sie unbedingt zur Lektorin machen. Wie gut, dass sie da ist und wir gerade eine neue Lektorin brauchen!«

Natürlich ist das nie passiert. Ich bin nichts weiter als eine Bürohilfe, ein Mädchen für alles. Ich koordiniere die Termine für den Verleger, Mr Anderson. Das alleine ist aber nicht wirklich viel Arbeit, da er seit Jahren mit denselben Leuten arbeitet. Also mach ich auch alles andere, was noch so anfällt. Ich kopiere, koche Kaffee, räume die Spülmaschine in der kleinen Küche ein und aus, gehe einkaufen und staube die Bücherregale ab, weil das die Putzfrau immer vergisst. Ich finde, Bücher haben es nicht verdient, staubig zu sein. Dann habe ich noch diesen einen besonderen Job, bei dem sich die Härchen an meinen Armen vor Aufregung aufstellen.

Offiziell heißt es, ich soll den Dachboden aufräumen. Auf den Dachboden kommen alle alten Papiere, die kein Mensch mehr braucht, die aber auch keiner aussortieren will, denn das würde ja Zeit kosten. Also bringt hier jeder im Verlag in unregelmäßigen Abständen sein überflüssiges Papier in kleinen grauen Kartons ohne Deckel nach oben auf den Dachboden.

Aus den Augen, aus dem Sinn. Sollte man dann doch mal etwas vermissen, ist es ja noch da, irgendwo in den Untiefen unterm Dach.

Irgendwann war der kleine Raum voll, und ich hatte eine neue Aufgabe.

Zuerst habe ich mich nicht darum gerissen, bis ich die Schätze entdeckt habe.

Mrs Crane wirft mir ihren tadelnden Blick über ihre Brille hinweg zu, als ich um zehn nach neun an ihrem Pult vorbeilaufe. Ich grüße sie leise. Sie nickt nur und wendet sich wieder ihrem Computerbildschirm zu.

Ich vermute, dass sie ihre Brille nur trägt, um über die Gläser zu linsen. In diesem Blick liegt so ein großer Vorwurf, den könnte man mit Worten überhaupt nicht ausdrücken.

Mrs Crane sitzt an der Rezeption des kleinen Verlags, in dem ich arbeite. Niemand weiß, was genau sie eigentlich macht, denn es kommt nur sehr selten jemand zu Besuch. Sie sitzt am Computer, hat alle Termine im Griff und wirkt immer sehr beschäftigt und streng. Eigentlich mache ich alle Termine für Mr Anderson und schicke Mrs Crane nur die Liste weiter. Trotzdem tut sie so, als sei sie unendlich unentbehrlich.

An Mrs Crane müssen nicht nur die Besucher, sondern auch alle, die hier arbeiten, vorbei. Vermutlich ist das ihre eigentliche Funktion. Sie gibt einem direkt beim Reinkommen das Gefühl, man sollte sich hier lieber keinen Fehler erlauben.

Alterslos sitzt sie da, die Haare hochgesteckt. Sie trägt immer dunkelroten Lippenstift, der nie verwischt. Ich habe sie allerdings auch noch nie etwas essen oder trinken sehen. Mrs Crane ist der Grund, warum ich jeden Abend Herzklopfen habe und den Impuls unterdrücken muss, meine große Umhängetasche fest an mich zu pressen, wenn ich an ihr vorbeigehe. Jedes Mal befürchte ich, sie könnte etwas merken und mit ihrem strengen Blick durch meine geschlossene Tasche mein Geheimnis sehen.

Hinter ihrem weißen Pult geht man ein paar Steinstufen hoch und kommt durch eine Tür auf die Lektoratsetage. Sie sind der

Motor unseres Verlags. Sie entscheiden, ob ein Manuskript veröffentlicht wird oder nicht. Sie geben den Geschichten den entscheidenden Schliff. Sie haben den Blick von außen, sehen das, was die Autoren nicht mehr sehen können. Bevor ich hier anfing, stellte ich mir vor, dass jeder Lektor einen Zauberstab besitzt, mit dem er Seite für Seite auf das Geschriebene tippt und die Geschichte so besser und schöner macht.

Wenn ich durch die stets geöffneten Bürotüren schaue, sitzt jeder vor seinem Bildschirm und schüttet Unmengen Kaffee in sich hinein. Das Zaubern ist eine mühsame Arbeit, die lange dauert. Ich bewundere die drei. Sie sind das Bindeglied zu den Autoren.

Von den Autoren wird meist ohne Namen gesprochen. »Mein Autor will das und das, mein Autor meint, der Autor lässt fragen, ob«, heißt es. Sie sprechen über sie, als seien Autoren seltene, seltsame Tiere. Vermutlich sind sie das auch.

Menschen, die Geschichten schreiben, müssen doch anders sein.

So wie die, die sie lesen. Die Buchmenschen, die ich durch meinen Job kennengelernt habe, sind alle auf die ein oder andere Art sanftmütig. Manche verstecken es gut hinter ihrem robusten Auftreten.

Was ich so mitbekomme, ist es nicht immer leicht, die Autoren davon zu überzeugen, Zeilen zu ändern oder zu kürzen. Manchmal bekomme ich Teile eines Telefonats mit und höre, wie diplomatisch sie mit ihnen verhandeln müssen.

Ich könnte das nicht. Ich bin nicht besonders gut im Verhandeln oder überhaupt im Sprechen. Ich sage lieber nichts und beobachte.

Darin bin ich viel besser. Man könnte sagen, ich bin ein Beobachtungsprofi.

David mag zum Beispiel Kekse mit Kokosflocken obendrauf. Ich sorge dafür, dass er immer welche in der Kaffeeküche im Schrank findet.

Abbey trinkt nur Tee, also koche ich für sie zwei Kannen am Tag.

Rebecca ist die Lustigste und Lauteste von allen. Sie braucht deshalb sehr viel schwarzen Kaffee und Weingummis. Ich kaufe die ganz große Kilo-Tüte, die reicht so für eine Woche.

»Hallo, Millie«, schallt es nach und nach aus den Büros, als ich vorbeigehe. Meine Schritte lassen den Dielenboden unter mir knarzen. Niemand kann sich hier unauffällig durch den Flur bewegen, nicht einmal ich. Ich grüße zurück und gehe die geschwungene Treppe hoch in die nächste Etage. Die Treppe ist groß und einladend. Sie ist ganz und gar fehl am Platz in dem kleinen Verlagshaus. Sie würde eher in ein herrschaftliches Anwesen passen.

Oben ist deshalb auch nur noch Platz für zwei Räume: Mr Andersons Büro und die Kaffeeküche. Mr Andersons Büro ist dreimal so groß wie die kleinen Kammern, in denen die Lektoren sitzen. Die Kaffeeküche ist ein schmaler Raum ohne jeden Charme.

Rebecca, David und Abbey scheint das aber nicht zu stören, sie reihen sich gerne mit einer Tasse in der Hand hier auf und quatschen. Wenn ich danach die Küche betrete, wirkt sie ganz anders. Der fröhliche Austausch meiner Kollegen hängt noch in der Luft. Für ein paar Minuten bleibt die Atmosphäre positiv aufgeladen, bis sie wieder nur eine uncharmante schmale, lange Kaffeeküche ist.

Noch bevor ich meine Jacke und meine Tasche in dem hohen Schrank neben der Arbeitsfläche verstaue, räume ich die Spülmaschine aus, die ich gestern Abend angestellt hatte.

Ich habe kein eigenes Büro. Wenn Mr Anderson nicht da ist,

könnte ich mich an seinen Schreibtisch setzen. Er selbst hat mir das vorgeschlagen, aber ich kann das nicht tun. Ich finde, das ist ein Eingriff in seine Privatsphäre. Seine Energie wabert um den Computer herum, und sein Chaos sieht so laut aus.

Mr Anderson ist das komplette Gegenteil von Mrs Crane. Er ist unorganisiert, unrasiert. Seine Haare stehen in alle Richtungen. Seine Klamotten passen nicht zusammen. Er sieht jeden Morgen aus, als hätte er sich ein paar Sachen, die auf dem Boden lagen, zusammengesucht. Dafür ist er herzlich und leidenschaftlich. Er liebt die Bücher, die er verlegt, von ganzem Herzen, und mehr kann man von einem Verleger nicht erwarten, finde ich.

Außerdem akzeptiert er stillschweigend, dass ich Termine nur per Mail mit den Agenten ausmache und Autoren nur im Notfall kontaktiere, wenn wirklich kein anderer kann.

Ich telefoniere nicht gerne. Meine Stimme funktioniert dann nicht.

Und Autoren sind sowieso eine andere Liga. Ich habe anfangs einmal versucht, einem Autor in einer Mail mitzuteilen, dass Herr Anderson ihn gerne treffen würde. Ich habe diese Mail zwanzigmal umgeschrieben. Ich konnte sie nicht abschicken. Wie soll ich denn an jemanden schreiben, der schreibt?

»Ich kann das nicht«, hatte ich Herrn Anderson kleinlaut mitgeteilt.

Er hat einfach nur genickt und die Mail selbst geschrieben.

Herr Anderson hat den Verlag von seinem Vater geerbt. Sein Großvater hat ihn mit seinem Partner Jones gegründet. Das Verlagshaus gehört Mr Anderson. Es ist inzwischen viele Millionen wert, und wir wimmeln regelmäßig Immobilienhaie ab, die es kaufen wollen. Es wäre sicher eine vernünftige Entscheidung, das pinkfarbene Haus in dieser prominenten Gegend zu verkaufen.

Anderson & Jones macht seit einiger Zeit nur Verluste und könnte das Geld sehr gut gebrauchen.

Für Mr Anderson kommt ein Verkauf überhaupt nicht infrage. »Wir verkaufen doch nicht unser Herzstück!«, sagt er empört, wenn es ihm jemand vorschlägt.

Er hat recht. Hier in Notting Hill in dem schönen alten Haus zu arbeiten, erhebt uns alle. Mrs Crane vielleicht nicht, aber wer weiß das schon.

Mr Anderson ist heute Morgen noch nicht da, was nicht ungewöhnlich für ihn ist. Ich koche Kaffee und Tee und setze mich dann mit meinem Arbeits-Laptop auf die Treppe, die zum Dachboden führt.

Inzwischen haben sich alle daran gewöhnt, dass ich auf der Treppe arbeite. Es sieht vielleicht etwas seltsam aus, und ab und zu stelle ich mir vor, ich wäre Aschenputtel in einem Verlagshaus, aber tatsächlich fühle ich mich auf der Treppe sehr wohl. Sie ist der Zugang zu all den wunderbaren Dingen, die auf dem Dachboden, im Raum des Vergessens, wie ich ihn nenne, auf mich warten.

Als Mr Anderson schließlich kommt, bin ich mit den Mails für heute fertig. Ich habe unter anderem eine an den Literaturagenten Smith geschrieben. Ich weiß, dass Mr Smith ein dröhnendes Lachen hat. Man hört es sogar durch das Telefon, wenn Mr Anderson mit ihm spricht. Sein Lachen passt überhaupt nicht zu seinem Aussehen. Ich hatte ihn mir dick und mit Bart vorgestellt und war ganz erstaunt, als ein langer, dünner Mann ohne Bart und Haare sich als Mr Smith vorstellte.

Mr Anderson hatte ihn schnell zu sich hineingewinkt. Ich nehme an, dass er die große Unordnung in seinem Büro überhaupt nicht wahrnimmt. Er kauft gerne auf dem Markt und in den Läden hier in Notting Hill irgendwelche zweifelhaften Antiquitäten ein, die er dann zwischen Bücherstapeln und alten Zeitschriften aufstellt. Sein Büro sieht aus wie ein sehr unaufgeräumtes Museum. Die Putzfrau hat es aufgegeben, die Dinge bei ihm abzustauben.

Mr Anderson ist jeden Morgen aufs Neue erstaunt, mich zu sehen, jedenfalls wirkt er immer so.

»Ach, guten Morgen, Millie«, begrüßt er mich. Ich sehe nur die Hälfte von ihm, weil er eine Statue vor sich herträgt.

Ich springe auf und öffne ihm die Tür zu seinem Büro.

»Danke, äh, ja, danke«, sagt er und bugsiert das Kunstwerk in den vollen Raum. Hilflos schaut er sich um. Ich räume zwei ausgestopfte Hasen weg und stelle sie auf die kaputte Standuhr. Mr Anderson kann seine Statue jetzt in die frei gewordene Lücke stellen.

Beide stehen wir nebeneinander und betrachten sie.

Er dreht sie noch ein bisschen. Es ist der muskulöse Oberkörper eines jungen Mannes ohne Kopf, Arme und Beine. »Ich musste ihn einfach mitnehmen«, erklärt mir Mr Anderson mit leuchtenden Augen.

Er errät meinen Wunsch. »Fass ihn ruhig an. Ich finde, er lädt dazu ein, ihn anzufassen, meinst du nicht auch?«

Ich nicke fasziniert und lege vorsichtig meine Hand auf das Material, das aussieht wie massiver Marmor. Es fühlt sich wärmer an. Vermutlich ist es aus Gips geformt. Alle versuchen immer, etwas darzustellen, was sie eigentlich nicht sind. Selbst dieser Torso hier.

Ich fahre mit den Fingern über seine Muskeln. Er fühlt sich nicht so glatt an, wie er aussieht. Meine Fingerspitzen ertasten kleine Erhebungen.

»Wie soll ich ihn nennen?«

»Norman«, sage ich spontan. »Er sieht aus wie ein Norman.«

»Norman«, wiederholt Mr Anderson, »das passt!« Er nickt mir zu und wirft seine braune Ledertasche achtlos auf den vollen Schreibtisch.

Das ist das Signal für den Eistee. Ich gehe in die Küche, hole das große Glas, das speziell für ihn reserviert ist, aus dem Schrank und gieße es randvoll mit Eistee. Mr Anderson mag es so, und ich mag die Herausforderung, es so voll über den Flur in sein Büro zu balancieren.

Der Trick ist, sich mit der Flüssigkeit im Glas zu verbinden. Ein Glied in der Kette der Wassermoleküle zu werden. *Haltet euch aneinander fest*, denke ich, und die Teilchen tun, was ich denke.

Ich schaffe es auch heute, ohne einen Tropfen zu verschütten, das Glas sicher auf Mr Andersons Schreibtisch abzustellen. Er gräbt mir jedes Mal einen Platz frei. Dann schaut er zufrieden lächelnd auf das volle Glas und dreht sich auf seinem Schreibtischstuhl hin und her. Er hat schon den nächsten großen Gedanken im Kopf. Ich verlasse sein Büro und mache mich daran, die Küche etwas aufzuräumen und neuen Kaffee und Tee zu kochen.

In der Mittagspause gehen die Lektoren immer zusammen etwas essen. Anfangs haben sie mich jedes Mal gefragt, ob ich mitkomme, aber die Vorstellung, vor anderen zu essen und eventuell auch reden zu müssen, jagt mir Angst ein.

Inzwischen wissen sie, dass ich lieber alleine durch die Gegend laufe. Manchmal bleibe ich auch einfach als Einzige im Verlag zurück, setze mich auf die Treppe und höre zu, wie das alte Haus atmet.

Ich kann mich darin verlieren und werde eins mit allen Dingen, die jemals hier passiert sind. Den schönen und den traurigen.

Es ist gut, wenn dann nach und nach alle zurückkommen und

ihre Stimmen und das Knarzen ihrer Schritte mich aus meiner Melancholie holen.

Den schönsten Teil des Arbeitstages hebe ich mir meistens bis zum Schluss auf. Nachmittags haben alle genug Kaffee, Tee, Weingummis und Kekse, und ich kann unauffällig meine Tasche nehmen und die Treppe hoch zum Dachboden steigen. Ich halte mich dabei am Holzgeländer fest, das schwer und angenehm unter meiner aufgeregten Hand liegt.

Ich steige die 23 Stufen hoch bis zu der schlichten Tür, die man mit einem Schlüssel, der an einem Nagel an der Wand hängt, öffnen muss.

Ein wohliger Schauer erfasst mich, als ich die Tür aufstoße und den Raum vor mir sehe. Durch ein kleines Giebelfenster fällt Licht. Wenn die Abendsonne scheint, was heute nicht der Fall ist, kann man den Staub in der Luft tanzen sehen.

Ich bewege mich sicher zwischen den Papierstapeln. Das hier ist meine Welt. Hier gehöre ich hin. Ich setze mich im Schneidersitz auf den Boden und hebe einen grauen Karton auf meinen Schoß. Die Schatzsuche kann beginnen. Hier oben zwischen all den inzwischen unwichtig gewordenen Listen, Programmen und Notizzetteln liegen die abgelehnten Manuskripte. Manche werden nach Absprache von Agenten oder Autoren an uns geschickt, und dann gibt es noch die vielen »unverlangt eingesandten Manuskripte«.

Jede Woche gehen etwa zehn solcher Bücher bei uns ein. Meist von unbekannten Autoren und Menschen, die einfach gerne Geschichten schreiben und den Mut hatten, sie einzuschicken. Alle wurden von den Lektoren geprüft und als »nicht für unser Programm geeignet« eingestuft. Die Verfasser der Geschichten bekommen dann einen Formbrief, eine freundliche, wohlwollend formulierte Absage.

Die Dateien werden gelöscht und, falls sie in Papierform vorhanden sind, was leider immer seltener vorkommt, vernichtet. Beziehungsweise nicht wirklich vernichtet, sondern einfach hier im Raum des Vergessens geparkt.

Ich maße mir nicht an zu beurteilen, ob die Geschichten ein Recht auf Veröffentlichung gehabt hätten. Ich denke, Abbey, Rebecca und David machen einfach nur ihren Job. Ein Verlag kann nicht alle Manuskripte in gedruckte Bücher verwandeln. Aber für mich sind diese Geschichten, die es nicht geschafft haben, etwas Wunderbares.

Manche sind ungeschickt geschrieben, sodass man hören kann, wie der Autor nach Worten ringt. Einige sind sehr skurril bis zur Grenze der Unverständlichkeit. Salz- und Pfefferstreuer diskutieren zum Beispiel über aktive Sterbehilfe, und dann taucht plötzlich eine Banane im Superheldenkostüm auf und frisst sie.

Ich versuche nicht, alles zu verstehen, ich lese nur und staune. Am liebsten habe ich die rührseligen Geschichten. Die Autoren tragen manchmal zu dick auf, schwelgen in schwülstigen Wörtern, aber es steckt oft so viel Leidenschaft und Liebe darin, dass ich gar nicht aufhören kann, diese Geschichten zu sammeln.

Ich rette sie, die Manuskripte, die keiner wollte. Ich befreie sie aus dem Raum des Vergessens und erwecke sie zu neuem Leben, indem ich sie mitnehme und lese. Mein Bruder Felix hat mich mal gefragt, warum ich ausgerechnet die schrägen, die ungeschickten und die rührseligen Geschichten rette.

»Weil sie mich an mich selbst erinnern«, habe ich ihm geantwortet.

»Ach, Milliepanilli«, so nennt er mich seit der Kindheit. »Du bist nicht schräg, dich muss nur mal ein Prinz wachküssen.«

Felix ist der einzige Mensch auf der Welt, der mich wirklich versteht. Unsere Eltern sind früh gestorben, und Felix hat sich, obwohl er damals erst zwanzig war und ich sechzehn, nach ihrem Tod um mich gekümmert. Eigentlich tut er das heute noch, und manchmal nervt es mich, all seine besorgten Fragen zu beantworten.

Auf dem Dachboden lese ich nur kurz in die Manuskripte rein und wähle die schönsten und seltsamsten Geschichten, um sie in meiner großen Umhängetasche anschließend heimlich aus dem Verlag zu schmuggeln.

Die, die ich nicht mitnehme, verstaue ich in Kisten und reihe sie ordentlich an der Wand auf, damit sie eine neue Chance bekommen. Vielleicht entdeckt sie eines Tages noch jemand, der sie lesen mag, das wäre doch schön.

J. Abberwock

57 Minuten braucht die *Tube* von Notting Hill Gate bis Epping. 57 Minuten, in denen ich lesen kann. Auf dem Rückweg ist es schwieriger, einen Sitzplatz zu ergattern. Wenn ich keinen bekomme, wickle ich mich mit den Armen um eine Stange wie ein Koalabär um einen Stamm. So kann mich das Geruckel der Bahn nicht umwerfen.

Heute habe ich Glück und bekomme sofort einen Sitzplatz. Mit Herzklopfen packe ich das Manuskript aus, das mich schon im Raum des Vergessens neugierig gemacht hat. Es trägt den schönen Namen *Dein Herz in tausend Worten*. Dieser Titel wäre bei Abbey sofort durchgefallen. Sie mag nichts, was zu romantisch anmutet. Abbey hätte das sofort umgetextet in etwas Leichtes. *Immer diese Liebe* hätte sie es vielleicht genannt.

Der Autor heißt J. Abberwock. Ich lasse meine Wohnzeitschrift sinken und denke nach. Irgendwie kommt mir der Name bekannt vor.

Abberwock, Abberwock, klingt wie ... Jabberwock, natürlich!

Der Jabberwock ist eine Figur aus *Alice im Wunderland*. Er kommt in einem Gedicht vor, in dem die Hälfte der Wörter ausgedacht ist. Ich müsste es mal wieder lesen, es hatte mir damals so gut gefallen.

Wenn ich mich richtig erinnere, wird in dem Gedicht vor dem

Jabberwock gewarnt. Er ist ein drachenartiges Geschöpf mit Klauen und Zähnen.

Der Autor ist also ein Fan von *Alice im Wunderland*.

Ich starre aus dem Fenster und muss mir kurz vorstellen, wie der Jabberwock sich an die U-Bahn krallt. Ich sehe zotteliges Fell und Flügel, die wild schlagen.

Er hat grüne Augen, oder sind das meine? Ich schüttele den Kopf über mich selbst und beginne zu lesen.

Als ich hochschaue, ist um mich herum alles leer. Ich stelle fest, dass ich friere. Wo bin ich hier eigentlich? Erstaunt realisiere ich, dass ich an der Bushaltestelle in Epping sitze. Den Bus habe ich wohl verpasst. Vermutlich sogar mehrere Busse. Es dämmert bereits.

Ich erinnere mich dunkel daran, dass ich aus der Bahn ausgestiegen bin. Ich habe im Gehen weitergelesen und bin wohl hier gestrandet.

Es ist halb acht. Ich muss seit etwa zwei Stunden hier sitzen.

Ich strecke mich und schaue nach, wann der nächste Bus fährt.

Er kommt erst in 35 Minuten.

Bevor ich wieder in das Buch versinke, stelle ich mir eine Erinnerung auf meinem Handy ein, um nicht wieder den Bus zu verpassen. Ich kann mir selbst nicht trauen, denn diese Geschichte ist so berauschend und ergreifend, dass ich alles um mich herum vergesse.

Sie handelt von einem Mann, der in einem Café jobbt und eines Tages beim Saubermachen einen Liebesbrief unter dem Kühlschrank findet.

Er fragt eine Kundin, ob das ihrer sei, und so kommen sie ins Gespräch. Sie verlieben sich, und er schreibt ihr jeden Tag einen Liebesbrief, als Erinnerung an ihr Kennenlernen.

Die Geschichte ist wundervoll geschrieben, der Autor trifft genau den richtigen Ton. Ich sehe die beiden genau vor mir. Megan, mit ihren langen roten Haaren, und Jasper mit dem Grinsen eines großen Jungen.

Mein Handy klingelt. Der Bus kommt.

Irgendwie schaffe ich es nach Hause und lese dort direkt weiter. Ich falle in die Seiten, bin bei ihrem ersten Streit dabei und bei ihrer Versöhnung in der Dämmerung.

Leise legte sich die Nacht über uns, machte uns wieder zu Verbündeten. Mein Ärger fiel von mir ab und verwandelte sich in den Wunsch, sie zu berühren.

Ich bin er, und ich bin sie, zur selben Zeit. Ich lache, flirte, schlafe, küsse und ärgere mich mit ihnen, bis ich erschrocken die letzten Seiten lese. Mit zitternden Fingern blättere ich sie um und stürze ins Bodenlose.

Felix meldet sich verschlafen. Ich habe keine Ahnung, wie spät es ist.

»Milliepanilli«, sagt er mit rauer Stimme, »was ist los?«

Ich kann nicht sprechen, also schluchze ich in mein Handy.

»Geht es dir gut? Soll ich kommen?«, er klingt plötzlich hellwach.

»Nein«, schniefe ich, »ich habe nur etwas sehr Trauriges gelesen.«

Er lacht erleichtert. »Was hast du denn gelesen?«, fragt er sanft.

Ich erzähle ihm von der Liebesgeschichte. Wie Jasper am Ende seinen Traum aufgibt, Architektur zu studieren, um bei ihr zu sein und sie darin zu unterstützen, weiter Bilder zu malen.

»Sie haben diesen schrecklichen Streit, bei dem er ihr sagt, sie sei egoistisch und weltfremd, und dann ...«, mir kommen wieder die Tränen, »dann beschließt er, sich nicht an der Uni einzuschreiben und bei ihr in Cornwall zu bleiben, und er will sie treffen und ihr sagen, dass es ihm leidtut und er jetzt weiß, dass Malen sie glücklich macht und es genau das ist, was sie tun soll ...« Ich kann nicht weitersprechen.

Felix wartet geduldig eine Weile ab. »Und dann?«, fragt er, als mein Schluchzen leiser wird.

»Sie stirbt bei einem Autounfall. Sie nimmt eine Kurve zu schnell und fliegt mit ihrem Auto über die Klippen«, sage ich tonlos.

Felix schweigt. Ich weine. Er sagt nicht, dass das alles nur ein Buch ist. Er sagt nicht, ich soll mich nicht so anstellen.

Stattdessen sagt er: »Das tut mir leid, Millie, ehrlich. Endet es denn einfach so?«

»Ja, das ist die letzte Seite.«

»Aber die anderen Seiten waren schön? Hast du die Geschichte gerne gelesen?« Er holt mich sanft in die Realität zurück, wie das nur Brüder können.

Meine Tränen trocknen, als ich von den schönen Liebesbriefen erzähle, die er ihr jeden Tag geschrieben hat.

Irgendwann gähnt Felix laut und sagt, wir sollten jetzt beide noch ein paar Stunden schlafen.

Ich lege mich ins Bett und starre an die Decke. Ich muss ständig daran denken, wie Jasper sich jetzt fühlen muss. Kann man mit so einem Loch im Herzen überhaupt weiterleben? Ich lege meine Hand auf mein Herz und fühle das Loch, das Mama und Papa hinterlassen haben.

»Du schaffst das, Jasper, es geht«, flüstere ich durch die Nacht in eine andere Welt hinein.

Am nächsten Tag kommt mir alles lauter vor als sonst. Ich packe mir morgens das Manuskript in meine Tasche. Es ist ein gutes Gefühl, es bei mir zu haben.

Den ganzen Tag gehen mir Sätze aus dem Roman durch den Kopf. Ab und zu schleiche ich mit meiner Tasche auf die Toilette, schließe mich in eine Kabine ein und hole das Manuskript hervor. Ich streiche sanft mit den Fingern über den Titel und den Namen des Autors.

Dein Herz in tausend Worten von J. Abberwock

Der Autor hat seinen Namen kleiner gedruckt, so als würde es eigentlich keine Rolle spielen, von wem die Geschichte ist.

Ich suche die Sätze, an die ich mich erinnere. Ich lese sie langsam Wort für Wort.

Einige davon sind tröstlich, andere lustig und lebensfroh. Es sind Sätze, in die ich mich einhüllen möchte.

Ich spreche sie leise vor mich hin, während ich Kaffee koche.

Abends kommt Felix zum Essen. Ich koche gerne für ihn, weil es mir das Gefühl gibt, auch mal etwas für ihn tun zu können.

Er sitzt mir gegenüber, erzählt und gestikuliert dabei wild. Er bringt mich zum Lachen. Wie immer hat er ein paar neue Männergeschichten auf Lager. Ihm passieren immer die unglaublichsten Sachen. Anders als ich ist er ziemlich gut aussehend. Er hat die blauen Augen von unserer Mutter Lilith geerbt. Seine dunkelblonden Haare wellen sich leicht und stehen dadurch immer etwas in alle Richtungen ab, was ihm etwas Verwegenes gibt und Männern gut zu gefallen scheint.

Frauen natürlich auch, aber die haben ja sowieso keine Chance bei Felix. Frauen merken oft erst ziemlich spät, dass er schwul ist, was mich immer ziemlich amüsiert.

Für mich ist er einfach nur Felix, mein großer Bruder, der

mir immer alle Karamellbonbons weggegessen hat und der so schlimm pupsen kann, dass man sofort den Raum verlassen muss, wenn man nicht sterben will.

»Und er hat wirklich eine Katze zu dir mitgebracht? Warum hast du ihn überhaupt gleich nach Hause eingeladen?«, frage ich nach.

»Ich habe ihn ja überhaupt nicht eingeladen! Er kam einfach! Er hat meine Adresse rausgefunden und stand plötzlich mit einer seltsamen Tasche vor meiner Tür. Er kam rein, machte die Tasche auf, und diese Katze sprang in meine Wohnung. Sie sah mich an, fauchte und rannte unters Bett!«

Ich muss lachen. »Kein Wunder. Genau das hätte ich auch gemacht.«

Er tritt mich unterm Tisch mit seinen langen Beinen.

»Und was ist dann passiert?«

»Linus blieb, wir hatten einen schönen Abend mit allem Drum und Dran ...«

Ich winke ab. »Du musst das nicht ausführen.«

»Mach ich ja gar nicht, kleine Jungfrau Milliepanilli.«

Ich verdrehe die Augen. Ich hasse es, wenn er mich als Jungfrau bezeichnet. Selbst wenn ich eine bin. Aber das geht ihn wohl wirklich nichts an.

»Jedenfalls ging er dann ohne Katze, die lebt jetzt nämlich für immer unter meinem Bett«, fährt er fort.

»Nicht wirklich! Du hast die Katze immer noch unter deinem Bett?«

Felix nickt und nimmt einen Schluck aus seinem Glas. »Linus hat es nicht geschafft, sie hervorzulocken, und ich sowieso nicht. Er meinte, er holt sie heute am späten Abend ab. Bis dahin hat sie sicher Hunger und kommt raus.«

Gar nicht so doof, dieser Linus. Hat sich direkt einen Grund mitgebracht wiederzukommen. Ich weiß, dass er keine Chance bei Felix hat. Das haben nur wenige Kerle, und ich merke es immer gleich, wenn es mal so ist. Er redet dann anders von ihnen und macht immer eine winzige Pause vor ihrem Namen. Jemand anderem würde das vermutlich nicht auffallen, aber ich kann direkt in den ersten zwei Sätzen von ihm erkennen, ob ein Mann die Chance hat, sein Freund zu werden, oder nicht.

Die Katze tut mir leid. Es ist nicht richtig, dass sie jetzt ängstlich unter Felix' Bett sitzen muss.

Felix errät meine Gedanken. »Millie, der Katze geht es gut. Sobald ich die Wohnung verlasse, kommt sie doch raus und legt sich vermutlich in mein Bett. Ich habe ihr sogar etwas Lachs auf einem Teller hingestellt.«

Ich nicke beruhigt.

Ich finde es immer verrückt, was andere alles anstellen, um einen Mann oder eine Frau zu gewinnen. Ich frage mich manchmal, was ich tun würde. Ich weiß natürlich, dass ich aller Wahrscheinlichkeit nach gar nichts tun würde, aber wenn nun mein Leben davon abhängen würde?

Ich spüre, wie Felix mich beobachtet. Das tut er oft, wenn wir zusammen essen. Er behauptet, niemand auf der Welt würde Essen so genießen wie ich. Vielleicht stimmt das. Ein gutes Essen ist doch auch einfach etwas Herrliches! Ich liebe es, wenn sich verschiedene Geschmacksrichtungen treffen und zusammen einen ganz neuen Geschmack kreieren. Außerdem passiert beim Essen so viel auf einmal. Riechen, tasten, sehen, hören, so viele Sinne sind daran beteiligt, dass mir manchmal fast schwindelig wird vor Glück. Und Felix guckt sich das gerne an.

»Konntest du denn gestern noch ein bisschen schlafen?«, fragt er, als wir alles aufgegessen haben. Seine Augen nehmen einen besorgten Ausdruck an. So guckt er mich oft an, die kleine Schwester, sein Sorgenkind.

»Ja. Alles o. k. Ich war nur ... etwas durcheinander.«

Er lächelt. »Jetzt hast du wieder ein Schätzchen für deine Sammlung!« Er deutet auf meinen Apothekerschrank, in dem ich meine geretteten Geschichten normalerweise aufbewahre.

Ich lege den Kopf schief. Es fühlt sich nicht richtig an, den Roman von J. Abberwock zu den anderen in die Schublade zu legen. Aber ich werde Felix nicht sagen, dass ich das Manuskript mit mir herumtrage.

Vor dem Einschlafen lese ich wieder im Manuskript. Als ich müde werde, lege ich es mir unter mein Kopfkissen. Ich schlafe gut in dieser Nacht und träume von Megans wunderschönen Landschaftsbildern.

Am Wochenende schreibe ich ein paar Zeilen daraus ab, die ich besonders schön finde. Am darauffolgenden Montag wähle ich die Zeilen aus, die mich durch den Tag begleiten sollen.

Sie war schöner als der Ozean und intensiver als ein Frühlingstag. Wenn ich sie ansah, schien alles möglich. Ich hätte mir sogar zugetraut, plötzlich abzuheben und zu fliegen.

Ich nehme nur diese Zeilen mit und verstecke das Manuskript unter dem bunten Teppich im Wohnzimmer.

Ein Apriltag in Notting Hill kann wundervoll sein. Heute scheint die Sonne, und mit ihren Strahlen kitzelt sie die gute Laune aus uns zurückhaltenden Engländern heraus. Plötzlich nennt dich jeder Darling, und alle finden einen Grund, aus ihren Läden und

Häusern zu kommen. Tischdecken werden ausgeschüttelt, und Briefkästen werden geputzt.

In den Vorgärten wird gezupft und geschnitten. Alle sind ohne Jacken auf der Straße und krempeln voller Tatendrang die Ärmel hoch.

Der tägliche Markt auf der Portobello Road vibriert vor Lebensfreude.

Als ich bei dem Blumenhändler vorbeihusche, der immer eine Mütze trägt, auch im Sommer, drückt er mir plötzlich einen kleinen Strauß Vergissmeinnicht in die Hand.

»Für dich, Liebes«, sagt er.

Ich werde rot und finde keine Worte. Er lächelt freundlich und versteht mich auch ohne. Ich gehe mit heißem Kopf weiter und fühle mich für einen Moment nicht mehr unsichtbar und beinahe hübsch.

Ich stelle mir vor, ich wäre eine attraktive Frau, die von einem Mann geliebt wird, so wie Megan. *Schöner als der Ozean und intensiver als ein Frühlingstag.*

Meine schulterlangen Haare sind plötzlich richtig lang und bauschen sich wie eine leuchtende Wolke um mich herum. Ich trage keine Hosen mehr, sondern ein Kleid mit kleinen Blümchen drauf. Ich mache einen Umweg, um an dem Schuhladen vorbeizukommen. Das Schaufenster wurde neu dekoriert. Ich wähle hellblaue Riemchenschuhe, in deren Leder zarte Schmetterlinge geprägt sind.

Die Sonne wärmt meinen Rücken. Ich habe das Gefühl, mich aufzulösen und eins zu werden mit diesem Frühlingstag.

Ich hätte mir sogar zugetraut, abzuheben und zu fliegen.

Ich breite die Arme aus und hebe ab.

Mrs Crane kann ihre Fassungslosigkeit über mich nicht mehr mit

Blicken ausdrücken. Heute muss sie die Brille dazu sogar abnehmen. Sie starrt mich mit ihren braunen Augen an und fragt dann mit strenger Stimme: »Wo um Himmels willen sind Sie?«

»Hier«, sage ich überflüssigerweise mit kläglich sterbender Stimme und starre auf meine schwarzen Schuhe.

»Ja, das sehe ich. Aber wo waren Sie bitte in den letzten anderthalb Stunden?! Ich habe Sie drei Mal angerufen!« Zum Beweis, dass sie dazu in der Lage ist, hält sie mir den Telefonhörer hin und schaut böse auf meine Blumen.

Ich presse sie wortlos an meine Brust. Selbst wenn ich jetzt eine Stimme hätte, könnte ich ihr die Frage, wo ich war, nicht beantworten.

Ich bin doch bloß kurz am Schuhladen stehen geblieben.

Die Frage, wo ich war, wird mir noch einige Male gestellt. Heute ist Vertretersitzung, das hatte ich völlig vergessen. Es kommen zwar nur zwei Vertreter, die wir alle sehr gut kennen, Mr Stone und Mrs Welsh. Trotzdem ist der ganze Laden in heller Aufregung.

»Kaffee und Tee habe ich gekocht«, informiert mich Abbey atemlos. »Aber wir haben nichts, was wir zum Knabbern anbieten können.« Sie zeigt auf die leeren Schränke.

»Läuft die Sitzung schon?«

Abbey schaut auf ihre Armbanduhr. »In fünf Minuten.«

»Ich besorge schnell alles, in der ersten Pause sind Knabbereien da!«, verspreche ich und flitze los.

Auf den Treppenstufen fällt mir auf, dass ich die Blumen immer noch in der Hand halte. Sie brauchen dringend Wasser. Soll ich noch mal zurücklaufen und sie in ein Glas stellen?

Ratlos bleibe ich stehen.

»Nun geben Sie schon her!«, herrscht mich Mrs Crane hinter ihrem Pult an.

Ich weiß nicht, was sie meint. Mit einer unwirschen Bewegung deutet sie auf die Blumen in meiner Hand.

Zögernd reiche ich sie ihr.

Sie nimmt sie vorsichtiger, als ich ihr zugetraut hätte, und schüttelt den Kopf über den Zustand der Pflanzen, an dem ich schuld bin.

Ich möchte mich bedanken, aber sie scheucht mich mit einer Geste und einem kleinen fauchenden Geräusch zur Tür heraus.

Um meine Verspätung wiedergutzumachen, hole ich etwas Besseres als nur Knabbereien. Ich habe mal gehört, wie Mrs Welsh erwähnt hat, dass sie Egg Sandwiches liebt. Ich habe 1,5 Stunden, bis die erste Pause anfängt, das sollte reichen.

Ich zaubere kleine Schnittchen mit Eiersalat und noch ein paar klassische Sandwiches, die ich in vier kleine Teile schneide. Ich mag kleine Portionen, denn davon kann man viel mehr essen.

Als die erste Pause beginnt, ziehe ich mich zurück auf die Treppe und lasse die kleine Gruppe alleine das Büfett entdecken. Alle lachen und unterhalten sich, es scheint gut zu laufen.

Ich habe mich ganz weit oben hingesetzt, wo mich keiner sehen kann. Auf meinen Knien balanciere ich einen Teller, den ich mir mit Essen gesichert habe. Ich beiße glücklich in mein Egg Sandwich. Eigentlich wollte ich es mir bis zum Schluss aufheben und erst die normalen Sandwichstücke essen, aber das schaffe ich einfach nicht.

Eine Weile versinke ich komplett im Genuss.

Es ist schön, hier oben versteckt auf der Treppe zu sitzen. Ich komme mir vor wie früher, als Felix und ich noch Kinder waren und manchmal oben auf der Treppe saßen, wenn wir eigentlich schon im Bett liegen sollten.

Unsere Eltern sahen unten fern. Auf der Treppe konnten wir

29

alles hören und, wenn wir uns gefährlich weit nach vorne beugten, sogar etwas sehen.

Viel zu schnell geht mein Sandwichvorrat zur Neige.

Ob am Büfett etwas übrig bleibt? Ich lausche. Ein Gewirr aus Stimmen schallt zu mir hoch. Ab und zu höre ich Rebeccas lautes Lachen heraus.

Zweimal im Jahr stellt der Verlag den Vertretern sein Programm vor. Alle neuen Bücher werden von den Lektoren präsentiert.

Rebecca meistert diese Aufgabe immer am besten. Sie ist lustig und pointiert. Mit ihrer Lebendigkeit bringt sie richtig Schwung in die Gruppe, deshalb fängt sie auch meistens an, um das Eis etwas zu brechen.

David trägt ruhig und etwas langweilig vor. Bei ihm gibt es keine Höhen und Tiefen. Man könnte den Eindruck gewinnen, er macht das jeden Tag und findet nichts dabei.

Ich habe aber gesehen, wie er, während er sein Buch vorstellt, seinen rechten Fuß seltsam vom Körper abspreizt. Das macht er nur, wenn er vortragen muss, also zweimal im Jahr. Die anderen 363 Tage im Jahr ist sein rechter Fuß normal.

Abbey tut mir immer leid. Sie ist furchtbar nervös, schwitzt und verhaspelt sich ständig. Alle machen immer ein besonders freundliches Gesicht, wenn sie vor die Gruppe tritt, um sie etwas aufzumuntern. Man hat zwischendurch ein bisschen Angst, sie könnte anfangen zu weinen. Bisher hat sie es aber jedes Mal geschafft, und ich bin sehr stolz auf sie. Ich könnte das niemals. Ob es Lektoren gibt, die sich weigern, ihre Bücher vorzustellen? Kann man das? Vielleicht, wenn man ein besonders toller Lektor ist. Eine Art Bestsellerlektor.

Anderson & Jones hatte lange keinen Bestseller mehr, was schade ist. Bestsellerautoren kommen ja manchmal auch zu einer

Vertretersitzung. Ich könnte dann heimlich hinten im Türrahmen stehen, wie ich das manchmal mache, und ihm zusehen.

Ich finde es sehr spannend, Autoren persönlich zu sehen. Wenn man ein Buch liest, hat man eine Vorstellung von dem Menschen, der es geschrieben hat. Man weiß schon so viel von ihm. Mir ist natürlich klar, dass Autoren sich ihre Geschichten ausdenken. Sie können über dicke Menschen schreiben, auch wenn sie selber dünn sind. Sie können fröhliche Menschen sein und eine tieftraurige Geschichte schreiben. Und doch verraten sie viel von sich selbst in ihren Büchern. Es steht zwischen den Zeilen, es ist ein Grundgefühl, das in jedem Satz mitschwingt. So wie der abgespreizte Fuß von David. Während in der Küche das Büfett geplündert wird, stelle ich mir oben auf der Treppe vor, wie J. Abberwock wohl aussieht.

Es gelingt mir nicht.

Mrs Crane reicht mir wortlos mein Blumensträußchen über das Pult, als ich den Verlag abends verlasse. Sie hat mit einem feuchten Tuch und einer Plastiktüte drum herum dafür gesorgt, dass sie auf dem langen Weg nach Hause gut versorgt sind.

Ich flüstere ein Danke, aber sie schaut mich nicht mehr an und hackt stattdessen auf ihre Tastatur ein.

Hase in Not

Der nächste Tag ist das komplette Gegenteil von gestern. Der Wind reißt an meiner Jacke und an meinen Haaren. Auf dem Weg in den Verlag werde ich so nass, als hätte ich mich einmal angezogen unter die Dusche gestellt.

Mrs Crane schenkt mir ihren klassischen Brillenblick und wirft mir dann wortlos einen Putzlappen hin, mit dem ich versuche, die nassen Flecken vom Boden aufzuwischen. Es gelingt mir nicht wirklich, weil jede Bewegung von mir neue nasse Stellen auf den Fliesen verursacht.

Sie scheucht mich schließlich mit ihrem Fauchgeräusch weg. Ich weiß nicht, was ich mit dem nassen Lappen tun soll. Ihn ihr über das Pult zu reichen, kommt mir unhöflich vor, also lege ich ihn vor die Tür, sodass sich der Nächste an ihm die Füße abputzen kann.

»Kinder, ist das ein Wetter!« Mr Anderson kommt herein und schüttelt seinen nassen Schirm aus. Tausend Wassertropfen spritzen auf den Boden. Schwungvoll läuft er mit seinen schmutzigen Schuhen durch und hinterlässt braune Flecken überall.

Ich traue mich nicht, Mrs Crane anzuschauen, und laufe ihm schnell hinterher. Ich möchte nicht erleben, wie sie sich in einen Drachen verwandelt, der mich mit einem Feuerstrahl versengt, weil ich sicher schuld bin, dass der Chef so gedankenlos ist.

Ich folge Mr Anderson in sein Büro, warte, bis er seine Tasche auf den Schreibtisch wirft und den nassen Schirm gleich dazu. Mein Stichwort, um ihm sein volles Glas Eistee zu liefern.

Norman, ohne Kopf, zwinkert mir zu. Keine Ahnung, wie er das schafft.

Er ist offensichtlich beeindruckt von meiner Kunst, ein volles Glas zu balancieren.

Mr Anderson erzählt von der Sitzung gestern, wie gut das Programm ankam und dass er sich sicher ist, diesmal schwarze Zahlen zu schreiben.

Ich stehe tropfend neben seinem Schreibtisch. Meine nasse Hose klebt an mir. Ich wünschte, ich würde Schirme nicht immer überall verlieren, dann hätte ich heute Morgen auch einen gehabt. Mr Anderson sieht nicht so nass aus wie ich.

»Wir haben richtig starke Titel, Millie, richtig stark!«, er schaukelt zufrieden auf seinem Schreibtischstuhl herum. Mit keinem Wort erwähnt er die Egg Sandwiches oder meine Verspätung gestern. Solche Dinge sind für Mr Anderson nicht wichtig.

Ich nicke bestätigend und lasse ihn in seinem Chaos alleine.

»Deine Sandwiches!« Rebecca hält mich am Arm fest, was mich erschreckt. Ich versuche gerade, mir die Haare mit einem Küchenhandtuch etwas zu trocknen. Sie verdreht die Augen nach oben und sieht mich schmachtend an. Sie hat immer so viel Mimik im Gesicht wie sonst niemand, den ich kenne, als hätte sie beschlossen, all ihre fünfzig Gesichtsmuskeln jeden Tag zu trainieren.

»Mit diesem Eiersalat drauf!« Ihr Griff wird noch etwas fester.

»Ein Gedicht, Millie, wirklich! Mrs Welsh hat sechs Stück gegessen! Ich musste voll hinterher sein, um überhaupt noch eins abzukriegen. Wie machst du die bloß?«

Ich lächle, es ist schön, jemanden zu treffen, der so gerne isst wie ich. »Ich mach sie einfach so, wie ich sie am liebsten mag.«

Rebecca nickt wild und sticht mit dem Zeigefinger in meine Richtung. »Das ist meistens das Geheimnis beim Kochen, außer, man hat einen außergewöhnlichen Geschmack.« Sie kichert bei dem Gedanken und kippt sich den Rest Kaffee aus ihrer Tasse in den Mund. Ich schenke ihr nach.

»Du bist aber heftig nass geworden, hast du keinen Schirm?«

Ich schüttle hilflos den Kopf mit meinen nassen Haaren. In London keinen Schirm zu haben, ist vermutlich so, als hätte man auf Hawaii kein Surfbrett. Es geht, aber es macht eben auch keinen Spaß.

Sie lehnt sich an die Wand und gähnt. »Ich bin heute zu nichts zu gebrauchen. Ich glaube, ich habe gestern alle Energie verschossen, aber ich muss mich jetzt wirklich mal aufraffen!«

Sofort kommen mir die Zeilen in den Sinn, die ich mir für heute mitgenommen habe. Megan sagt sie zu Jasper, als sie zusammen einen Strandspaziergang machen. Ich zitiere sie auswendig:

»Das Meer macht es richtig. Nach einem stürmischen Tag gönnt es sich einen Tag Pause und schwappt nur ganz sachte an den Strand.
Manchmal denke ich, wir sollten uns ein Beispiel an ihm nehmen.«

Rebecca schaut mich mit großen Augen an. Sie ist etwas kleiner als ich.

»Das ist ja ein schöner Gedanke!«

Ich nicke.

»Das heißt, ich muss heute nicht unbedingt so viel schaffen wie gestern? Ich könnte einfach etwas langsamer machen?« Ihr ganzes Gesicht guckt fragend. So fragend kann nur sie gucken.

Ich mache mit der Hand eine Bewegung, die Wellen andeutet, die ganz sacht an den Strand schwappen.

»Das Meer schwappt nur ganz sachte an den Strand«, wiederholt sie nachdenklich. »Das ist gut, Millie. Das ist gut. So mache ich es heute auch.« Sie vollführt mit ihrem Körper kleine Wellenbewegungen und schwappt langsam aus der Kaffeeküche. Dabei vergießt sie etwas Kaffee, aber das ist nicht schlimm. Hier ist keine Mrs Crane, die uns dafür strafend ansieht.

Ich wische es auf und horche danach in die Küche hinein. Sie ist noch voll von Rebeccas Erkenntnis und macht einen sehr zufriedenen Eindruck. Ich koste das noch ein paar Minuten aus, bis es schwächer wird, nehme mir eine Tasse Tee mit, setze mich auf die Treppe und arbeite. Meine nasse Hose lässt mich an den Beinen frieren.

Ich bin froh, abends nicht alleine an Mrs Crane vorbeizumüssen. Rebecca springt glücklicherweise neben mir die Stufen herunter.

»Auf Wiedersehen, Mrs Crane, schönen Abend!«, grüßt Rebecca fröhlich. Sie erntet nur einen irritierten Blick von Mrs Crane, die es nicht schätzt, wenn man sie unnötigerweise anspricht.

Draußen ist es immer noch windig, aber es regnet glücklicherweise nicht.

»Danke für heute Morgen. So ein guter Satz kann einen wirklich über den Tag bringen!« Sie strahlt mich an.

Ein Auto hupt, und ich schrecke zusammen.

»Oh!« Rebecca schreit erfreut auf, als sie eine Frau in dem Auto erkennt, die sie offenbar abholt. »Das ist Janice, meine Freundin. Wir sehen uns morgen, Millie!«

Sie winkt, steigt ins Auto, und die beiden fahren lachend los. Sie scheinen sich gut zu verstehen. Ab und zu vermisse ich eine gute Freundin. Felix liegt mir damit immer in den Ohren. Er meint, ich müsste mich unbedingt mit Menschen treffen. Vermutlich kann man nur so Freunde gewinnen, aber ich kann mir einfach nicht vorstellen, dass jemand mit mir befreundet sein möchte. Ich weiß so oft nicht, was ich sagen soll, bin zu langsam mit meinen Reaktionen. Zu Hause fällt mir dann alles ein, was ich hätte sagen können. Zu spät.

Aber heute konnte ich Rebecca mit den Zeilen von J. Abberwock helfen. Ich hatte sie exakt im richtigen Moment parat. Ich sehe Rebecca vor mir, wie sie mit der Wellenbewegung aus der Küche tanzt. So etwas wie Stolz breitet sich in mir aus.

Was für ein Glück, dass ich *Dein Herz in tausend Worten* aus dem Raum des Vergessens gerettet habe. Das Buch konnte seine Leser nie erreichen, obwohl es so viele wertvolle Zeilen enthält. Ein Gedanke keimt in mir auf. Er wird immer größer. Bläst sich auf, bis ich ganz und gar von ihm erfüllt bin.

Mit diesem Gedanken fahre ich nach Hause. Ich lese nicht auf dem Weg, ich suche mir keinen Sitzplatz. Ich wickle mich um eine Stange und denke nach, wie ich es am besten anstelle.

Felix sagt immer, mir fehlt Struktur. Er hat recht, und ich vermisse sie nicht in meinem Leben, aber für dieses Projekt brauche ich Struktur. Und Felix kann das.

Felix wohnt nicht, wie ich, in einem Vorort von London, sondern am Mile End in London. Ich muss einfach nur die nächste Haltestelle aussteigen und noch etwas zurücklaufen.

Ich rufe ihn an. Er meldet sich nach dem dritten Klingeln. »Milliepanilli! Was kann ich gegen dich tun?«, meldet er sich albern.

»Vermutlich nichts«, antworte ich wahrheitsgemäß und erzähle ihm von meinem Plan.

»Hab ich das richtig verstanden – du möchtest das Buch, das

du neulich gelesen hast, abschreiben und in Kategorien unterteilen? Millie, echt, jetzt wirst du wunderlich. Noch wunderlicher, als du ohnehin schon bist!«

»Nein, hör doch zu! Nicht das ganze Buch – nur spezielle Zeilen!«

»Und in welche Kategorien soll ich das einteilen? Ich versteh nix!«, seufzt er.

»Ich komm rüber. Wirf den Typen raus!«

»Woher weißt du?«

»Du hast zehn Minuten!«

Felix hat eine schöne Dachgeschosswohnung. Ich habe keine Ahnung, wie er sich die leisten kann, aber ich weiß ehrlich gesagt auch nicht, wie viel Felix verdient. Er ist Unternehmensberater und scheint seinen Job sehr gut zu machen. Struktur, das kann er eben.

Seine Wohnung sieht so aus, als könnte er jederzeit in einer Stunde all seine Sachen packen und ausziehen. Er macht sich nichts aus Kram. Die Wohnung hat nur einen einzigen Raum mit weiß gestrichenen Holzdielen und ein kleines Badezimmer. Mitten im Raum steht sein Bett.

Als ich eintrete, ist die Präsenz des anderen Mannes noch zu spüren und hängt deutlich zwischen den Wänden, auch wenn er nicht mehr da ist.

Ich setze mich nicht wie sonst an den kleinen Küchentisch mit den zwei Stühlen, sondern laufe aufgeregt auf und ab.

Felix schaut mir belustigt zu und kocht erst mal Tee. Er stellt zwei Tassen auf den Tisch und schiebt mir einladend einen Stuhl hin, als ich gerade vorbeilaufe. Kaum habe ich mich hingesetzt, springt mir etwas Flauschiges auf den Schoß.

»Du hast die Katze immer noch?«, frage ich erstaunt.

»Es ist ein Kater. Ich hab ihn James genannt.«

Ich schaue mir die graue Katze mit den weißen Pfötchen an und streichle sie vorsichtig.

»Hatte er keinen Namen?«

»Doch, aber der war doof.«

»Und James ist besser?«

James' Fell ist ganz weich. Ich fahre langsam über seinen Körper, um herauszufinden, wo er es am liebsten hat. Tiere kommen immer gerne zu mir. Sie scheinen etwas in mir zu sehen, was die Menschen nicht sehen.

Felix schüttelt den Kopf, als sich der Kater auf den Rücken wirft, damit ich seinen Bauch streicheln kann.

»Wie machst du das bloß? Bei mir kommt er nie auf den Schoß! Ich darf ihn nur streicheln, wenn er schläft.«

Ich zucke mit den Schultern. Es ist wie mit den Wassermolekülen. Man muss sich einfach nur mit dem Tier verbinden, ohne es dabei zu bedrängen. Etwas, das ich nicht erklären kann, nicht einmal Felix.

Er setzt sich verkehrt herum auf seinen Stuhl und legt die Arme oben auf die Lehne.

»Millie, die erste Frage, die du dir stellen musst bei deinem Projekt, ist, was ist dein Ziel?«

»Ich will die Sätze aufschreiben und in Kategorien ordnen.«

Er schüttelt den Kopf. »Das ist nicht dein eigentliches Ziel. Das ist nur der Weg.«

»Wie meinst du das? Ich will diese Sätze alle parat haben ...«

»Warum?«

»Weil das Buch nicht veröffentlicht wurde, es muss aber die Menschen erreichen, es sollte ...«

»Warum? Was ist dein Ziel, Millie?« Er schaut mir eindringlich in die Augen.

»Ich will Menschen damit so glücklich machen wie Rebecca heute.«

Er haut mit der flachen Hand auf den Tisch. Der Tee erschreckt sich und ich auch. James springt hektisch von meinem Schoß. Ich sehe in Felix' Blick, dass er damit gerechnet hat. Ein winziges »Ätsch« schimmert in seinen Augen. Er ist ein bisschen neidisch auf die Zuneigung, die mir James so schnell entgegengebracht hat.

»DAS ist dein Ziel, Millie. Wunderbar. Jetzt können wir anfangen!«, sagt Felix zufrieden.

Das Wunderbare an meinem Bruder ist, dass er sich so für Sachen begeistern kann. Er stellt mein Projekt nicht infrage, er will nicht wissen, wie die richtigen Sätze nachher zu den richtigen Menschen kommen. Er hilft mir einfach, sie in Kategorien einzuteilen.

Ich darf die Titel der Kategorien wählen. Ab und zu sagt er, das sei zu ähnlich. »Traurig« und »melancholisch« zum Beispiel ist für ihn ein und dieselbe Kategorie. Für mich nicht. Überhaupt nicht, aber Felix meint, das wird sonst zu unübersichtlich. Und da er der mit der Struktur ist, glaube ich ihm.

Es macht Spaß, mit Felix zusammenzuarbeiten. James schleicht um uns herum und legt sich manchmal auf den Tisch mitten zwischen unsere Zettel. Wenn ich ihn dann ein Stück zur Seite schiebe, hört er kurz auf zu schnurren. Wir arbeiten bis halb zwei. Dann haben wir die wichtigsten Sätze aufgeteilt.

Felix lässt sich auf sein Bett fallen, und ich lege mich daneben.

»Wird das jetzt eigentlich zur Regel, dass du mir wegen dieses Buches ständig Schlaf klaust?« Er schaut mich müde an.

Ich gähne. »Es ist ein ganz besonderes Buch.«

Felix schließt die Augen. Der Kater legt sich zwischen uns. Felix rutscht ein Stückchen näher an ihn ran, sodass James näher an ihm als an mir liegt. Der Kater schläft als Erster ein.

In der Grundschule hatte ich eine beste Freundin. Sie hieß Tabetha, aber ich nannte sie Tata. Im Gegenzug wurde ich von ihr Mimi genannt.

Tata und ich dachten uns die schönsten Spiele aus. Wir hatten im Schulhof hinten im Gebüsch einen Ast, den wir den »Schwörast« nannten. Jeden Tag schworen wir die abenteuerlichsten Dinge an diesem Ast. Wir waren Prinzessinnen, die aus einem Turm gerettet werden mussten, oder Delfine, die in ihrer Unterwasserwelt die schnellsten waren. Mit Tata zusammen spielten Raum und Zeit keine Rolle mehr. Wir kamen immer zu spät nach Hause, mit Kletten im Haar und schmutzigen Hosen. Tata und ich hatten sogar eine Geheimsprache. Es war verboten, sie jemals schriftlich zu benutzen, damit sie nie jemand herausfinden konnte. Wir schworen auf den Schwörast, sie niemals zu verraten. Felix behauptete natürlich, er würde sie verstehen, aber in Wahrheit gab es für diese Sprache keine Regeln. Es war einfach eine Fantasiesprache.

Unsere Freundschaft war perfekt, bis wir in die Pubertät kamen. Plötzlich fand Tata den Schwörast und alles, was wir spielten, albern. Sie baute keine Delfinhöhlen mehr mit mir und wollte sich lieber mit Jungs treffen. Ich blieb alleine zurück. Bis heute.

Nach der Arbeit fahre ich in eine Buchhandlung. Sie ist groß und anonym. So mag ich es am liebsten, weil ich dann unsichtbar stundenlang an den Regalen hin- und herlaufen kann, ohne dass mich jemand anspricht.

Ich bleibe vor einem Aufsteller stehen, der den neuen Krimi von William Winter präsentiert. Das Cover ist düster, man erahnt die Lichter eines Autos. *Der Tod hat keinen Rückwärtsgang* ist der Titel. Ich denke darüber nach. Hat er nicht? Als Verlagsmitarbeiterin sehe ich die positiven Aspekte von dem Titel. Er bleibt im Kopf hängen. Als Leserin finde ich ihn seltsam. Warum sollte man ein Buch lesen wollen über den Tod, der keinen Rückwärtsgang hat? Das ist doch deprimierend. William Winters Bücher erscheinen jedes Jahr im März. Seine Krimis landen zuverlässig auf der Bestsellerliste.

Ich frage mich, wie sich das anfühlt als Autor. Zu wissen, dass alles, was du schreibst, Tausende von Lesern erreicht. Kann man dann überhaupt noch schreiben? Freut man sich noch, auf der Bestsellerliste zu stehen, oder wird es so normal wie Weihnachten für Erwachsene?

Ich nehme ein Exemplar von *Der Tod hat keinen Rückwärtsgang* in die Hand und will mir sein Foto angucken, als plötzlich ein kleiner Hase angstvoll an mir vorbeiflitzt.

Hab ich mir das eingebildet? Bin ich aus Versehen in den Roman *Alice im Wunderland* geraten?

Der Hase ist durch den Laden gerannt und unter einem Regal verschwunden. Ich folge ihm, genau wie Alice das getan hat. Ich gehe auf die Knie und luge unter das Regal. Tatsächlich sitzt in der hintersten Ecke ein verängstigt zitternder Hase. Was mache ich jetzt? Er sieht nicht so aus, als könnte man ihm einfach eine Tasse Tee rüberreichen.

Ich schaue mich suchend im Laden um. Mir fällt ein weinendes Kind auf. Die Mutter kniet neben ihm und versucht, es zu trösten. Neben dem Kind steht eine Box.

Ich nehme all meinen Mut zusammen und spreche die beiden an. Meine Stimme funktioniert erst beim zweiten Anlauf.

»Fehlt ... ein Hase?«, stammle ich aufgeregt.

Die Mutter nickt, und der Junge schluchzt: »Ich habe nur ganz kurz seine Tür aufgemacht, weil ich ihn streicheln wollte!«

Er tut mir sehr leid. Es muss sich sicher schrecklich anfühlen, seinen Hasen zu verlieren.

»Ich weiß, wo er ist«, sage ich leise zu dem Jungen. »Er sitzt da hinten unter dem Regal. Er hat Angst, er kennt keine Buchläden, und hier sind so viele Menschen.«

Der Junge nickt hoffungsvoll.

Die Mutter schaut mich dankbar an.

Ich zeige ihnen das Regal. Der Hase sitzt immer noch darunter.

Ein Mitarbeiter kommt geeilt, als die Mutter versucht, das Regal zu verschieben.

Das sind mir zu viele fremde Menschen und dem Hasen auch. Er flitzt im Zickzack aus seinem Versteck. Ich hechte hinterher und werfe meinen Schal wie eine Decke über ihn und kann ihn so in ein kleines Bündel packen und hochnehmen.

Alles ist gut, sage ich in Gedanken zu dem kleinen, wild pochenden Herzen in meinem Schal.

Der Junge kommt mit seiner Box angelaufen, und gemeinsam schaffen wir es, den Hasen wieder in seinen Transportkäfig zu packen. Ich lege den Schal über die Box, damit der kleine Hase nicht so viel Licht und Menschen sehen muss.

Die Mutter ist mir sehr dankbar und überschüttet mich mit Worten.

»Gut, dass Sie so toll reagiert haben! Ein Glück, dass Sie da waren! Wir hätten direkt nach Hause fahren sollen mit dem Tier. Es tut mir so leid, ich wollte noch das Buch besorgen für meine Mutter, die liest den Winter so gerne. Tim hat sich schon so lange ein Haustier gewünscht, ich hätte wissen müssen, dass er es nicht aushält bis zu Hause ...«

Sie hört gar nicht mehr auf, zu reden und sich zu entschuldigen. Ich sage kein Wort und nicke nur. Ich nehme aus meiner hinteren Hosentasche ein kleines Stück Papier und schiebe es ihr heimlich in die Jackentasche, als sie mich zum Abschied umarmt.

Wir können nicht immer alles richtig machen und alles vorhersehen, was passieren kann. Das ist doch auch schön, denn sonst würden ja nie Fehler passieren, und Fehler machen uns doch erst sympathisch.

Ich stelle mir vor, wie sie den Zettel in den nächsten Stunden finden wird. Vielleicht wird sie sich wundern, vielleicht wird sie lächeln. Vielleicht wird es ihr guttun.

Serendaccidentally

Ich habe mir Porridge mit Blaubeeren und Zimt gemacht. Ich liebe dieses Frühstück. Blaubeeren sind natürlich immer ein Risiko. Man kann auf die perfekte Beere beißen, die prall und knackig aufplatzt und genau die richtige Süße hat. Man kann aber auch eine labberige erwischen, die dann mehlig und viel zu süß schmeckt.

Ich denke an den Hasen und hoffe, es geht ihm jetzt gut. Ob die Mutter schon den Zettel in der Jackentasche gefunden hat? Ich stehe auf und laufe ins Wohnzimmer. Dort liegt auf dem Tisch meine strukturierte Zeilensammlung. Sorgfältig wähle ich mir drei Zeilen aus, die ich heute verteilen möchte.

Als ich am Notting Hill Gate aussteige und wieder an die Oberfläche gelange, schwitzen meine Hände vor Aufregung.

Es ist ein Tag, an dem man weder Jahreszeit noch Wetter genauer bestimmen kann. Grauer Himmel, mittelwarm. Ein richtiger Alltagstag. Perfekt für meine Zeilen.

Ich laufe mit offenen Augen durch Notting Hill. Es dauert nicht lange, und ich sehe ihn. Er fährt auf einem Fahrrad schnell die Straße entlang und stellt es hektisch vor dem Smoothieladen ab. Er nimmt sich nicht die Zeit, es abzuschließen.

Ich fische die passenden Zeilen aus meiner Jackentasche und

klebe sie mit einem Stück Tape an seinen Lenker, sodass er sie sehen muss, wenn er weiterfährt. Ich flitze auf die gegenüberliegende Straßenseite und stelle mich vor ein Schaufenster. So kann ich sein Fahrrad in der Spiegelung sehen. Ich tue so, als würde ich mich brennend für Bartpflege interessieren, und starre auf die Scheibe.

Er kommt mit einem Becher in der Hand aus dem Laden. Mein Herz klopft bis zum Hals. Er sieht den Zettel und reißt ihn, ohne zu lesen, ab und fährt weg. Ich stehe zwei Minuten auf der anderen Straßenseite und weiß nicht, was ich tun soll.

Meine Zeilen liegen auf dem Boden vor dem Smoothieladen.

Ein Mädchen kommt vorbei, hebt sie auf und liest sie sich durch.

Dieses ganze Durch-den-Tag-Rennen ist doch
eigentlich nur der Versuch, vor uns selber
wegzulaufen.

Das Kind kann mit der Nachricht nichts anfangen, sieht sich um und legt sie wieder zurück auf den Boden.

Na, das läuft ja ganz hervorragend. Enttäuscht sammle ich die Zeilen wieder ein. Etwas entmutigt gehe ich weiter und traue mich, vor der Arbeit erst mal keine kleinen Zettel mehr zu verteilen.

Ich bin pünktlich, und Mrs Crane würdigt mich keines Blickes, als ich an ihr vorbeigehe und sie leise grüße.

David und Abbey sind die Ersten, die sich heute Tee und Kaffee holen.

Ich räume die Spülmaschine aus und sehe zufällig, wie sich Davids Fuß ein kleines bisschen selbstständig macht, während er mit ihr spricht.

Ist er etwa nervös? Ich lese den Rest seiner Körpersprache. Er spricht ruhig wie sonst auch, seine Arme sind eng am Körper. Er hält sich vielleicht ein kleines bisschen an seiner Tasse fest, aber sonst kann ich nichts Verdächtiges entdecken. Aber sein rechter Fuß spreizt sich etwas nach außen hin ab. Nicht so stark wie bei seinen Vorträgen, aber doch stark genug, um mir aufzufallen.

»So, ich fahr mal meinen Computer hoch und gucke, ob ich schon eine Antwort von Mr Smith habe«, sagt Abbey und füllt ihre Tasse neu.

Ich habe keine Ahnung, wer Mr Smith ist, aber Daniel nickt wissend.

Abbey verlässt die Küche, und ich sehe Daniels Blick. Eine Art Sehnsucht liegt in seinen Augen. Er bringt den rechten Fuß wieder in eine normale Position, nimmt sich ein paar Kekse mit Kokosflocken und dankt mir mit einem Nicken.

Als er die Küche verlassen hat, bleibt das kleine bisschen Sehnsucht aus seinem Blick noch kurz zurück. Ich wünschte, ich könnte es einsammeln und ihm eine Heimat geben.

Später will mich Mr Anderson in seinem Büro sehen. Er räumt mir einen Stuhl frei. Norman lächelt mir zu, aber ich muss die ganze Zeit auf einen ausgestopften Hasen gucken und dabei an den Hasen aus dem Buchladen denken.

» ... deswegen wollt ich mal nachhören, wie weit du mit dem Dachboden bist«, sagt Mr Anderson gerade.

Ich habe den Anfang nicht mitbekommen, weil mich der blöde Hase abgelenkt hat. Norman zuckt mit seinen muskulösen Schultern und ist auch keine Hilfe.

Ich sehe nur den oberen Teil von Mr Andersons Kopf und wie er sich in seinem Schreibtischstuhl zurückgelehnt hat, weil sich auf seinem Schreibtisch so viel stapelt.

»Wie, wie weit?«, frage ich, weil ich mir auf den Halbsatz keinen Reim machen kann.

»Bist du schon alles durchgegangen? Ich würde dann nächste Woche einen Container bestellen, damit wir das ganze Papier entsorgen können.«

Er will den Dachboden offenbar nutzen, anders kann ich mir den plötzlichen Aufräumwahn, gerade bei Mr Anderson, nicht erklären.

Mir fallen sofort die ganzen Manuskripte ein. Die, die noch unentdeckt in den Kartons liegen, und auch die anderen, die ich aussortiert habe und die nie von jemandem entdeckt werden können, wenn sie jetzt in einem Container landen. Wie soll ich alle bis nächste Woche retten? Das ist unmöglich.

»Das wird etwas knapp, Mr Anderson. Es ist doch noch sehr viel zu sortieren da oben ...«

Schwungvoll steht er auf. »Sehen wir es uns mal an!«

Voller Tatendrang geht er mit langen Schritten vor mir her und rauscht, immer zwei Stufen auf einmal nehmend, die Treppe hoch. Ich tippele wie eine kleine Maus hinterher. Er rüttelt an der verschlossenen Tür. Ich halte ihm wortlos den Schlüssel hin.

Es ist seltsam, mit ihm hier oben zu sein, in meiner Welt. Er schreitet zwischen den Kartons herum, wühlt in den Papierstapeln und murmelt: »Das kann doch einfach alles weg. Das ist alles alt.«

Ich überlege fieberhaft, was ich sagen könnte.

»Der Raum ist nicht so gut geeignet«, versuche ich es ins Blaue hinein. Ich kann ja leider nicht sagen, warum oder wofür er nicht so gut geeignet ist.

»Ach, das kriegen wir schon hin. Ein paar Lampen und Sofas, dann wird das hier der perfekte Konferenzraum!«

Jetzt weiß ich, was er vorhat. Wir haben im Verlag tatsächlich keinen Konferenzraum.

Die Vertreter quetschen sich bisher immer alle in Mr Andersons Büro, was jedes Jahr unmöglicher wird, und wenn die Lektoren eine Sitzung abhalten, müsste man es eigentlich »Stehung« nennen, weil sie im Stehen in der schmalen Kaffeeküche stattfindet.

»Es ist sehr stickig hier oben. Es gibt nur das winzige Fenster, und Ihr Büro ist doch viel schöner. Ich könnte Ihnen helfen, dort ein bisschen aufzuräumen«, biete ich schnell an.

Mr Anderson schaut mich an, als hätte ich ihm vorgeschlagen, sich mit ein paar alten Eiern einzureiben und sich dann in Hühnerfedern zu wälzen.

»Das kann alles weg«, sagt er mit einem Blick auf die Kartons, ohne auf meinen Vorschlag einzugehen.

»Es wird unsere Kreativität fördern, Millie. Ideen brauchen ...«, er macht eine große Geste in die Luft, » ... Platz! Wir können ganz anders arbeiten! Dass ich nicht schon früher auf diese Idee gekommen bin!«

Er schreitet wie Christoph Kolumbus durch den Raum, den er gerade entdeckt hat, und stolpert dabei über einen Stapel Zeitschriften.

Er ist nicht von seiner Idee abzubringen. Ich kann jetzt nur noch Schadensbegrenzung betreiben.

»Dazu brauchen wir aber keinen Container, Mr Anderson. Ich kann das machen, ich brauche nur ein bisschen mehr Zeit.«

Er schaut mich interessiert an. »Was meinen Sie, wie lange?«

Ich lasse meinen Blick über die Kartons schweifen. Der Raum ist relativ groß. Ich habe zwar schon die Hälfte sortiert, aber ich will ja eigentlich auch die aussortierten Geschichten retten.

»Acht Wochen?«

Er schüttelt den Kopf. Offenbar brennt er darauf, einen Konferenzraum einzurichten.

»Sechs?«, verhandle ich tapfer weiter, obwohl ich mich am liebsten irgendwo zwischen den Kisten verstecke würde.

Er überlegt.

»Wir würden sehr viel Geld sparen ...«, lege ich nach.

Er nickt und klopft mir auf die Schulter. »So machen wir es! An die Arbeit, Millie!«

So schnell, wie er den Raum des Vergessens betreten hat, so schnell verschwindet er auch wieder. Ich bleibe mit den entsetzten Manuskripten zurück. Die Sonne lässt sich für einen kurzen Moment am Himmel blicken und scheint durch das kleine Fenster. Aufgeregte Staubpartikel flirren durch die Luft.

Ich lege meine Hände auf zwei Kartons. »Ich finde schon eine Lösung«, sage ich zu den Geschichten, die sich darin ängstlich verbergen.

Meine Mutter hat früher immer zu mir gesagt: »Probleme löst man am besten eins nach dem anderen.« Und genau so werde ich es auch machen. Ich nehme zwei ausgewählte Manuskripte in meiner Tasche mit und laufe noch ein bisschen durch die Straßen. Die Abendsonne scheint, und ich habe keine Lust, in die *Tube* zu steigen.

Vor mir parkt ein Auto in zweiter Reihe, ein Mann um die vierzig steigt aus und hastet in den Blumenladen. Ich platziere meine Zeilen von heute Morgen hinter seinem Scheibenwischer.

Als er zurückkommt, hocke ich hinter einem geparkten Auto und beobachte ihn durch die Scheibe. Er steigt ein, sieht den Zettel, steigt wieder aus und liest ihn. Er schaut sich um, und ich ducke mich. Kurze Zeit später fährt er los, und ich gehe wie eine ganz normale Spaziergängerin die Straße weiter.

Mein Atem strömt durch meine Lungen. Das macht irgendwie Spaß.

Ich ziehe die nächsten Zeilen aus meiner Tasche.

Wenn sie lacht, ist es, als würde sie ein Feuer entzünden. Sie fängt mit einem kleinen Lächeln an und steckt dann nach und nach den ganzen Raum in Brand.

Ich lese sie zweimal, weil sie mir so gut gefallen. Ich lasse mich von meinem Gefühl leiten und betrete einen Laden, der lauter schöne Dinge verkauft. Postkarten, Kissen, Duftkerzen, Armbänder, an jeder Ecke hängt eine kleine Verführung.

Hinter der Ladentheke sitzen zwei Frauen und unterhalten sich. Ich tauche zwischen all den Dingen ein und lausche. Ich kann nur einzelne Wörter verstehen, aber ich höre deutlich ein helles, fröhliches Lachen. So ähnlich muss Megans Lachen geklungen haben.

Ich linse zwischen den Regalen hindurch und sehe, es gehört der dunkel gelockten Verkäuferin. Ich warte, bis eine andere Kundin reinkommt, die Hilfe bei den Hängepflanzen braucht.

Die Verkaufstheke ist einen Moment unbewacht. Ich komme mir vor wie ein Dieb, als ich schnell nach vorne schleiche und meinen Zettel dort platziere. Meine Wangen brennen, ich möchte aus dem Laden stürmen, aber vor dem Eingang stehen die beiden Verkäuferinnen mit der Pflanzenkäuferin.

Die Kundin ist Anfang fünfzig und hat einen grauen Pagenschnitt. Ihre Bewegungen sind elegant. Ganz selbstverständlich nimmt sie die Aufmerksamkeit der zwei Verkäuferinnen entgegen. Mir wäre das furchtbar unangenehm, aber sie scheint es geradezu zu genießen.

Ob ich in ihrem Alter wohl so souverän Pflanzen kaufen kann? Ich habe kaum Pflanzen in meiner Wohnung. Ein paar Küchenkräuter, und im Bad steht ein Kaktus, den mir mal eine Nachbarin geschenkt hat. Ich wollte ihn ursprünglich weiterverschenken, aber es gab nie den Anlass dazu. Ich werde nicht eingeladen und weiß auch gar nicht, ob es nicht unhöflich ist, etwas mit Stacheln zu verschenken.

Der Kaktus lebt jetzt schon ein paar Jahre bei mir im Bad. Wir mögen uns jetzt nicht besonders, aber wir haben uns aneinander gewöhnt.

Ich schiebe mich wieder hinter die Regale und nehme zur Beruhigung ein paar kleine Figuren. Sie liegen glatt und kühl in meinen Händen.

Die Kundin kauft zwei Pflanzen. Sie reden über die Sucht, die man entwickelt, wenn man einmal anfängt, Pflanzen zu kaufen, und ich höre wieder das schöne Lachen der Verkäuferin. Die Frau mit grauem Pagenschnitt verlässt den Laden mit ihren Pflanzen.

Ich horche angestrengt. Es dauert eine ganze Weile, bis ich wieder etwas höre.

»Eva, ist das von dir?«

»Was? Nein, was ist das?«

Es gibt eine kurze Gesprächspause, in der sie wohl die Zeilen liest.

»Wie witzig, das passt total zu dir!«

»Ja, meinst du?«

»Und wie! Ob die Kundin den gerade verloren hat?«

»Aber sie stand ja da vorne – der Zettel lag genau hier!«

»Wie aufregend! Vielleicht hast du einen heimlichen Verehrer? Was ist mit dem hübschen Dunkelhaarigen, der vorhin die Tassen gekauft hat?«

Die Verkäuferin lacht ihr Lachen, dann reden sie so leise weiter, dass ich nichts mehr verstehen kann.

Ich verlasse so unauffällig wie möglich den Laden. Als ich von draußen noch mal einen Blick durchs Schaufenster werfe, stehen die beiden immer noch über den Zettel gebeugt und freuen sich. Ich nehme ihre Freude mit. Sie steigt mit mir in die *Tube* und fährt den ganzen Weg mit mir nach Hause.

Es wird meine neue Aufgabe, die Zeilen aus dem Roman *Dein Herz in tausend Worten* von J. Abberwock zu verteilen. Ich nehme jetzt jeden Tag eine Bahn früher in die Stadt, um noch etwas Zeit dafür zu haben. Ich werde immer mutiger beim Verteilen. Meine Unauffälligkeit ist dabei von großem Vorteil. In einem vollen Coffeeshop verschwinde ich zum Beispiel völlig zwischen den anderen Leuten. Ich bin mir sicher, dass sich hinterher niemand an mich erinnern wird.

Ich spiele den guten Geist, der mit ein paar Wörtern Mut macht, zum Nachdenken anregt, lobt oder tröstet. Die Rolle gefällt mir so gut, dass ich eines Tages eine Idee habe, wie ich noch mehr Leute auf einmal erreichen könnte.

Das Problem mit dem Raum des Vergessens schiebe ich vor mir her. Ich rette zwar halbherzig weiter Manuskripte, bin aber mit meinem Herzen immer noch bei diesem Roman, der so besonders ist.

Es gibt in Notting Hill ein kleines Café mit dem schönen Namen *Serendaccidentally*. Ein Mix aus den Wörtern »serendipity«, was »glücklicher Zufall« heißt, und »accidentally«, auf Deutsch »versehentlich«. Jedes Mal, wenn ich daran vorbeigehe, muss ich darüber nachdenken. Man kriegt nach einer Weile fast einen Knoten im Gehirn mit der Frage, was nun versehentlich oder zufällig passiert und ob ein Versehen nicht ebenso ein glücklicher Zufall sein kann. Es ist, wie ich finde, der perfekte Ort, um einen glücklichen Zufall zu provozieren.

Ich brauche zwei Anläufe, bevor ich mich traue, aktiv zu werden. Beim ersten Mal setze ich mich an einen Tisch und bestelle eine heiße Schokolade. Wenn man irgendwo eine heiße Schokolade bestellt, findet man sehr viel über ein Café heraus. Wenn die Schokolade mit Wasser gemacht wird, spart der Eigentümer. Es ist ihm nicht wirklich wichtig, ob es seinen Kunden schmeckt. Eine heiße Schokolade muss mit Milch gemacht werden, mit frischer Vollmilch, und eigentlich gehört auch eine große Prise Zimt hinein, aber das ist vielleicht wirklich ein bisschen zu viel verlangt in einem Café.

Mein Kakao kommt. Ich schaue schnell weg, als die Bedienung ihn mir hinstellt, und murmle ein leises »Danke schön«. Beim »Danke« habe ich noch keine Stimme, also schlüpft nur ein kleines »schön« aus meinem Mund.

Die Bedienung freut sich aber über mein »schön«.

Es passt auch. Die Tasse ist schön groß. Auf dem Getränk ist ein ordentlicher Milchschaum, der sonst oft nur den Kaffee-Latte-Trinkern vorbehalten ist. Am Tassenrand liegt sogar ein winziges Stückchen Brownie.

Ich nehme einen Schluck. Der ist definitiv mit Milch gemacht. Den kleinen Brownie hebe ich mir so lange auf, wie ich kann. Das ist objektiv gesehen nicht wirklich lange. Er schmeckt gut, aber nicht so fantastisch, wie ich es mir vorgestellt hatte. Ich löffle den Milchschaum in mich hinein und erinnere mich wieder daran, warum ich eigentlich hier bin.

Ich scanne das Café gründlich. Es gibt zwei Ebenen. Überall stehen kleine Tische, nicht zu dicht, sodass einem ein wenig Privatsphäre bleibt. Die Wände sind mit Holz verkleidet und blau gestrichen. Auf den Holztischen stehen kleine Vasen mit Schleierkraut und blauen Blumen, die ich nicht kenne.

Wo ist hier wohl die Toilette?

Ich trinke den Kakao leer. Wenn er die optimale Trinktemperatur hat, darf man nicht lange rummachen. Ob ich ihn bezahlen sollte, bevor ich die Toilette suche? Glücklicherweise kommt die Bedienung vorbei und fragt, ob ich noch einen Wunsch habe. Ich bringe heraus, dass ich gerne zahlen würde, sammle meine Tasche ein und schaue mich suchend um.

»Die Toiletten sind da hinten«, sagt sie hilfreich und zeigt durch den Raum. Ich folge ihrem ausgestreckten Arm, bis ich das Schild sehe.

Ich gehe durch einen Flur. Er ist bunt plakatiert, und in der Mitte hängt etwas, das mein Herz höherschlagen lässt. Besser hätte ich es mir nicht wünschen können!

Abends wähle ich lange die richtigen Zeilen aus.

Es darf für diesen Zweck ein etwas längerer Auszug aus dem Buch sein.

Als ich ihn schließlich gefunden habe, mache ich mir zur Belohnung erst zwei fette Sandwiches und koche mir anschließend noch einen Schokoladenpudding. Sehr zufrieden und satt steige ich ins Bett.

Der nächste Tag geht viel zu langsam vorbei. Die Zeilen brennen in meiner Tasche. Ich kann mich nicht auf die E-Mails konzentrieren, die ich schreiben müsste, darum treibe ich mich etwas in der Kaffeeküche herum. David balanciert gerade eine volle Kanne Tee aus dem Raum. Er hat wieder diesen sehnsüchtigen Blick. Der Tee ist sicher nicht für ihn. Ich esse einen Keks, den er vergessen hat und der jetzt einsam auf der Küchenzeile liegt.

Ich stelle die Spülmaschine an, obwohl das noch gar nicht nötig wäre. Ich wische über die relativ saubere Arbeitsplatte. Es gibt hier nichts zu tun. Seufzend steige ich die Treppe hoch zum Raum des Vergessens. Was bis vor Kurzem noch der schönste Teil an meinem Tag war, wird nun zur notwendigen Pflicht.

Ein Blick auf all die Kartons sagt mir, dass ich es nicht schaffen werde, wenn ich in diesem Tempo weitersortiere und ein, zwei Manuskripte pro Tag herausschummle. Mr Anderson erwartet in sechs Wochen einen leeren Raum, das bedeutet, ich muss auch das ganze Papier entsorgen, das zwischen den Manuskripten lagert.

Es gibt eine Mülltonne, die zum Verlag gehört, aber sie wird nur alle zwei Wochen abgeholt und ist so schon immer voll. Wenn ich mir ein Auto leihen würde, könnte ich vielleicht einige Fuhren zum Recycling Center bringen.

Aber vorher muss ich den Raum in zwei Hälften teilen. Rechts kommt alles hin, was wegkann, links alle Manuskripte, die ich retten möchte. Das sind dann eigentlich alle, denn ich möchte auch die von mir aussortierten nicht im Müll sehen.

Ich habe noch keine Ahnung, wohin ich alle Manuskripte schaffen soll. Ich will dafür eigentlich nicht mein Wohnzimmer opfern, denn mein Apothekerschrank ist langsam voll.

Ich schaffe halbherzig einige Stapel Papier auf die Wegwerfseite und verlasse dann den Raum, ohne mir ein weiteres Manuskript auszusuchen. Heute hat ein anderer Plan Priorität.

Ich betrete das Café und gehe direkt nach hinten durch zu den Toiletten. Ich betrachte die Pinnwand, die im Flur hängt. Sie ist übersät von Yogakursangeboten und Wohnungssuchanzeigen, die man unwillkürlich lesen muss, wenn man hier vorbeigeht.

Ich schaue mich um. Es ist keiner im Flur, aber das kann sich natürlich jede Sekunde ändern. Die Tür zu den Toiletten ist direkt daneben, was praktisch ist, weil jeder, der wartet, automatisch auf die Pinnwand guckt.

Ich krame schnell das Blatt mit den Zeilen hervor und hänge es gut sichtbar in die Mitte. Die Schrift ist groß genug, um sie gut lesen zu können. Mein Job ist erledigt. Es fällt mir schwer, mich loszureißen.

Ich trinke noch einen Kakao und beobachte währenddessen, wer sich auf den Weg zu den Toiletten macht.

Ein Mann und zwei Frauen besuchen den hinteren Flur, während ich meine heiße Schokolade trinke und den Mini-Brownie esse.

Ich beobachte sie genau, als sie zurückkommen. Haben sie es gelesen?

Ich muss über mich selbst lachen. Als ob man es ihnen ansehen könnte.

Ich zahle und gehe selbst noch einmal zur Pinnwand. Die Zeilen hängen noch dort und verraten nichts.

Ich entscheide, dass sie sicher gelesen wurden, streiche noch mal schnell über das Papier und fahre dann seltsam froh nach Hause.

William

William passt in seinen dunkelblauen Aston Martin wie ein Tiger
in die Steppe. Seine Haare sehen im Fahrtwind noch wuscheliger
aus, als sie es sowieso schon sind. Die Lederjacke passt zu seinem
Dreitagebart. Eigentlich fehlt jetzt noch seine verspiegelte Sonnenbrille, aber das Wetter ist heute nicht gerade Cabrio-freund-
lich. Es ist zu kühl, um offen zu fahren. Trotzdem lässt William
das Verdeck herunter. Die meisten Frauen fangen immer an zu reden wie ein Wasserfall, sobald sie in seinem Aston Martin sitzen.
Frierende Frauen reden nicht ganz so viel, außerdem ist es beinahe eine Sünde, so ein Auto nicht offen zu fahren.

Liz ist begeistert vom Cabrio, so wie sie auch viel zu begeistert
von William ist. Sie lacht über jeden seiner Witze, und ihre Hände
fummeln ständig an seinem linken Arm herum, mit dem er schaltet. Ihre langen Fingernägel jagen ihm einen unangenehmen
Schauer über den Rücken.

Er fährt sie bis zu ihrer Firma und küsst sie zum Abschied auf
den Mund. Sie winkt ihm hinterher, und er hebt lässig die Hand
als letzten Gruß. Er wird sie nicht anrufen, und das ahnt sie auch.
William ruft nie eine Frau noch mal an, nachdem er mit ihr eine
Nacht verbracht hat. Einem Bestsellerautor wird das leichter verziehen, aber er macht auch keine großen Versprechungen. Es ist

von Anfang an ein Spiel, auf das sich die meisten Frauen bereitwillig einlassen.

Er schaltet das Radio ein und genießt die Fahrt zurück nach Notting Hill.

In seiner Straße angekommen, öffnet er mit einer Fernbedienung das Garagentor und schießt mit Schwung in die Tiefgarage seines Hauses. Es macht ihm Spaß, immer erst im letzten Moment zu bremsen. Dieser kurze Nervenkitzel, ob er es diesmal übertrieben hat und das teure Auto doch an die Wand kracht. Er schafft es jedes Mal, ihn im letzten Moment zum Stehen zu kriegen. Wenn er aussteigt und sieht, dass nur noch ein Blatt Papier zwischen Stoßstange und Wand passen würde, fühlt er sich ein kleines bisschen wie James Bond.

Statt direkt den Aufzug zu seiner Penthouse-Wohnung zu nehmen, joggt er die Treppen hoch und steigt erst im zweiten Stock in den Aufzug.

Das James-Bond-Gefühl bleibt länger, wenn er sich sportlich betätigt. Es tut ihm gut, sich für kurze Zeit wie ein Superagent zu fühlen, denn die meiste Zeit kann er sich selbst nicht besonders gut leiden.

Er betritt seine große Wohnung. Die Putzfrau hat eine Notiz auf dem Esstisch hinterlassen.

> Habe die Fenster geputzt, jetzt können Sie den
> Frühling besser sehen.
> Liebe Grüße
> Shanja

Sie hat ein paar Blumen neben das Wort »Frühling« gemalt.

Shanja ist eine echte Perle. Eine Putzfrau, wie man sie sich wünscht. Ihr Alter lässt sich sehr schwer schätzen, aber das liegt vielleicht nur daran, dass er ein Weißbrot ist und sie eine dunkelhäutige Schönheit. Sie hat drei erwachsene Kinder, die studieren. Shanja ist alleinerziehend. William bezahlt ihr fürs Putzen eine ordentliche Summe, aber sie ist eigentlich trotzdem noch das Doppelte wert. Die Putzstelle bei William macht ihr offensichtlich Spaß. Es ist nicht allzu viel Arbeit, und William bringt sie regelmäßig so zum Lachen, dass sie sich auf den Wischmopp stützen muss, um nicht umzukippen.

Seine Bestrebungen, ihr mehr zu bezahlen, quittiert sie allerdings stets mit verschränkten Armen und einem Geräusch, das so klingt, als würde eine alte Tür empört hoch und laut quietschen.

Sie meint immer zu ihm, es komme ihr schlicht unmoralisch vor, für eine Putzstelle, die so leicht von der Hand geht, so viel Geld zu bekommen. Auch wenn der Kunde reich ist. Shanja hat William klargemacht, dass sie keine Almosen braucht, sie hat ihre Kinder all die Jahre allein versorgt, also wird sie die Studienzeit jetzt auch noch schaffen.

William hofft, dass sie seine kleinen Manöver nicht bemerkt, wenn er sie weit entfernt von der Küche energisch saugen und singen hört. Er geht heimlich an ihre rote Handtasche und holt ihren Geldbeutel heraus. Die Fotos ihrer Kinder schauen ihn an, während er ein paar Pfundscheine in das Geldfach schummelt. Er geht dabei äußerst vorsichtig vor, nimmt nie große Scheine, sondern Zehn- und Zwanzigpfundnoten, damit es ihr nicht auffällt. William ist sich sicher, Shanja würde ihn umbringen, wenn sie davon wüsste.

William stellt das Radio an. Es ist gut, wenn etwas in seiner großen Wohnung Lärm macht. Er wirft einen Blick auf seine riesige, glänzende Kaffeemaschine aus Chrom. Wie so oft entscheidet er sich dagegen, sie anzuwerfen, und kramt stattdessen einen kleinen handlichen Espressokocher aus dem Schrank. Sorgfältig füllt er ihn mit Wasser und gemahlenem Kaffeepulver, das er in einer Dose aufbewahrt, die wie durch ein Wunder nie leer wird.

An diesem Wunder ist Shanja nicht unbeteiligt.

Sie mahlt ihm ab und zu frischen Kaffee. Er weiß, dass sie das nicht nur für William tut, sondern auch, weil sie den Geruch liebt. Jedes Mal, wenn er ihr einen Espresso anbietet, hält sie ihn erst eine Weile andächtig in der Hand auf der Höhe ihres Gesichtes, um den Duft des frischen Kaffees einzuatmen.

William hat das bemerkt und selbst auch versucht, kam sich dabei aber so lächerlich vor, dass er es wieder aufgegeben hat. Für ihn ist Kaffee einfach ein Mittel zum Zweck. Er macht wach und lässt sein Blut gefühlt schneller durch die Adern fließen.

Der Espressokocher steht auf dem Herd. Während er wartet, wandert er ein bisschen durch die Wohnung. Er fühlt sich immer noch fremd in den vielen Räumen, obwohl sie wunderschön eingerichtet sind. Vielleicht liegt es daran, dass ein Innenarchitekt alles ausgesucht hat. Als er mit seinen Moodboards und Farbpaletten kam, hatte William nur zustimmend genickt. Er mochte, was der Architekt ihm da aussuchte, sicher. Aber wenn ihn einer fragen würde, ob das wirklich sein Geschmack war, hätte er keine passende Antwort darauf. Was er mag und was er fühlt, ist gut verpackt irgendwo ganz oben auf einem Schrank. Er hat inzwischen vergessen, auf welchem. Vielleicht liegt das Paket auch auf dem Grund eines Sees. Fische schwimmen vorbei, und Algen wachsen drüber.

Das einzige Zimmer, in dem er sich wohlfühlt, ist die Bibliothek. Rundherum sind Bücherregale bis unter die Decke. Leitern sind an Schienen befestigt und helfen dabei, an die oberen Regalfächer zu gelangen. Man kann mit den Leitern auch durch den Raum gleiten, wenn man sich ordentlich abstößt.

Manchmal gleitet William wild durch den Raum, wie James Bond auf einer Mission, bei der es um Leben oder Tod geht.

Eine eigene Bibliothek zu besitzen, war ein Traum von ihm. Als es um die Auswahl der Bücher ging, stellte er zuerst seine angesammelten Bücher in die Regale. Sie füllten nicht einmal ein Fünftel des Raumes.

Er hörte von einem Buchladen, der schließen musste, und kaufte ungesehen alles. Jetzt hat er viele seltsame Bücher in seinen Regalen. Reiseführer, die jeden Monat mehr veralten, Bücher über Fischzucht und Bildbände von Straßenlaternen in Frankreich. William findet das herrlich, denn so kann er jeden Tag in seiner eigenen Wohnung ein neues Buch entdecken.

Er setzt sich kurz auf das grüne Samtsofa mit Blick aus den großen Fenstern. Es wurde hier hingestellt, um zum Lesen einzuladen. Tatsächlich sitzt er hier nie zum Lesen. Wenn er liest, sitzt er in der Küche, auf der Treppe, im Bad auf dem Badewannenrand oder einfach irgendwo auf dem Boden. Lesen ist wie Schreiben, man vergisst Zeit und Raum, und dann ist es auch egal, wo man sitzt. Das grüne Sofa wird also viel zu selten benutzt, und das tut ihm irgendwie leid.

Die Räume werden sowieso alle viel zu selten genutzt. Manchmal denkt William darüber nach, sich einen Hund anzuschaffen. Er könnte in jedem Raum ein Körbchen haben, und William könnte ihn darauf trainieren, abwechselnd in ihnen zu liegen.

Das zischende Geräusch des Espressokochers ruft ihn zurück in die Küche. Mit routinierten Handgriffen füllt er sich eine kleine Tasse und setzt sich an die Küchenbar. Er klappt mit zwei Fingern seinen Laptop auf, der hier herumliegt.

Zwei Mails sind von seinem Literaturagenten Coren, in denen er ihm die Details für die nächsten Verträge durchgibt. Coren hat wieder sein Business Englisch ausgepackt, über das William immer schmunzeln muss. Als 15-Jähriger hatte er mit dem leicht übergewichtigen Jungen hinter der Sporthalle gekifft, und sobald ein hübsches Mädchen vorbeigekommen war, hatte Coren angefangen zu stottern. So ist es nun zwanzig Jahre später lustig, ihn als seriösen Agenten zu sehen.

Er überfliegt die hohen Summen und kann sich nicht mehr daran erinnern, wie viel er für das letzte Buch bekommen hat. Es ist ihm auch egal. Coren macht seinen Job gut. Das sollte er auch, immerhin bekommt er fünfundzwanzig Prozent von allem. Das ist in der Branche nicht üblich, aber da Coren ein alter Freund von ihm ist, den er schon seit der Schulzeit kennt, gelten andere Regeln. Coren glaubte an Williams Talent als Autor, als es noch kein anderer tat. William findet es daher gerecht, dass er jetzt auch vom Erfolg profitiert.

Er klickt sich gelangweilt durch weitere Mails von seiner Presseagentur. Interviewanfragen ohne Ende. Er wählt zehn aus, die er machen wird, dann schreibt er Sally, sie soll den Rest absagen. Das wird ihr nicht passen, aber nachdem er die ersten zwei Jahre nach seinem Erfolg praktisch nonstop für Presse und Lesungen unterwegs war, hat er gelernt, dass niemand daran stirbt, wenn er auch mal Nein sagt.

Damals hatte er nach den zwei Jahren Tinnitus. Sein Arzt machte ihm damals klar, um das Piepen wieder loszuwerden, müsse er dringend Prioritäten setzen.

Die Leute lesen Williams Bücher nicht weniger, seit er sich etwas rarmacht, eher im Gegenteil. In den letzten Jahren hat sich eine große Fangemeinde von William Winter überall auf der Welt gebildet. Seine Bücher sind nicht nur in England ein großer Erfolg, sondern auch in 43 anderen Ländern.

William hat den Überblick verloren, wo, wann, welches Buch, in welchem Land erscheint. Er konzentriert sich auf England und freut sich über die lustigen Cover in fremden Sprachen, die ihm von Coren und anderen Agenten aus anderen Ländern zugemailt werden. In Deutschland ist er einmal im Jahr zu einer Lesung in Berlin. Sein Verlag dort organisiert jedes Mal eine riesige Veranstaltung. Coren hatte die Idee mit der Band. William spielt ein bisschen Gitarre, Coren spielt Bass, und Adam, ein Freund von ihm, spielt Keyboard. Die Männer sind nun wirklich nicht gut, das Ganze ist eher auf dem Niveau einer Schülerband, aber Coren meinte, die amerikanischen Autoren würden das alle so machen, also könnten sie das auch. Die drei spielen ihre fünf Coversongs von The Police, die jeder kennt, und enden jedes Mal mit William im Scheinwerferlicht. Er steht alleine mit seiner Gitarre auf der Bühne und spielt und singt das schöne alte Lied: *Der Mond ist aufgegangen*.

Williams Oma war Deutsche. Er kennt das Lied aus seiner Kindheit. Seine Performance rührt regelmäßig alle Frauen zu Tränen.

Er übertreibt seinen Akzent immer etwas. Das hilft ihm, um nicht an seine Oma zu denken. Man muss aufpassen, welche Emotionen man der Öffentlichkeit präsentiert. Am besten setzt man sein Zahnpastalächeln auf und lässt die vielen Menschen gar nicht an sich heran. Sie wollen nicht ihn auf der Bühne sehen, sondern William Winter, den Krimiautor mit den charmanten Grübchen, der für die Frauen *Der Mond ist aufgegangen* singt.

Seine kleine Tasse ist leer, und er schenkt sich noch mal nach. Er loggt sich aus dem Mailprogramm aus und schließt den Laptop. Er streckt sich und hat plötzlich Sehnsucht nach anderen Menschen. Er geht ins Ankleidezimmer, wählt eine Jacke aus und steigt in den Aufzug.

Als er den Knopf drückt, sagt er das, was er immer sagt, wenn sich die Türen schließen. Es ist ein kleines Ritual geworden, auch wenn er nicht wirklich weiß, wozu es gut ist.

»Auf Wiedersehen, Miss Butterfly, es war mir eine Ehre!«

Diesen Satz hat er mal in einem Roman gelesen, und seitdem ist diese Zeile irgendwie in seinem Kopf verankert. Mit seinem Kopf ist das so eine Sache. Er muss gut aufpassen, an welche Dinge er sich erinnert und an welche lieber nicht.

Er fährt bis nach unten, so muss er keinen Nachbarn treffen. Er hat das Gefühl, immer besonders freundlich sein zu müssen, weil er prominent ist. Damit ist er in Notting Hill zwar keine Ausnahme, aber in seinem Haus ist er der einzige Bestsellerautor. Was er jetzt braucht, sind fremde Menschen. Ein paar Gesichter, ein paar Stimmen. Vielleicht ein paar fremde Akzente, damit er rätseln kann, aus welchem Land sie kommen.

Durch seine Lesungen in Europa ist er darin ziemlich gut geworden.

Langsam geht er die Straße entlang, in der ein Haus schöner ist als das andere. Es gibt Erker und kleine Türmchen, Verandas und versteckte Dachterrassen. Wenn man im Dunkeln vorbeiläuft und in die erleuchteten Fenster schauen kann, sieht man das vermeintlich perfekte Leben der Bewohner darin.

Als Kriminalautor weiß William, dass jeder eine Leiche im Keller hat und in den teuren Wohnzimmern auch viel gestritten und betrogen wird. Trotzdem stellt er sich manchmal eine perfekte Familie vor, die hier wohnt. Dad fährt morgens mit einem Aktenkoffer zur Arbeit, und Mum bringt die zwei Töchter noch schnell zur Preschool, bevor sie dann auch arbeiten geht. Schlechter bezahlt als ihr Mann, aber umso ehrgeiziger. Abends essen sie zusammen und erzählen sich von ihrem Tag. Er liest den Kindern noch etwas vor, und sie öffnet schon mal einen guten Wein, den sie dann zusammen vor dem Kamin trinken werden, wenn die

Kinder endlich schlafen. Jedes Mal endet diese Fantasie in einem Mord. Mal hängt er tot im Flur, mal sitzt sie erschossen auf dem Sofa, wenn er vom Vorlesen wiederkommt.

Er verbietet sich, weiter darüber nachzudenken, und biegt wahllos mal links, mal rechts ab. Notting Hill ist voller schöner Plätze, an denen man fremde Menschen treffen kann. Er möchte es gerne dem Zufall überlassen, wo er heute landet.

Das Schöne daran, ein berühmter Autor zu sein, der sich rarmacht, ist, nicht überall erkannt zu werden. Es gibt natürlich immer überall mal jemanden, der William doch erkennt. Meistens wird er dann beäugt und höflich in Ruhe gelassen. Zumindest in London. In Deutschland kommen die Leute eher auf ihn zu und wollen ein Autogramm. Wenn sie das haben, gehen sie brav wieder. In Frankreich wollen sie Fotos und mit ihm sprechen, was schwierig ist, denn sein Französisch ist so schlecht wie das Englisch der meisten Franzosen. In Japan sind sie völlig verrückt. William war nur einmal da und ist fast in einer Menschentraube ertrunken.

Nachdem er einige Male wahllos links und rechts abgebogen ist, kommt er am Café *Serendaccidentally* raus. William findet den Namen schrecklich. Da hat wohl jemand krampfhaft versucht, kreativ zu sein. Die blaue Eingangstür sieht aber einladend aus, deshalb tritt er ein.

Er erinnert sich dunkel daran, vor Jahren schon mal einen Kaffee hier getrunken zu haben.

Er setzt sich an einen Tisch am Fenster und kontrolliert seine Frisur in der Scheibe. Jeder Mann wäre stolz auf diese Haarpracht. Seine Haare sind dunkelbraun, voll, dicht und glänzen, wenn er ein bestimmtes Haarwachs benutzt, das den Geruch von Minzkaugummi verströmt. Er fährt sich ein paarmal prüfend durch die

Haare und betrachtet sich dabei in der Scheibe. Seine bernsteinfarbenen Augen wirken dunkler in der Spiegelung.

Als die Bedienung kommt, ist es ihm kurz peinlich, weil er
gerade so offensichtlich mit seinem Spiegelbild geflirtet hat. Er
überspielt es, indem er der Bedienung ein Lächeln schenkt.

»Beschäftigen die hier nur so hübsche Frauen wie Sie, oder
habe ich einfach Glück heute?«

Die Bedienung unterdrückt ein Grinsen und antwortet: »Wir
bedienen normalerweise ausschließlich gut aussehende Kunden,
aber für Sie mache ich heute mal eine Ausnahme. Was darf ich Ihnen bringen?«

Sein Magen rebelliert etwas, als er noch einen weiteren Kaffee
bestellt. Er verträgt Kaffee nicht so gut, was er aber täglich ignoriert. Was soll man in einem Café tagsüber auch sonst bestellen?
Tee wie die Queen? Oder Kakao wie ein Kind?

Er sieht sich im Café um. Es sind etwa sieben andere Leute da.
Die meisten sind Frauen. Die zwei in der Ecke haben ihn offenbar
erkannt. Sie werfen ihm Blicke zu und stecken die Köpfe zusammen.

Er schätzt sie auf sein Alter, Mitte, Ende dreißig. Eine ist
blond, ihre Haare sind in einem Pferdeschwanz zusammengebun-
den, sie hat eine süße kleine Stupsnase. Ihre Freundin trägt eine
Mütze. Er hat keine Lust, weiter alleine an seinem Tisch zu sitzen,
und die Stupsnase gefällt ihm.

Das Gespräch der Frauen verstummt, als er an ihren Tisch
tritt.

»Entschuldigt, aber das ist ein Notfall, darf ich mich kurz setzen?«

Beide nicken und gucken gespannt.

»Ich bin William. Hi!«

»Trischa«, stellt sich die Stupsnase vor.

»Olivia«, sagt die mit der Mütze. »Was ist das denn für ein Notfall?«, will sie wissen.

»Ich habe einen Kaffee bestellt, und jetzt weiß ich nicht, welchen Kuchen ich dazu bestellen soll. Ich meine, das versteht ihr sicher, wie soll man denn einen Kaffee ohne Kuchen genießen? Ich dachte, ihr könntet mir bei dieser extrem wichtigen Entscheidung zur Seite stehen, und als Dank lade ich euch dafür auf ein Stück Kuchen ein.«

Die Stupsnase bleibt mit dem Blick an seinen Grübchen hängen. »Ohne Kaffee?«, fragt sie frech. »Wie soll man denn ein Stück Kuchen ohne Kaffee genießen?«

William muss grinsen.

»Und du meinst also, wir zwei, wir kennen uns sicher mit Kuchen aus?«, fragt Olivia so ernst, dass er nicht weiß, ob in ihrem Satz wirklich ein Vorwurf liegt.

»Na ja, ihr seht aus wie zwei Frauen, die das Leben genießen. Da seid ihr sicher eine gute Kuchenberatung.«

Sie lächelt noch nicht, aber ihre Sommersprossen gucken ein bisschen freundlicher. Die Stupsnase hat er längst in der Tasche. Olivia ist etwas schwerer zu knacken.

Die Bedienung kommt mit seinem Kaffee und stellt ihn vor William ab. Sie erwähnt seinen neuen Sitzplatz mit keiner Silbe und keinem Blick.

»So, hier mein einsamer Kaffee. Das wäre jetzt euer Einsatz«, fordert er die zwei Frauen auf, ihm ein Stück Kuchen zu bestellen.

Die Stupsnase fragt nach der Auswahl, die beiden beraten sich kurz und bestellen dann Apfelkuchen, Streuselkuchen und für den aufdringlichen, aber sympathischen Kerl an ihrem Tisch einen Käsekuchen.

Er hätte viel lieber auch ein Stück Apfelkuchen gehabt. Er hält sich aber an sein charmantes Drehbuch und lobt ihre fantastische

Wahl, ihre gute Intuition und Menschenkenntnis. Er fachsimpelt über die Vorzüge von Käsekuchen, und dann traut sich Olivia und fragt: »Bist du nicht der Krimiautor William Winter?«

Er bejaht bescheiden und heuchelt Erstaunen darüber, dass sie ihn erkannt hat.

Es folgen die drei Fragen, die immer folgen.

Weißt du von Anfang an, wie der Krimi ausgeht? (Ja)

Fällt dir immer was ein, was du schreiben kannst? (Nein)

Wolltest du immer schon Krimis schreiben?

Er will gerade antworten, als Olivia ohne Vorwarnung ihre Mütze abnimmt. Rote lange Haare ergießen sich über ihren Rücken. Etwas in ihm bekommt einen Sprung.

»Ich geh mir mal eben die Nase pudern«, sagt er, so lustig er kann, und verlässt den Tisch Richtung Toiletten. Der Raum schwankt ganz leicht. Er läuft langsam und aufrecht, damit keiner etwas merkt.

Als er die Toilette erreicht, stützt er sich am Waschbecken ab, bevor er sich kaltes Wasser ins Gesicht spritzt und sein Spiegelbild anstarrt.

Ein anderer Mann betritt den Raum, als er sich gerade ein Papiertuch aufs Gesicht drückt. Der Mann wirft einen kurzen Blick auf ihn und geht dann weiter, als sei nichts gewesen, als stünden ständig Leute mit Papiertüchern im Gesicht in dieser Toilette herum. Dafür liebt William seine Landsleute. Er hätte hier auch ohne Hose stehen können, und der Mann hätte sich seine Irritation eben so wenig anmerken lassen. »So tun, als ob alles in Ordnung ist« wird Engländern in die Wiege gelegt.

William atmet tief durch und verlässt entschlossen die Toilette. Das Spiel kann weitergehen. Mit der Stupsnase könnte er sich eine Menge schöner Dinge vorstellen. Ihr zarter Hals lädt geradezu zum Draufküssen ein.

Sein Arm streift beim Vorbeilaufen ein Papier am schwarzen Brett. Aus den Augenwinkeln sieht er ein paar gedruckte Zeilen, dann ist er schon am Ende des Flures und betritt wieder den Caféraum. Showtime!

Die Pinnwand

William läuft frierend durch London, statt sich ein Taxi zu nehmen. Es ist zwei Uhr nachts, und die Straßen sind ein kleines bisschen leerer als tagsüber. Trischa wohnt mittendrin, nicht allzu weit von der Themse und St Paul's Cathedral. Um es sich dort leisten zu können, teilt sie sich die Wohnung mit fünf anderen Erwachsenen. Man könnte denken, das sind alles Spinner, Musiker, Leute, die mit über dreißig noch in Dr. Martens rumrennen und sich die Haare bunt färben. Aber es sind alles ganz normale Menschen mit völlig normalen Jobs. Leider ist London inzwischen keine normale Stadt mehr. Die Preise für Mieten sind utopisch, und William fragt sich oft, warum so viele unbedingt hier wohnen wollen. Für ihn ist London eine Insel. Ganz anders als der Rest von England und deshalb der einzige Ort, an dem er leben kann. Vielleicht geht es allen anderen auch so. Vielleicht sind in London alle nur Flüchtlinge, die vor ihrem alten Leben fliehen.

Momentan flieht William vor Trischa.

Wenn er nach dem Sex mit einer Frau im Bett liegt, dauert es keine zehn Minuten, und er wünscht sich weit weg. Er verflucht die Nähe, die keine ist. Je länger er bleibt, desto schlimmer wird es.

Du hattest, was du wolltest, jetzt hau ab, brich ihr nicht das Herz, du Idiot, sagt er dann zu sich selbst.

Er ist ziemlich perfekt darin, sich selbst zu beschimpfen. Sein Ich hat eine Menge verschiedener Schimpfwörter für ihn. Blödmann, Machoarsch, Armleuchter – sein neues Lieblingswort für sich selbst ist »Lauch«. So haben ihn neulich zwei Jugendliche genannt, als er sich an der Kinoschlange vorgedrängelt hatte. Die Suchmaschine hatte ihm verraten, was das Wort bedeutet. Ein »Lauch« ist eine langweilige, uncoole Person.

Er läuft die Straße hinunter und sieht seinen Schatten vor sich herhasten. »Du Lauch«, sagt er zu ihm. Der Schatten wird immer kleiner, bis er hinter ihm verschwindet.

Er kommt an der St Paul's Cathedral vorbei. *Sie ist atemberaubend schön*, denkt er. Mit ihrer nächtlichen Beleuchtung wirkt sie allerdings etwas bedrohlich. Er zieht sein Handy aus der Jackentasche. Sein Finger schwebt über der Uber-App. Er entscheidet sich dann aber doch dazu, kein Taxi zu rufen und weiterzulaufen. Ihm ist kalt in seiner dünnen Jacke, die für einen Spaziergang am Nachmittag gedacht war und nicht für eine nächtliche Wanderung durch London.

Um sich abzulenken, wählt er den Weg über die Fleet Street. Sie führt an drei Kirchen vorbei, St Bride's Church, Temple Church und die Romanian St George Church. Kirchen haben es ihm angetan, seit er ein kleiner Junge war. Im Urlaub bat er seine Mutter immer, mit ihm in eine Kirche zu gehen. Die Architektur und die Ausstrahlung dieser Bauwerke faszinierten ihn. Das Gefühl, gleichzeitig etwas verloren und getröstet zu sein in diesen großen, kühlen Gebäuden, hat sich bis heute gehalten. William findet, man muss dazu nicht mal gläubig sein. Der Ort an sich löst diese beiden Gefühle in ihm aus.

Er fragt sich, ob Kirchen nachts geöffnet sind. Er hat es nie ausprobiert, weil er nicht enttäuscht vor der verschlossenen Tür stehen wollte. Vielleicht ist das ein Fehler, den man generell im

Leben oft begeht. Etwas nicht zu versuchen aus Angst davor, dass es sowieso nicht klappt.

Er denkt darüber nach und verlangsamt dabei seine Schritte. Ein Fehler. Ein Obdachloser kommt auf ihn zu und quatscht ihn voll. Irgendetwas vom drohenden Untergang und den Dämonen der Vergangenheit und Engeln, die alle retten.

William macht den nächsten Fehler und antwortet ihm. »Wie erkenne ich denn den Engel, der mich rettet? Nicht, dass ich ihn verpasse?!«

Der Obdachlose schaut ihn aus seinen dunklen Augen ernsthaft an, hebt dann theatralisch eine Hand gegen den Himmel und sagt: »Du wirst ihn erkennen, Bruder, dein Herz wird summen, und deine Augen werden endlich sehen!«

William nickt. »Na, das sind ja wundervolle Aussichten. Dann weiß ich Bescheid.«

Er findet in seiner Jackentasche ein paar Münzen und gibt sie ihm, um ihn loszuwerden. Der Obdachlose folgt ihm trotzdem noch einige Zeit, wortlos mit seinen Plastiktüten raschelnd, was unheimlicher ist als sein Gerede vom Untergang.

William geht immer schneller und schüttelt ihn schließlich ab. Ein seltsames Gefühl bleibt aber an ihm haften. Die Straßen sehen nach einer Weile alle gleich aus. Die Lichter verschwimmen mit den vorbeifahrenden Autos. Gitter vor den Schaufenstern der Läden. Mit jedem Schritt kriecht ihm die Kälte mehr in die Knochen.

William fühlt sich wie in einem Becken voller Wasser, und um ihn herum sind nur glatte Wände, an denen er keinen Halt findet. Es ist, als gleite er an der nächtlichen Stadt einfach ab. Es gibt nichts, woran er sich festhalten könnte.

Er holt sich in einem abgerockten Burgerladen, der um diese

Zeit noch aufhat, eine Pommes. Er isst sie aus der Papiertüte mit den Fingern. Wenn man sich etwas Warmes, Salziges in den Mund stecken kann, ist die Nacht gleich viel weniger bedrohlich.

Als er endlich Notting Hill erreicht, hat er furchtbaren Durst. Er sprintet die Treppen zu seiner Wohnung hoch. In seinem Kopf ist er wieder James Bond, der eine salzige Droge bekommen hat, die ihn in wenigen Minuten umbringen wird, wenn er nicht sofort eine Dose Bier als Gegenmittel trinkt. In seiner Wohnung angekommen, hetzt er im Dunkeln zum Kühlschrank und stürzt das kalte Bier herunter. Geschafft. Er hat das Böse abgewehrt und überlebt.

Am nächsten Tag wacht er auf dem Lesesofa auf. Schlaf ist etwas Wunderbares. Er teilt nicht nur einen Tag vom anderen, er lässt uns auch ab und zu kleine Pausen von uns selbst.

William braucht eine Weile, um sich zurechtzufinden. Er zieht seine Klamotten aus, in denen er geschlafen hat, und stellt sich mit Musik unter die Dusche. Er kann das integrierte Radio in der Wand nicht regulieren, also läuft immer ein Sender, der Countrymusik spielt. Das ist seltsam, aber gar nicht so übel, weil die Musik immer etwas Beschwingtes hat.

Frisch geduscht kann man dem Leben immer besser entgegentreten, stellt William fest, als er mit einem Handtuch um die Hüfte gewickelt in die Küche läuft. Im Kühlschrank findet er noch zwei Dosen Bier und eine Zitrone. Das ist jetzt nicht gerade das, was er sich unter einem guten Frühstück vorstellt. Er sollte Shanja bitten, ab und zu etwas für ihn einzukaufen. Er schaut mit seinem Handy nach, ob das Café *Serendaccidentally* schon geöffnet hat.

Eine halbe Stunde später serviert ihm eine Kellnerin mit schönen schlanken Fingern ein überdimensional großes Rührei mit einer

Menge Toast. Es tut ihm gut, wieder hier zu sitzen. Sein Handy bekommt plötzlich einen Anfall, blinkt und vibriert mehrmals.

Er öffnet seine Nachrichten-App und sieht, dass Coren und ein paar andere ihm Nachrichten geschickt haben.

»Du hast es wieder geschafft! Glückwunsch, mein Bester!« Darunter das Bild der aktuellen Bestsellerliste.

Der Tod hat keinen Rückwärtsgang ist auf Platz eins. William hört auf zu kauen. Erleichterung durchströmt ihn. Auf der Bestsellerliste zu landen, ist für jeden Autor ein Traum, der ungefähr so wahrscheinlich ist, wie eines Morgens aufzuwachen und fließend Spanisch zu sprechen. Man wünscht es sich zwar, aber man weiß auch, dass es vermutlich nie wahr wird.

Als Williams erster Krimi auf der Bestsellerliste einstieg und schnell die oberen Ränge eroberte, konnte er es einfach nicht glauben. Wochenlang wachte er morgens auf und dachte, er hätte es nur geträumt. Beim zweiten Krimi hätte er nicht damit gerechnet, dass sich dieser Vorgang wiederholen könnte. Gehofft ja, aber nicht erwartet. Der zweite Krimi wurde ein Bestseller und auch der dritte.

Wenn der Erfolg anhält, gewöhnt man sich plötzlich daran. Seit dem letzten Buch wartet William darauf, dass die Leser sich langweilen. Irgendwann werden sie entdecken, dass er gar keine Krimis schreiben kann, und aufhören, seine Bücher zu kaufen. Wenn er nicht mehr William Winter sein kann, dann weiß er nicht, wer er sonst sein soll. Mit bürgerlichem Namen heißt er William Smith. Das ist so ziemlich der langweiligste Name, den man in England überhaupt haben kann. Aber darum geht es ihm nicht. Er kann nicht wieder der sein, der er vor den Bestsellern war. Diese Person gibt es nicht mehr. Aber das ist momentan auch nicht zu befürchten. Die William-Winter-Euphorie hält an.

Er liest die anderen Glückwunschnachrichten. Zwei befreundete Autoren gratulieren ihm mit großen Worten. Er weiß natürlich, dass sie ihn eigentlich dafür hassen, dass er schon wieder auf Platz eins steht. Man macht sich nicht gerade beliebt mit Erfolg unter Kollegen. Vor allem, weil dieser Erfolg so unberechenbar und willkürlich erscheint. Ein gutes Buch wird nicht unbedingt ein Bestseller. Und ein Bestseller ist nicht unbedingt auch ein gutes Buch.

Er isst sein Rührei weiter und horcht in sich hinein. Freut er sich? Er kann es nicht mit Bestimmtheit sagen. Probeweise lächelt er ein bisschen durch die Gegend. Na also, geht doch.

Satt und zufrieden, sucht er nach dem Essen die Toilette auf. Das Lächeln fällt ihm jetzt richtig leicht. Weil er gerade so in Schwung ist, lächelt er alle Frauen an, die an den Tischen sitzen, auch die mit Männern. Im Flur streift sein Blick die Pinnwand mit einem DIN-A4-Zettel, auf dem einige Zeilen stehen. Neugierig bleibt er stehen und liest. Sein Lächeln fällt zu Boden und zerspringt in tausend Stücke.

Er reißt den Zettel von der Pinnwand. Die Zeilen brennen sich in seinen Magen.

»Wissen Sie, wer diesen Zettel aufgehängt hat?« Er hält ihn der Bedienung unter die Nase, damit sie aufhört, mit ihren schlanken Fingern Milch aufzuschäumen.

Sie nimmt den Zettel und liest entsetzlich langsam die Zeilen. »Das ist aber schön. Und das hing einfach so an der Pinnwand?«

Er nickt. »Haben Sie eine Idee, wer es aufgehängt haben könnte?«

Sie schüttelt bedauernd den Kopf. »Man muss nicht fragen, jeder kann dort etwas aufhängen und ist dabei auch unbeobachtet. Wir nehmen nur Nachrichten ab, die rassistisch sind. Allerdings kommt das auch so gut wie nie vor. Meistens sind es Wohnungssuchanzeigen oder Yogakurse. Das hier ist neu!« Sie strahlt ihn an und gibt ihm den Zettel zurück.

William setzt sich zurück an seinen Platz. Der Zettel liegt vor ihm neben dem leeren Teller auf dem Tisch. Das kann kein Zufall sein. Zum wiederholten Mal liest er die Zeilen, die er noch so gut kennt.

Der Fahrtwind streicht durch seine Haare. Er tritt in die Pedale und rauscht die Küstenstraße entlang. Das goldene Licht der Morgensonne schickt die ersten Strahlen über das Meer. Ich bin verliebt, denkt Jasper. Hoffnungslos und unwiderruflich, Hals über Kopf und Herz über. Ich liebe ihre Sommersprossen und die Art, wie sie an einem Scone herumzupft, bevor sie ihn isst. Ich liebe es, wie ihre Augen durch den Raum wandern, wenn sie etwas Wichtiges erzählt, und wie ihre Hände immer schneller sprechen als sie. Alles drückt sie in Bewegungen aus. Manchmal kann sie einfach nicht still sitzen, weil das Leben viel zu aufregend ist. Er fährt bergab. Die Landschaft saust um ihn herum. Das Meer ist von hier oben gut zu sehen. Der Horizont leuchtet orange. Er lässt den Lenker los und fährt freihändig. Er breitet beide Arme aus wie ein Adler seine Flügel. Es fühlt sich an wie Fliegen. »Sie ist mein Ozean!«, schreit er gegen den Wind.

Er muss etwas tun. Er kann hier nicht tatenlos herumsitzen. Er muss die Person finden, die diesen Zettel aufgehängt hat. Seine Gedanken rasen wie eine Herde Wildpferde durch seinen Kopf, was ganz und gar nicht hilfreich ist. Er braucht einen Rat. Einen

Rat von jemandem, der die ganze Geschichte kennt. Er wählt erst Corens Nummer, legt kurze Zeit später wieder auf und schreibt stattdessen eine SMS.

Coren ist so zuverlässig wie das schlechte Wetter in England. Als William ihre gemeinsame Kneipe betritt, sitzt er schon am Tresen.

Er ist in Feierlaune und hält ihm nach der Umarmung eine Flasche Bitter hin. William hat das Gefühl, etwas Stärkeres zu brauchen, und bestellt einen Whiskey. Der Barkeeper stellt keine Fragen, aber Coren schaut ihn prüfend an, als er sein Glas ext, und schaut demonstrativ auf seine Armbanduhr. Es ist 11 Uhr am Vormittag.

»Was ist los? Du machst nicht den Eindruck, als würdest du den Platz eins sonderlich genießen?«

Wortlos hält William ihm den Zettel hin, den er aus dem Café mitgenommen hat.

Er liest und bekommt große Augen. »Ist das nicht ...?«

William nickt bestätigend. »Das hing in einem Café an der Pinnwand.«

»Nicht dein Ernst! Einfach so?«

»Einfach so.«

»Wer hat es da aufgehängt?«

William macht mit einer Geste klar, dass genau das eben die Frage ist.

»Hast du nachgefragt?«

»Ich bin ja nicht bescheuert!«, er nimmt einen Schluck vom Bier, weil das Whiskeyglas ja schon leer ist.

Coren starrt ihn an. »Woher hat er das? Wie kann das sein?«

William schüttelt ratlos den Kopf. »Ich weiß es nicht. Sag du es mir, du bist der Agent, Coren.«

Er zieht seine dunklen Augenbrauen zusammen. Das Gesicht kennt William gut. Es ist sein tief nachdenkliches Gesicht.

»Theoretisch kann es überall herkommen. Wir haben damals den Roman an sechs Verlage geschickt. Alle sechs ...«

» ... haben abgelehnt. Ich weiß. Was passiert mit den abgelehnten Manuskripten?«

»Die werden vernichtet.«

»Offenbar nicht!«, er schlägt mit der Hand geräuschvoll auf die Theke.

Corens Gesicht bekommt einen schuldbewussten Ausdruck. »Ich habe es damals nicht nur als E-Mail-Anhang eingereicht, sondern auch ausgedruckt. Ein Verlagsleiter sagte mir damals, manche Lektoren lesen lieber von Papier als auf dem Bildschirm. Ich dachte, das würde unsere Chancen erhöhen.« Er sieht seinen Freund unglücklich an.

William macht eine wegwerfende Handbewegung. Er spürt den Alkohol im Kopf. »Es könnte genauso gut von einer nicht gelöschten E-Mail stammen. Irgendjemand in einem der sechs Verlage hat es sich ausgedruckt und an die Pinnwand gehängt«, versucht er, die Sache zu analysieren.

»Oder an jemanden weitergeschickt, und der hat es aufgehängt.«

»Warum, Coren? Warum hängt jemand diese Zeilen auf?«

William schiebt energisch das Blatt weg, um es nicht noch einmal lesen zu müssen.

Coren sagt leise: »Weil sie schön sind. Es war der beste Roman, den du je geschrieben hast, Will.«

Er senkt den Kopf. Er will das nicht hören, auch wenn er weiß, dass Coren recht hat. Das Bier schmeckt nach einsamen Nächten.

»Wir könnten einfach alle sechs Verlage verklagen. Wegen unterlassener Vernichtung und unerlaubter Veröffentlichung.« Coren macht Witze, um ihn nicht in dieses Loch abrutschen zu lassen, das sich aufgetan hat. Er weiß, wie dünn das Eis ist, auf dem sie sich gerade befinden. »Am besten vergisst du das Ganze. Irgendjemand hat diese Zeilen aus deinem Roman entdeckt, na und? Du hast sie abgehängt und fertig.«

»So geht das nicht. Ich muss wissen, wer dahintersteckt. Schlimmstenfalls weiß dieser jemand, wer ich bin, und will den Roman jetzt unter meinem Namen veröffentlichen.«

»Das geht nicht ohne dein Einverständnis«, beruhigt ihn Coren.

»Es ging ja auch ohne mein Einverständnis, das im Café aufzuhängen! Ich muss herausfinden, wer dahintersteckt!« Er knallt seine leere Bierflasche auf den Tresen.

Coren seufzt und trinkt einen Schluck. »Gehe ich recht in der Annahme, dass ich dich davon nicht abbringen kann?«

William sagt mehr zu sich als zu ihm: »Es ist wichtig für mich.«

Coren seufzt erneut und ext dann seinen Rest Bier.

William hält sich an seiner leeren Flasche fest.

»Wir finden das Schwein und grillen es!« Coren haut ihm heftig auf den Rücken.

William muss grinsen. *Ich liebe diesen übergewichtigen Kerl, dem schon die Haare ausgehen*, denkt er. Mit einem Blick in seine Augen sieht er, dass er nicht alleine ist. Vermutlich hat er so einen Freund überhaupt nicht verdient.

»Wir finden das Schwein und grillen es!«, wiederholt er und hält Coren die Faust hin.

Er hält seine dagegen.

Der anonyme Zeilenverteiler ist so gut wie tot.

Tun, was man tun muss

Mir tun die Arme weh und der Rücken, aber vor allem das Herz. Ich weiß nicht, wie ich es schaffen soll, diesen Raum komplett zu leeren.

Ich brauche einen Plan. Am besten einen guten und effektiven Plan.

Verzweifelt schaue ich auf die endlosen Kartons an der Wand. Ich habe alles durchforstet und die Manuskripte alle an der Wand aufgereiht. Es sind viel zu viele, um sie Stück für Stück in meiner Tasche hier rauszuschmuggeln. Ich könnte sie sortieren und nur die allerschönsten mitnehmen, aber was wird dann aus den ganzen anderen?

Das nächste Problem ist die Lagerung. Selbst wenn ich es schaffen würde, alle Geschichten zu retten. Wohin damit? Mein Apothekerschrank ist inzwischen voll. Ich werde sie alle in meinem kleinen Wohnzimmer stapeln müssen. Das Sofa begraben unter Papierbergen. Dann kann Felix nie wieder zum Essen zu mir kommen. Er wird denken, jetzt bin ich völlig durchgeknallt und entwickle mich zu einer schrägen Messiefrau, die Altpapier im Wohnzimmer lagert.

Ich reibe mir die schmerzenden Arme und drehe mich um, zu dem anderen Stapel an der gegenüberliegenden Wand. Das sind die Papiere, die ich entsorgen müsste. Ich habe keine Ahnung, wie. Schubkarrenweise müsste man sie hier rausfahren, über die Treppe, über die Straße, über das ganze Viertel bis zum Entsorgungscenter.

Mr Anderson hat mich ein paarmal gefragt, wie ich vorankomme mit dem »Konferenzraum«. Ich habe gelogen und gesagt: »Gut.«

In Wahrheit hänge ich fest.

Seufzend stecke ich zwei von gefühlt tausend Manuskripten in meine Tasche und verlasse den Raum des Vergessens. Sorgfältig schließe ich ab und hänge den Schlüssel an den Nagel. In der Kaffeeküche räume ich das Geschirr in die Spülmaschine, stelle sie an und spüle die leeren Kannen von Hand. Das Wasser ist zu heiß und meine Arme zu müde.

»Na, Millie, wie war dein Tag heute?«

Rebecca steht plötzlich neben mir. Ich habe sie nicht kommen hören. Gut gelaunt wirft sie eine leere Gummibärchentüte in den Müll.

Ich zucke mit den Schultern, weil ich nicht weiß, was ich sagen soll.

»So, wie du aussiehst, hattest du keinen schlechten Tag«, sie legt ihr Gesicht in viele besorgte Falten, »du hattest einen beschissenen Tag, richtig?«

Ich muss etwas grinsen und nicke. Die Kannen stelle ich zum Trocknen neben die Spüle.

»Na, dann komm mal mit«, Rebecca nimmt mich an die Hand und zieht mich aus der Küche. Sie weist mich an, meine Jacke und Tasche zu holen, und bugsiert mich aus dem Verlag.

Wir gehen an Mrs Crane vorbei, Rebecca grüßt sie fröhlich, und sie wirft uns ihr Schweigen hinterher.

Rebecca hakt sich bei mir unter und führt mich durch Notting Hill. Sie erzählt mir dabei von ihren zwei Wellensittichen, Chip und Chap, die einige Wörter können und ihr auf die Schulter fliegen, sobald sie die Käfigtür öffnet. So würde es sich anfühlen, wenn ich eine Freundin hätte, denke ich heimlich. Rebecca redet, und ich höre zu. Das ist auch ein Gespräch, finde ich. Ich stelle mir vor, wie wir beide Geheimnisse teilen würden und uns nachts um zwei noch SMS-Nachrichten schicken, wenn wir nicht einschlafen können.

»So, hier sind wir schon. Die haben hier den weltbesten Kakao, der wird dir guttun!« Sie hält mir die Tür des Cafés auf und strahlt mich an.

Ich sage nicht, dass ich dieses Café kenne und auch den Kakao schon getestet habe. Ich habe, seit sie die Kaffeeküche betreten hat, kein Wort gesprochen und mich einfach von ihr mitreißen lassen. Ich stelle erstaunt fest, dass Rebecca genau das ist, was ich heute brauche. Auch wenn sie einfach nur nett zu mir ist, weil ich eine Kollegin bin oder weil sie heute nichts vorhatte oder einfach nur nicht alleine ins *Serendaccidentally* gehen wollte.

Rebecca fragt mich, wo ich sitzen will, und wählt dann, ohne eine Antwort von mir zu erwarten, einen Tisch am Fenster aus. Sie geht so selbstverständlich mit meiner Unfähigkeit, mit ihr zu sprechen, um, dass ich mich wohlfühle und die Wörter auf einmal ganz von selbst kommen.

»Ich dachte, du trinkst nur schwarzen Kaffee«, sage ich, als sie für uns beide einen Kakao bestellt.

Sie lächelt verschwörerisch. »Es gibt vieles, das du nicht von mir weißt, Millie. Und noch mehr, das ich nicht von dir weiß.« Sie schaut mich auffordernd an.

»Von mir gibt es nicht viel zu wissen.«

»Das glaube ich nie im Leben. Was ...«, sie macht eine bedeutungsvolle Pause, »ist dein Geheimnis?«

Ich schaue verunsichert auf meine Hände. Was meint sie damit? Ahnt sie etwas von den geschmuggelten Manuskripten?

»Mein Geheimnis ist zum Beispiel, dass ich mich immer in die falschen Männer verliebe. IMMER!«, betont sie und macht ein so verzweifeltes Gesicht, dass ich lächeln muss.

»Warum in die falschen, was ist falsch an ihnen?«

»Sie wollen mich nicht. Oder sie wollen mich und betrügen mich dann aber. Oder sie wollen mich nicht, sagen mir aber, sie wollen, nur um mir dann, wenn ich dann will, zu sagen, dass sie ja nie wollten.«

»Das klingt sehr kompliziert.«

Sie stöhnt. »Das ist es auch.«

Unser Kakao kommt. Wir löffeln Milchschaum in uns hinein, bis Rebecca fragt: »Und bei dir? Gibt es komplizierte Männer in deinem Leben?«

»Ich weiß nicht einmal, wo Männer wohnen«, sage ich wahrheitsgemäß.

»Männer sehen mich gar nicht, so wie die meisten Menschen.« Ich nehme wahr, wie schrecklich das klingt, und füge schnell hinzu: »Das ist o. k. Ich bin ganz gerne für mich.«

»Warum?« Rebecca schaut mich ehrlich interessiert an.

»Weil ich dann nicht Angst haben muss, etwas Falsches zu sagen oder zu wenig zu sagen«, gebe ich zu.

»Die meisten Menschen sagen eher zu viel. Sie tackern ungefragt ihre Meinung auf deine Stirn, bevor du dich wehren kannst. Ich finde es angenehm, dass du anders bist.«

Ich werde rot. Schnell trinke ich einen Schluck Kakao.

»Ich muss mal eben«, sagt Rebecca entschuldigend und steht auf.

Ich nicke.

Als sie weg ist, atme ich tief durch. *Du machst das toll, mache* ich mir selber Mut. Es ist schön, mit Rebecca zu reden. Felix hat vielleicht recht, ich sollte mich mehr mit Menschen treffen.

Das hier ist ein Anfang.

Der Kakao prostet mir zu.

»Du glaubst es nicht! Das ist jetzt echt unheimlich!« Rebecca setzt sich schwungvoll zurück an den Tisch.

Sie hält etwas in der Hand, einen Zettel. Mir wird heiß und kalt.

»Ich habe vor Jahren mal einen Roman abgelehnt, der sehr besonders war. Eine Liebesgeschichte mit tödlichem Ausgang. Damals starb gerade in nahezu jeder zweiten Liebesgeschichte eine der Hauptfiguren, deshalb kam das für uns nicht infrage, aber der Roman war – davon mal abgesehen – wunderschön!«

Sie legt mit Schwung meine aufgehängten Zeilen auf den Tisch.

»Ob du es glaubst oder nicht: Diese Zeilen hier sind aus dem Roman! Ich bin mir fast hundertprozentig sicher, weil ich damals diese Stelle mehrfach gelesen habe, weil sie so schön ist!« Sie schaut mich mit weit aufgerissenen Augen an.

»Vielleicht wurde er woanders veröffentlicht?«, sage ich mit tonloser Stimme.

»Das glaube ich nicht, das hätte ich sicher mitbekommen.«

Sie hält mir den Zettel hin, damit ich die Zeilen lesen kann. Mir stockt der Atem, als ich sehe, dass jemand etwas unter die Zeilen geschrieben hat.

Megan fährt zum Bäcker. Sie hängt die Wäsche im Garten auf. Sie geht in ihr Atelier und reinigt die Pinsel. Sie tut alles genau so, wie sie es an jedem normalen Dienstag auch getan hätte. Sie verhält sich, als wäre es ein völlig normaler Tag, als hätte sie die

*ganze Nacht geschlafen und Himmel und Erde hätten
sich nicht berührt. Nur ihr Lächeln verrät sie.*

Mein Herz klopft so laut, dass ich eine Hand gegen meine Brust pressen muss.

»Es ist wunderschön, stimmt's?«, fragt Rebecca, die das als Rührung über den Text interpretiert.

Ich kann nur stumm nicken. Jemand hat den Roman weitergeschrieben. Das sind exakt die Zeilen, die in dem Manuskript von J. Abberwock folgen.

Wer könnte sie geschrieben haben?

»Ich frage mich, wer diese Zeilen aufgehängt hat. Es könnte jemand aus unserem Verlag sein. Es könnte jemand aus einem anderen Verlag sein, an den das Manuskript geschickt wurde. Es könnte ein Freund oder Bekannter vom Autor sein, der das Manuskript hatte, oder aber ...«

Rebecca schaut mich an, und wir sagen gleichzeitig: »Der Autor selbst!«

Es kann nur der Autor sein. Mein Herz hüpft bei dem Gedanken. J. Abberwock hat die Zeilen entdeckt und sie weitergeschrieben. Es ist die schönste Antwort, die ich hätte bekommen können.

»Was ich nicht verstehe: Warum ist der eine Teil der Zeilen gedruckt und der andere von Hand geschrieben?«, fragt Rebecca und hält den Zettel gegen das Licht, als könnte sie so dieser Frage auf die Spur kommen.

»Weil es inhaltlich Sinn macht«, erfinde ich schnell. »Erst sind wir bei Jasper, und dann sind wir bei der anderen Hauptfigur, Megan.« Ich klatsche mir gedanklich an die Stirn. Habe ich jetzt verraten, dass ich den ganzen Roman kenne? Kann man nur aus den paar Zeilen schließen, dass Megan die andere Hauptfigur ist?

Rebecca schaut mich wachsam an. Jetzt nur nicht rot werden. Ich trinke einen Schluck Kakao.

»Liest du viel?«, fragt Rebecca.

»Ja, ziemlich viel.« Immerhin ist das keine Lüge. Rebecca hat ja nicht gefragt, was ich so lese.

»Wie geht die Geschichte weiter?«, frage ich, denn vermutlich fragt man das, wenn man das Ende nicht kennt.

»Also, genau kann ich es dir jetzt nicht mehr sagen, aber ich weiß noch, dass Megan am Ende stirbt. Und das war so ein Bruch im Buch. Der ganze Roman kommt sehr leichtfüßig und stellenweise überromantisch daher, da passte das Ende überhaupt nicht. Vom Gefühl her hätte ich hundertpro auf ein Happy End getippt beim Lesen.«

»Vielleicht war das die Absicht vom Autor? Ein überraschendes Ende?«

»Ein ziemlich trauriges Ende auf jeden Fall mal.« Rebecca isst ihren kleinen Brownie und verzieht genussvoll ihr Gesicht.

Ich habe meinen schon gegessen und fühle, wie ich dringend noch mehr Zucker oder Koffein brauche. Etwas, das meinen Kreislauf stabil hält.

Gleichzeitig zu vertuschen, dass ich das Manuskript habe und der ursprüngliche Zeilenaufhänger bin, und zu verkraften, dass mir J. Abberwock persönlich zurückgeschrieben hat, überfordert mein Herz-Kreislauf-System. Ich sehe kleine Punkte vor mir und ergreife darum eine ungewöhnliche Maßnahme. Ich winke die Kellnerin heran.

Als sie vor mir steht, brauche ich zwei Anläufe, bis meine Stimme funktioniert, aber ich bestelle tapfer zwei Brownies. Einen für Rebecca und einen für mich.

»Ich lade dich ein«, sage ich erleichtert, weil ich die Bestellung geschafft habe.

Rebecca freut sich.

»Hast du noch Kontaktdaten zu ...«, beinahe wäre mir der Name rausgerutscht. »Zu dem Autor, der das Manuskript eingereicht hat?«

Rebecca schüttelt den Kopf. »Ich lösche regelmäßig alle Mails. Ich kann mich nicht einmal mehr an den Namen erinnern. Ich weiß nur noch, dass er irgendwie seltsam war.«

»Na, das hilft uns weiter!«, sage ich ironisch und gleichzeitig erleichtert. Wenn Rebecca zu viel nachforscht, kommt sie am Ende noch drauf, dass ich die Zeilen aufgehängt habe.

Unsere Brownies kommen. Wir essen und hängen beide unseren Gedanken nach. Ich muss Rebecca dazu bringen, die Geschichte zu vergessen, und mir überlegen, wie ich J. Abberwock antworte.

»Ich finde, wir sollten den Zettel wieder aufhängen. Der Autor, wenn er es denn war, möchte ja offenbar, dass diese Sätze an die Öffentlichkeit gelangen.«

Rebecca nickt zustimmend. Sie macht mit ihrem Handy ein Foto von den Zeilen, ich folge ihrem Beispiel.

»Du darfst das aber streng genommen nicht weiterschicken«, ermahnt sie mich. »Die Rechte des Textes liegen beim Autor, darum könnte jemand Drittes, wenn er sie unerlaubt hier aufgehängt hat, auch Ärger bekommen.«

Ich versuche, ganz normal weiterzuatmen und meinen Brownie zu essen. Ich entspanne mein Gesicht, auch wenn ich unter dem Tisch meine Zehen verkrampfe.

Rebecca weiß nicht, dass ich die »Dritte« bin, die ohne Recht an dem Text eigenmächtig gehandelt hat, sage ich mir. *Sie kann es nicht wissen, außer du verrätst dich.*

»Das ist ja irgendwie süß von dem Autor, die Zeilen hier aufzuhängen, findest du nicht? Ob er sehr traurig war, dass sein Buch nicht veröffentlicht wurde?«

Rebecca springt auf die Frage an und erzählt von vielen Absagen und wie die Autoren dann reagieren. Sie erzählt von den Agenten, die Rebeccas Absagen an ihre Autoren weiterleiten müssen, und von einer Autorin, die die Absage einfach nicht akzeptieren wollte und ihr ein halbes Jahr lang E-Mails schrieb.

Als wir uns schließlich verabschieden, klebt mein Shirt an meinem Rücken. Ich bin nass geschwitzt vom So-tun-als-ob.

Zu Hause angekommen, lese ich sofort im Manuskript nach, ob die handschriftlichen Zeilen vom Originaltext abweichen. Ich vergleiche sie Wort für Wort mit meinem Bild auf dem Handy. Der Text stimmt exakt überein. Es muss der Autor sein! Bei dem Gedanken, mich mit dem Erfinder von Jasper und Megan auszutauschen, wird mir ganz schwindelig. Ich habe so viele Fragen an ihn!

Ich muss antworten, aber wie? Ich bin ja nicht einmal in der Lage, einem beliebigen Autor aus dem Verlag eine E-Mail zu schicken, wie soll ich dann jemals etwas formulieren, das J. Abberwock persönlich lesen wird?

Ich rufe Felix an, aber ich erreiche ihn nicht. Ich schicke ihm eine Nachricht, und er schreibt zwei Stunden später zurück, dass ich morgen nach der Arbeit einfach bei ihm vorbeikommen soll. Außerdem sendet er mir ein Foto von James, der auf seinem Kopfkissen liegt. Mein Bruder hat sich in einen Kater verliebt!

Ich lege mich ins Bett und kann lange nicht einschlafen. Tausend Gedanken stürmen ungefragt durch meinen Kopf und wollen Aufmerksamkeit. Je später es wird, umso anstrengender werden die Gedanken. Ich befürchte, jemand könnte den Zettel einfach von der Pinnwand abhängen. Ich befürchte, es war gar nicht der Autor, sondern die Polizei, die nach mir fahndet, weil ich die Dritte bin, die ohne Berechtigung die Rechte des Autors verletzt hat. Es wäre schön, Rebecca jetzt eine Nachricht zu schicken. Aber wir sind keine Freundinnen, sondern Kolleginnen, und in nächster Zeit halte ich lieber Abstand von ihr, bis Gras über die Zeilen gewachsen ist.

Am nächsten Tag verlasse ich schnell mit dem übervollen Glas Eistee die Kaffeeküche, sobald ich Rebeccas fröhliche Stimme auf der Treppe höre.

Ich drücke mich im Büro von Mr Anderson rum, bis er mich quasi rauswirft, indem er sagt: »Na dann, an die Arbeit, Millie!«

David und Abbey stehen auf dem Flur und quatschen.

David lehnt lässig an der Wand, sein Fuß verrät ihn, und beide verraten mich, als ich versuche, heimlich zu meinem Platz auf der Treppe zu schleichen.

»Guten Morgen, Millie!«, rufen sie mir laut zu.

Ich grüße mit einem Kopfnicken zurück, aber bevor ich die Treppe erreichen kann, kommt Rebecca aus der Küche geschossen.

»Guten Morgen, na, gut geschlafen?«, fragt sie mich, als hätten wir beide gestern Abend eine Kneipentour gemacht.

Ich nicke und will weitergehen.

Sie hält mich am Arm fest. »Alles o. k.?«, fragt sie nach. Ihre blauen Augen blicken besorgt.

»Jaja, alles supidupi.« Ich habe keine Ahnung, woher dieser alberne Ausdruck plötzlich kommt. Ich lache, und es klingt so fremd, dass es fast wehtut.

Rebecca zieht ihre Stirn in Falten, sagt aber nichts und lässt mich gehen.

Auf der Treppe mache ich ein paar Atemübungen, bevor ich in der Lage bin, die Mails zu checken.

Ich mache den ganzen Tag einen miserablen Job, weil ich die Kaffeeküche meide und so alles liegen bleibt und keiner frischen Tee oder Kaffee kocht. Ich zähle die Stunden, bis ich zu meinem Bruder fahren kann. Als ich sicher bin, dass sich gerade niemand auf dieser Etage aufhält, schleiche ich schnell in den Raum des Vergessens und verstaue zwei Manuskripte in meiner Tasche. Die anderen, die zurückbleiben, schauen mir vorwurfsvoll hinterher. Ich habe immer noch keine Lösung für ihre Rettung, und sie wissen das. Alles fühlt sich falsch an heute.

Schließlich flüchte ich aus dem Verlag, um ein paar Dinge einzukaufen.

Ich bleibe viel länger weg als nötig, verstaue dann alles in der Kaffeeküche, in der keiner mehr ist, und verlasse erleichtert den leeren Verlag.

Mrs Crane sitzt noch unten an ihrem Empfangstresen. Sie würde niemals nach Hause gehen, wenn sich noch jemand im Gebäude befindet. Ihre Haare sind wie immer perfekt hochgesteckt. Ihr roter Lippenstift sieht aus, als hätte sie ihn gerade erst aufgetragen. Sie sieht so perfekt aus, wie sie da kerzengerade sitzt. Sie schaut mich direkt an, als ich durch die Tür komme. Es ist mir furchtbar unangenehm, unter ihrem strengen Blick an ihr vorbeizugehen.

»Danke fürs Warten«, sage ich, als ich auf ihrer Höhe bin. Meine Stimme ist kratzig.

»Manchmal muss man tun, was man tun muss«, sagt sie bedeutungsvoll.

Sie schaut mir in die Augen, wendet dann den Blick auf meine Tasche und schaut mich wieder direkt an.

MRG

Ich stolpere aus der Tür. Mein Herzschlag beruhigt sich nur langsam. Aus dem Nichts steht nach ein paar Schritten plötzlich Rebecca vor mir.

Sie baut sich vor mir auf. Ihr sonst so bewegtes Gesicht zeigt keine Mimik, was mir mehr als unangenehm ist.

Sie starrt mich kurz an und sagt dann sehr ruhig und deutlich: »*Sterne ohne Zukunft. Hinter den Lindenblüten wohnt der Herbst.*«

Ein Passant geht vorbei und wundert sich. Diese beiden Sätze sagen ihm nichts, aber mir rutscht das Herz in die Socken. Rebecca hat gerade die beiden Titel der geklauten Manuskripte genannt, die in meiner Tasche brennen.

Sofort laufen mir die Tränen über das Gesicht. Ich werde meinen Job verlieren. Vielleicht bekomme ich eine Anzeige wegen Diebstahls. Aber das ist nicht das Schlimmste. Das Schlimmste sind die geretteten Manuskripte, die ich dann wieder hergeben muss. Alle, auch *Dein Herz in tausend Worten.*

»Wir sollten reden.« Ihr Gesicht ist immer noch ausdruckslos.

Sie bugsiert mich ins *Serendaccidentally.* Diesmal nicht mütterlich besorgt wie das letzte Mal, sondern eher im Polizeigriff. Wir setzen uns an einen Tisch, und mir fällt ein, dass ich Felix anrufen muss.

Rebecca gestattet mir stumm nickend einen Anruf, so, wie das in Krimiserien auch üblich ist, wenn der Verbrecher geschnappt wurde.

Felix errät an meiner Stimme, dass gar nichts in Ordnung ist, auch wenn ich es ihm beteuere. Er will wissen, wo ich bin. Ich nenne ihm das Café.

»Bin gleich da.« Mit diesen Worten legt er auf.

Rebecca legt die Hände ordentlich auf dem Tisch vor sich nebeneinander und beginnt zu sprechen. »Es kam mir gestern schon seltsam vor. Du warst so schräg, schräger als sonst. Und du kanntest das Ende des Romans. Es gab kein Entsetzen in deinen Augen, als ich dir erzählte, dass Megan stirbt. Du wusstest es.«

Ich nicke, weil ich es nicht abstreiten kann.

»Dann war ich heute auf dem Dachboden. Deine Sortierung war ziemlich eindeutig. All die alten Manuskripte hast du herausgesucht aus dem ganzen Chaos da oben.« Sie schüttelt fassungslos den Kopf. »Und dann, und darauf bin ich wirklich nicht stolz, das kannst du mir glauben, habe ich in deine Tasche geguckt.«

Ich bin inzwischen so rot wie eine Blüte Klatschmohn.

»Du klaust die abgelehnten Manuskripte!« Sie wird laut, und ich zucke zusammen.

Die Kellnerin, die gerade unsere Bestellung aufnehmen wollte, macht kehrt und geht zurück hinter den Tresen, wo sie sicher ist. Ich wäre auch gerne hinter dem Tresen, aber ich sitze hier, direkt gegenüber von Rebecca, die jetzt alle Muskeln in ihrem Gesicht dazu bringt, bedrohlich zu gucken.

»Warum? Was machst du damit? Verkaufst du sie? Bist du ein Spion aus einem anderen Verlag? Redest du deshalb so selten mit Leuten?«

Ich brauche drei Anläufe, bis meine Stimme funktioniert. »Ich rette sie.«

»Wen?«

»Die abgelehnten Manuskripte. Ich habe sie zufällig entdeckt und aus Neugier reingelesen. Sie sind so ... schützenswert.«

Rebeccas Gesicht verliert ihre Härte, was mich ermutigt weiterzusprechen.

»Manche Geschichten sind lustig, andere skurril, einige sind gut und einige wirklich schlecht.«

Rebecca unterdrückt ein Lächeln.

»Aber es sind alles Geschichten. Geschichten, die jemand schrieb, um damit Leser zu erreichen, zu trösten, zu erfreuen, zu schockieren, was auch immer. Sie wurden geschrieben, um gelesen zu werden. Und wenn ich sie nicht rette, wenn sie auf dem Dachboden bleiben oder vernichtet werden, dann ... sind sie tot.«

Rebecca nickt langsam. »O. k.«, sagt sie.

Ich kann nicht heraushören, was für ein O. K. das ist. Ein O. K, o. k. oder ein was auch immer O. K.

»Was hast du mit den Manuskripten gemacht?«

»Ich habe sie nach Hause getragen und gelesen und dann in meinem Apothekerschrank aufbewahrt.«

»Und einige hast du in Cafés aufgehängt?«

»Nur eins. Nur *Dein Herz in tausend Worten*. Ich war völlig fasziniert von dem Buch. Es hat so schöne Sätze. Ich habe angefangen, mir ein paar davon aufzuschreiben. Und dann, eines Tages, habe ich einen Satz zitiert, in der Kaffeeküche, als du gesagt hast, du müsstest dich aufraffen, und du wärst so energielos.«

Sie schaut mich verständnislos an.

Ich zitiere die Zeilen auswendig:

»Das Meer macht es richtig. Nach einem stürmischen Tag gönnt es sich einen Tag Pause und schwappt nur ganz sachte an den Strand.
Manchmal denke ich, wir sollten uns ein Beispiel an ihm nehmen.«

Sie schlägt sich mit großer Geste vor die Stirn. »Natürlich! Das ist auch aus dem Roman! Dass mir das nicht aufgefallen ist!«

»Es hat dir geholfen, oder?«

»Es hat mir, ehrlich gesagt, den Tag gerettet.«

»Dann habe ich angefangen, Zeilen abzuschreiben und an Leute zu verteilen, die sie nötig hatten.«

Rebecca lehnt sich interessiert über den Tisch. »Wie?«

Ich erzähle von meinen Aktionen und wie ich schließlich auf die Idee kam, die Zeilen hier im Café auszuhängen. Rebecca hört mir zu, ihre blauen Augen strahlen jetzt wieder die gewohnte Wärme aus. Ich erzähle alles, auch den Teil mit Mr Anderson, der den Raum als Konferenzraum haben möchte, meine Not, nun nicht mehr rechtzeitig alle Manuskripte retten zu können, und meine Angst heute, mich vor ihr zu verraten.

Als ich fertig bin, steht Rebecca wortlos auf und umarmt mich. Bevor ich heulen kann, kommt ein gut aussehender Typ mit einem Tablett voller Getränke, Salat und Sandwiches an unseren Tisch.

»Ich wusste nicht, was ihr wollt, da habe ich einfach mal querbeet bestellt. Hi, ich bin Felix, der Bruder von dieser seltsamen Dame hier.«

Rebecca wird etwas verlegen. Sie wirft ihre Haare zurück und begrüßt ihn auf die Art, auf die alle Frauen ihn begrüßen.

»Gib dir keine Mühe, er ist schwul und zusätzlich in einen Kater verliebt.«

»James«, ergänzt Felix.

Rebecca guckt überfordert von ihm zu mir und wieder zu ihm.

»Bitte ein Update der Ereignisse«, fordert Felix, während er von einem Sandwich abbeißt.

Ich versuche, ihm einen Überblick zu geben, während Rebecca

sich erst eine Tasse schwarzen Kaffee und danach den Salat einverleibt.

Felix pfeift durch die Zähne. »Wie spannend. Ihr glaubt also, dass die Antwort von dem Autor ist? Wie heißt der Typ noch?«

»Jabberwocky«, nuschelt Rebecca mit vollem Mund.

»J. Abberwock«, verbessere ich sie.

»Ist doch dasselbe«, sie wischt sich den Mund mit einer Serviette ab, die Felix ihr reicht. »Wir müssen zwei Probleme lösen. Erstens die Manuskripte auf dem Dachboden retten und zweitens ...«

»Du willst mir helfen?« Ich kann mein Glück nicht fassen.

»Natürlich. So habe ich es noch nie betrachtet, aber nach deiner flammenden Rede bringe ich es nicht übers Herz, die Bücher im Altpapier zu begraben.«

Felix und ich strahlen sie an.

»Allerdings nur«, sie schaut Felix mit einem schmachtenden Blick an, bis ihr wieder einfällt, dass er auf Jungs steht, »wenn ich noch einen Nachtisch bekomme.«

»Käsekuchen?«

Rebecca nickt mit glänzenden Augen.

»Für dich Apfelkuchen, Millie. Aber du isst vorher ein Sandwich«, sagt er und hängt den großen Bruder raus. Als ob er mir jemals hätte vorschreiben müssen, genug zu essen.

Als der Kuchen auch aufgegessen ist, haben wir die MRG gegründet. Die Manuskript-Rettungs-Gesellschaft. Das war natürlich Felix' Idee.

Während Rebecca und er überlegen, wie man den Raum des Vergessens am besten räumen könnte, überlege ich fieberhaft, was ich J. Abberwock antworten könnte.

Rebecca zaubert aus ihrer Tasche Papier und Stifte. Sie beginnt, eine Mindmap zu zeichnen, und ich formuliere einfach mal ins Blaue hinein. Ich stelle mir vor, nicht den Autor zu sehen, sondern nur den Menschen dahinter. Was hat mir der Roman über ihn verraten?

> Lieber J. Abberwock,
> ich bin durch Zufall auf Ihre wunderschöne
> Geschichte gestoßen. Sind Sie immer noch so
> traurig? Sie müssen wissen, mit Melancholie kenne
> ich mich hervorragend aus.
> M.

»Ich weiß nicht.« Rebecca schaut nachdenklich auf meine Zeilen. »Warum sollte er traurig sein? Nur, weil er einen traurigen Schluss erfunden hat?«

Ich zögere mit meiner Antwort. Rebecca ist hier die Lektorin, und ich bin nur eine Bürohilfe, die Manuskripte klaut. Felix stupst mich auffordernd in die Seite, also versuche ich eine Erklärung.

»Der Roman ist mit einer Leichtigkeit geschrieben, hast du gesagt.« Rebecca nickt.

»Aber zwischen den Zeilen hängt ganz zart etwas tief Melancholisches.«

»Ich muss den Roman unbedingt noch mal lesen.«

»Erst bin ich dran«, fordert Felix. »Ich kenne ihn bisher nur in Bruchstücken.«

»Er hat mir geholfen, die schönsten Zeilen in Kategorien zu ordnen.«

»Ich finde die Antwort genau richtig«, sagt Felix. »Wenn Millie recht hat, und das hat sie sicher, dann wird ihn das antriggern und vielleicht aus der Reserve locken.« Er macht ein verheißungsvolles Gesicht.

Rebecca und ich lachen.

Mit vor Aufregung feuchten Fingern schreibe ich die Antwort auf den Zettel, den Felix von der Pinnwand geholt hat.

Meine Schrift sieht doof aus, und ich wünschte, ich hätte eine zweite Chance und könnte es noch mal schöner schreiben, aber Rebecca meint, es sei so authentisch.

»Den Zettel hänge ich auf.« Felix schaut sich im Café um. »Falls der Abberwock hier Spione hat, sieht er nur mich und nicht dich!«

»Das ergibt überhaupt keinen Sinn, aber gerne, häng du ihn auf.«

Ich reiche ihm das Papier.

Als er außer Hörweite ist, raunt Rebecca mir zu: »Dein Bruder ist toll!«

Das höre ich nicht zum ersten Mal, trotzdem freut es mich.

»Das ist er wirklich. Er war für mich da, als unsere Eltern gestorben sind, und seitdem hat er nie damit aufgehört.« Ich wollte das nicht erzählen, aber irgendetwas an Rebeccas blauen Augen oder einfach an der Tatsache, dass wir inzwischen doch so etwas wie Freundinnen oder zumindest Komplizinnen sind, bringt mich dazu.

»Wie alt warst du?«, fragt Rebecca mit entsetzten Augen.

»Sechzehn«, sage ich leise.

Ihre Augen füllen sich mit Tränen. »Das tut mir so leid.«

Ich nicke.

»Aha, plötzlicher Stimmungsabfall? Lag das an meiner Abwesenheit?« Felix hat dieses unfassbare Talent, Leichtigkeit in schwierige Momente zu bringen. Manchmal glaube ich, er hat es für mich entwickelt.

Ich sehe ihn dankbar an, und er erwidert meinen Blick. Einen Moment lang eint uns die nonverbale Geheimsprache, die es so nur unter Geschwistern gibt. Rebecca gibt es Zeit, ihre Fassung wiederzufinden.

Sie tippt auf die Mindmap.

»Eine Sache haben wir noch nicht bedacht in unserer Rettungsaktion. Die Lagerung!« Sie betont das Wort »Lagerung« dramatisch.

Ich seufze. »Mein Schrank ist voll. Was, wenn wir uns die Manuskripte aufteilen?«

»Moment mal«, Felix setzt sich verkehrt herum auf seinen Stuhl. Das ist eine Macke von ihm, die mich manchmal wahnsinnig macht. »Du willst doch die Manuskripte retten, damit sie Leser finden, richtig? Die finden sie aber nicht in deinem Apothekerschrank oder bei mir zu Hause unter dem Bett. Was wäre, wenn wir die Manuskripte in London verteilen würden?«

Rebecca schüttelt vehement den Kopf. »Da kann ich nicht mitmachen. Das ist rechtlich nicht erlaubt. Die Rechte an den Manuskripten liegen nach wie vor beim Autor. Du darfst sein geistiges Eigentum nicht verteilen.«

Felix macht eine Handbewegung zum Gang, in dem die Pinnwand mit dem Zettel hängt.

»Auch das ist streng genommen verboten. Jede Art von Vervielfältigung und Verbreitung.«

»Aber dann dürfen wir sie eigentlich gar nicht retten.« Felix schaut Rebecca ratlos an.

»Aufheben geht. Nur nicht weitergeben.«

»Aber sie sollen doch Leser finden! Das wollten die Autoren doch, sonst hätten sie sie ja nicht an Verlage geschickt.«

Rebecca seufzt. »Es ist eine Grauzone.«

»Also, was machen wir?«, fragt Felix in die Runde.

»Wir teilen sie auf, lagern sie unterm Bett, bis wir eine gute Lösung haben«, schlage ich vor.

Die Manuskript-Rettungs-Gesellschaft beschließt, für heute Feierabend zu machen.

Felix bezahlt die Rechnung und bringt Rebecca und mich zur *Tube*. Wir fahren in unterschiedliche Richtungen davon, haben aber ab sofort dasselbe Ziel.

Corens Geheimnis

Das beste Sushi der ganzen Welt gibt es in London, davon ist William überzeugt. Er kann sich auf alle Fälle kein besseres Sushi vorstellen als das in Corens und seinem Lieblingsladen. Die beiden verabreden sich bei »Mami«, weil die Kellnerin in dem Restaurant so heißt. »Mami« heißt übersetzt so viel wie »wahre Schönheit«, und der Name könnte gar nicht passender sein.

Mami kommt nicht an den Tisch, sie schwebt praktisch. Ihre glänzenden schwarzen Haare trägt sie immer kunstvoll geflochten auf ihrem Kopf. Ihre dunklen Augen blicken immer freundlich. Jedes Mal stellt William sich vor, wie sie mit offenen Haaren aussieht und ohne Klamotten. William und Coren sind aber nicht nur wegen Mami so wild auf den Laden, sondern weil der Koch in der Küche aus ganz normalen Zutaten ganz unnormal geniale Kreationen macht. Seine Rollen sind kleine Wunderbomben, die einen geschmacksmäßig einmal ins Weltall und zurück schießen.

Coren lässt auf sich warten. William schaut zum dritten Mal in dieser Minute auf sein Handy, um die Zeit zu checken. Er sitzt alleine an einem von unten beleuchteten Tisch. Es ist Corens und sein Lieblingsplatz. Weit weg von der Eingangstür, nah an der Theke mit Blick auf das ganze Restaurant. James Bond würde diesen Platz wählen.

Williams Blick klebt an der Eingangstür, bis Mami ihm die

Edamame als Vorspeise bringt, die er schon bestellt hat. Es lenkt ihn etwas ab, und er kann auch nicht mehr ständig auf sein Handy tippen, um die Zeit abzulesen, weil seine Hände jetzt voller Salz sind.

Als Coren endlich kommt, sind die Bohnen fast aufgegessen.

»Und?«

William kann einfach nicht abwarten, bis er sich seine Jacke ausgezogen und sich hingesetzt hat. Macht er eigentlich extra langsam mit allem?

Coren antwortet nicht, setzt sich, nimmt sich die Karte.

William reißt sie ihm aus der Hand und registriert sein Grinsen. »Du hast den Zettel, und es gibt eine Antwort, richtig?«

Seelenruhig nimmt sein Agent eine Edamame und kaut drauf herum.

»Coren!«

Er genießt es offensichtlich, William so zappeln zu lassen. Sein ganzer rundlicher Körper drückt absolute Zufriedenheit aus.

William möchte ihn am liebsten packen und schütteln. Stattdessen wartet er, bis Coren sich noch eine Edamame nimmt, und schnappt sich dann seinen Aktenkoffer, den Coren immer mit sich herumschleppt. Er ist aus braunem Leder und schon ziemlich abgewetzt, was kein Wunder ist, denn Coren hat ihn seit der neunten Klasse. Damals war er mit diesem Koffer ein Außenseiter, inzwischen ist so ein alter Lederkoffer Kult. William öffnet die Schnallen, und Coren bemerkt erst bei dem Klicken, was William ihm entwendet hat.

»He, du kannst doch nicht einfach ...«

»Kann ich nicht?«, grinst William. »Dann wollen wir doch mal sehen, was du da so drin hast in deinem geheimnisvollen Koffer ...«

Corens Gesicht nimmt einen panischen Ausdruck an. So schnell er kann, hechtet er um den Tisch herum, um das Öffnen zu verhindern. Er kommt zu spät und kann sich nur noch auf den offenen Koffer werfen.

William lässt zu, dass er den Koffer wieder schließt. Mit hochrotem Kopf setzt sich Coren zurück auf seinen Platz. Er weiß, was William gesehen hat.

William ist komplett überfordert mit der Situation. Er hätte alles in dem Koffer von Coren erwartet, die absolute Ordnung oder das absolute Chaos. Drei angebissene Käsebrote oder Pornohefte oder einen pinkfarbenen BH, aber nicht das, was er eben gesehen hat. In Corens Koffer saß ein Teddybär. Genau so ein Bär, wie ihn Mr Bean in der Fernsehserie hat.

Mami kommt und bringt ihnen ihr Lieblingsessen. William kann sich nicht erinnern, dass sie bestellt hatten. Sie lässt ein Lächeln da, das sich zwischen die Sushirollen setzt und langsam verdunstet. Keiner von beiden rührt das Essen an.

Coren sieht aus, als würde er gleich anfangen zu weinen.

»Coren, es tut mir leid. Ich wollte nicht in deine Privatsphäre eindringen. Ich wollte nur den Zettel haben. Ich ...«, er macht eine hilflose Geste, » ... bin zu weit gegangen.«

Coren sitzt schweigend da, den Blick auf den Boden gerichtet.

»Komm, wir kennen uns so lange. Dann trägst du halt einen Teddybären mit dir rum, na und?«

Coren schlägt die Hände vors Gesicht und weint tonlos.

William setzt sich neben ihn. Er wartet einen Moment und nimmt ihn dann fest in den Arm, entgegen dem Widerstand, den Coren leistet.

Mami und alle anderen Kellner schaffen das Kunststück, sich komplett unsichtbar zu machen.

William legt ein paar Geldscheine auf den Tisch. »Lass uns irgendwo hinfahren und reden.«

Im Auto hat Coren sich beruhigt. William ist einfach losgefahren, immer weiter, raus aus der Stadt. Wie so oft vermisst er jetzt schmerzlich das Meer. Eine schroffe Küstenstraße, Klippen, die steil abfallen.

So müssen sie mit einer Landstraße vorliebnehmen. Bäume rauschen links und rechts an ihnen vorbei. William wartet, bis Coren bereit ist zu reden.

»Du erinnerst dich an Phyllis?«

Williams Gehirn spuckt nur ganz langsam ein Bild dazu aus. Phyllis. Eine lange dünne Frau, mit der Coren mal vor einiger Zeit zusammen war. Es war eine nervige On-off-Beziehung, bis sie plötzlich völlig von der Bildfläche verschwand.

»Phyllis war schwanger. Wir hatten das weder geplant noch erwartet, es ist einfach passiert. Ich hab mich so gefreut, war Feuer und Flamme. Ich wusste, es wird ein Junge. Ich habe mich mit ihm schon Fußball spielen sehen und Drachen steigen lassen am Strand. Wir wären eine kleine Familie gewesen, so wie in all den Büchern. Dann wäre ich nicht mehr nur der Dicke gewesen, der sein Leben nur in Teilen auf die Reihe bekommt. Ich wäre Papa geworden ...«

Der Konjunktiv verrät William schon, dass es in dieser Geschichte kein Happy End geben wird. Er hält beide Hände am Steuer. Sie sind alleine auf der Straße.

Coren sammelt etwas Mut, um weiterzusprechen. »Ich hab sie mit Blumen und Geschenken überhäuft, ich war so glücklich. Dabei habe ich völlig ausgeblendet, dass sie nie etwas zu der Schwangerschaft gesagt hat. Ich ließ ihr gar keinen Raum dafür.

Für mich war so klar, dass sie sich auch freut. Wie könnte man sich auch nicht freuen über so eine große Sache.«

Er macht wieder eine Pause.

Die Sonne kommt raus, und sofort wird es gefühlt fünf Grad wärmer. William hat seine Sonnenbrille nicht dabei und kneift die Augen zusammen.

Coren schaut aus dem Beifahrerfenster, als er weiterspricht. Seine Stimme ist leise, William muss sich anstrengen, um ihn zu verstehen.

»Eines Tages saßen wir beim Essen bei ihr auf dem Balkon, und sie sagte ...« Coren verstummt.

»Sie hat es verloren?«, fragt William mit einem Blick auf Coren.

Er schüttelt den Kopf. »Sie wollte einfach keine Kinder.«

Der Fahrtwind treibt beiden Tränen in die Augen. William beschleunigt und schaltet einen Gang höher. Alles fliegt schnell an ihnen vorbei. Er fährt hundertachtzig, obwohl nur hundert erlaubt sind. Aber die Geschwindigkeit tut gut. Es fühlt sich an, als könnten sie der Trauer davonfahren.

Irgendwann hält William an, öffnet den Koffer und setzt Coren den Teddy auf den Schoß.

»Es war seiner, Will. Der Teddy gehört meinem Sohn.«

William nickt und wischt sich energisch eine Träne aus dem Augenwinkel. »Das hast du nie erzählt.«

»Du hast nie gefragt.«

Der Aston Martin steht auf einer Wiese. Über ihnen blauer Himmel. Die Wolken verziehen sich an den Horizont.

»Auf einer Skala von eins bis zehn, wie mies bin ich als Freund?«, will William wissen.

»Ist zehn der mieseste Freund?«

»Yep.«

»Dann so zwischen neun und elf«, sagt Coren, so ernst er kann.

Beide starren auf die grüne saftige Wiese vor ihnen. *So ein Grün gibt es nur in Großbritannien*, denkt William.

»Ich hab Hunger.«

William lächelt. Wenn Coren Hunger hat, ist das Schlimmste vorbei.

Er schaut seinen Freund an. Er sieht ganz schön mitgenommen aus. Er hätte ihm diese Gefühlsachterbahn heute ersparen können, wenn er nicht einfach seinen Koffer geöffnet hätte.

»Willst du fahren?«, er hält ihm den Autoschlüssel hin.

Als sie wieder bei »Mami« sitzen, ist William nass geschwitzt von der Fahrt. Coren ist wirklich der schlechteste Autofahrer der ganzen Welt. Aber er sieht jetzt glücklich aus, und das war ja der Plan.

Mami bedient sie würdevoll und engelsgleich wie immer. Nichts an ihr deutet darauf hin, dass sich hier vor zwei Stunden zwei Männer um einen Koffer gekloppt haben und heulend vor den Sushirollen saßen.

Ein zweites Mal heute stellt sie die Wunderbomben vor ihnen auf den Tisch, und diesmal greifen beide sofort zu.

»Fangen wir noch mal von vorne an?«, fragt William, als der schlimmste Hunger gestillt ist.

Coren nickt.

»Hi Coren, ich habe mich gefragt, ob es eine Antwort auf meine Zeilen gab, die ich im Café aufgehängt habe?«, sagt William und klingt dabei wie eine Handpuppe aus einer Kindersendung.

»Oh ja, die gibt es, möchtest du sie sehen, William?«, antwortet Coren in einem ebenso seltsamen Tonfall. Er klappt seinen Koffer auf und reicht ihm feierlich den Zettel über den Tisch.

William liest die Zeilen, die handschriftlich unter seinen stehen.

> Lieber J. Abberwock,
> ich bin durch Zufall auf Ihre wunderschöne
> Geschichte gestoßen. Sind Sie immer noch so
> traurig? Sie müssen wissen, mit Melancholie kenne
> ich mich hervorragend aus.
> M.

Was soll das? Ob er immer noch so traurig ist? Wer ist dieser M.? Und was bildet er sich eigentlich ein? Das Sushi ist plötzlich viel schwerer zu schlucken.

Coren gibt ihm keine Zeit, um die Sätze zu verdauen. »Er oder sie hat also geantwortet. Und er verrät uns, dass er das ganze Manuskript gelesen hat.«

William schaut sich die Handschrift an. Sie ist gerade und ohne Schnörkel, es ist schwer zu sagen, ob sie zu einer Frau oder zu einem Mann gehört.

Er fühlt sich etwas seltsam, sein Puls ist erhöht. »Jetzt schlagen wir einen Treffpunkt und eine Zeit vor, locken ihn da hin, und dann grillen wir das Schwein!«, sagt er energisch und schiebt sich eine große Portion von der Sushirolle mit Mango in den Mund.

Coren nickt nachdenklich. »Das hat sicher eine Frau geschrieben.«

»Warum denkst du das?«

Coren schüttelt den Kopf, »Kann ich dir gar nicht sagen, ist so ein Gefühl. Vielleicht, weil sie über Gefühle schreibt und fragt, ob du noch traurig bist.«

»Oder du denkst das, weil Frauen einfach auf mich stehen«, grinsend breitet er beide Arme aus.

»Tun sie das?«, fragt Coren scherzhaft.

»Wir brauchen einen Plan. Wo kann man sich gut treffen? Und wie soll das Treffen überhaupt aussehen?«, fragt William.

»Du triffst sie, sagst ihr, sie soll dir gefälligst das Manuskript wiedergeben, sonst verklagst du sie wegen ...«, Coren fällt plötzlich etwas ein, und er verstummt.

»Ich verklage sie oder ihn wegen was?«

»Wenn ich recht habe, und es ist eine Frau, solltest du lieber nicht persönlich hingehen zu dem Treffen.«

William schaut ihn verständnislos an.

»Erste Variante: Sie kennt dich und deine Krimis, dann wird dein Manuskript unter dem Pseudonym J. Abberwock noch viel interessanter. Zweite Variante: Sie kennt dich nicht, verknallt sich aber wie nahezu jede Frau in dich, dann wirst du sie nicht mehr so leicht los.«

»Und wenn es ein Mann ist?«

»Wenn es ein Mann ist, bleibt die erste Variante gleich, und in der zweiten Variante hasst er dich, weil du so gut aussiehst und er gehofft hat, du bist eine Frau.«

»Natürlich. Coren, du hast echt einen an der Waffel.«

»Lass mich hingehen. Ich gebe mich als J. Abberwock aus, deale das mit dem Manuskript, und egal ob es ein Mann oder eine Frau ist – wir gehen kein Risiko ein!«

»Außer, es ist ein schwuler Mann, der auf Dicke steht und auch einen Teddy in seinem Aktenkoffer mit sich herumträgt. Das wäre dann fatal.«

Coren haut ihm die Stoffserviette an den Kopf.

Millies Idee

Ich zähle die Minuten bis zur Mittagspause. Am Wochenende habe ich mich gezwungen, nicht ins Café zu fahren und nach einer Antwort zu suchen. Es hat mich so viel Willenskraft gekostet, dass jetzt überhaupt keine mehr übrig ist.

Ich schaffe nichts im Büro, außer den Eistee für Mr Anderson zu liefern. Allerdings verschütte ich einen Schluck, bevor ich seinen Schreibtisch erreiche, was mir noch nie passiert ist. Er nimmt es gar nicht wahr, aber Norman streckt mir ohne seinen Kopf die Zunge heraus. Ich ziehe mich auf die Treppe zurück und futtere Rebeccas Gummibärchen, auf die ich sonst nie scharf bin.

»Hier steckst du!« Ich zucke zusammen, als sich Rebecca plötzlich neben mich setzt und in die Tüte greift. »Ich kann nicht abwarten, bis endlich Mittagspause ist!«, stöhnt sie.

Sie spricht mir aus dem Herzen.

»Meinst du, er hat geantwortet?« Ich schaue sie bittend an, als würde von ihrer Meinung abhängen, ob ich heute etwas auf dem Zettel finde oder nicht.

Rebecca kaut, greift wieder in die Tüte, und bevor sie sich den Nachschub in den Mund steckt, sagt sie: »Ganz sicher. Der muss ja eigentlich genauso aufgeregt sein wie du. Stell dir vor, du entdeckst plötzlich deine eigenen Zeilen im Café an einer Pinnwand.«

Ich versuche, es mir vorzustellen, aber es gelingt mir nicht.

Stattdessen stelle ich mir eine Brieffreundschaft mit J. Abberwock vor. Wir könnten uns jahrelang hin- und herschreiben und uns nach und nach alles von uns erzählen. Nach den ersten Zeilen, die ich an ihn gerichtet habe, ist das natürlich ein ziemlich kühner Traum für jemanden, der normalerweise nicht mal eine E-Mail an einen Autor schicken kann.

Ich weiß nicht, warum er mir so nah ist. Seine Geschichte hat mir Lust gemacht, mehr von der Welt zu erleben. Mit ihm als Brieffreund könnte ich sicher mutiger sein und etwas mehr aus mir herauskommen.

»Was denkst du?«, fragt mich Rebecca.

Von meinen Brieffreundfantasien möchte ich nichts verraten, aber mir kommt gerade noch ein anderer seltsamer Gedanke. »Es wäre eigentlich schön, wenn jeder Mensch ein Buch schreiben würde. Dann könnte man es lesen und wüsste, wie der andere tickt.«

Rebecca schüttelt den Kopf. »Das glaube ich nicht, Millie. Ich denke, du interpretierst da zu viel hinein. Es gibt Autoren, die wundervolle Bücher schreiben, aber persönlich wirklich Ärsche sind. Jetzt guck doch nicht so erschrocken – der Jabberwocky muss ja kein Arsch sein, aber Menschen über das, was sie schreiben, zu definieren, ist doch albern.«

»Machst du das nie? Kannst du das völlig entkoppeln? Es gibt doch bestimmt einen Zusammenhang zwischen dem, was Autoren schreiben, und wie sie als Mensch sind.«

Rebecca denkt nach. Ich halte ihr die Gummibärchentüte hin.

»Ja, du hast natürlich nicht ganz unrecht. Aber warum sollte man einen Menschen nicht durch Gespräche mindestens genauso gut kennenlernen wie durch das, was er schreibt?«

»Ich glaube, man filtert beim Reden mehr.«

»Ich nicht!« Rebecca lacht laut.

»Ich mag dein Lachen«, sage ich, ohne nachzudenken.

Rebecca lächelt mich an. Es ist schön, mit jemandem hier auf der Treppe zu sitzen, Gummibärchen zu essen und zu reden. Viel schöner, als mit den ganzen Gedanken immer alleine zu sein. Auch wenn wir nicht unbedingt einer Meinung sind. Oder gerade, weil wir nicht einer Meinung sind.

»Warum bist du eigentlich so menschenscheu?«

Diese Frage trifft mich völlig unvorbereitet. Ich zucke unbeholfen mit den Schultern. Die Frage hängt unangenehm neben uns auf den Stufen herum. Ich habe keine Antwort, mit der ich sie wegschicken könnte, und Rebecca kann sie nicht zurücknehmen, denn jetzt ist sie gestellt.

David rettet uns. Er erscheint wie auf Knopfdruck unten an der Treppe und fragt Rebecca nach einer Telefonnummer. Sie springt auf, froh, nicht mehr hier neben ihrer Frage sitzen zu müssen.

»Um eins unten am Empfang?«, wirft sie mir noch zu.

Ich nicke.

Liebe(r) M.,
wir sollten uns treffen.
Kommen Sie am Samstag um 18 Uhr in das Hotel
Little Sheep. Ich werde oben im Restaurant auf Sie
warten. Fragen Sie den Kellner nach Ian Fleming.
Bringen Sie bitte mein Manuskript mit.
Gruß J. Abberwock

Rebecca und ich lesen den Text zweimal, so, als ob er versteckte Informationen enthalten würde, die wir entschlüsseln müssen.

»Ian Fleming ...«, sagt Rebecca, »der Erfinder von James Bond. Du triffst da offenbar einen großen Jungen am Samstag!«

Ich muss sofort an Jasper denken, aus dem Roman. Ob er

Ähnlichkeit mit seiner Hauptfigur hat? Mir ist ganz heiß. Da steht als Unterschrift tatsächlich J. Abberwock. Es ist der Autor von *Dein Herz in tausend Worten*!

Ich unterdrücke den albernen Impuls, mir den Zettel an die Brust zu drücken. Mein Kopf ist so benebelt von dem Glück, eine Antwort erhalten zu haben, dass nur ganz langsam die Informationen aus dem Text durchsickern.

Er will mich treffen?!

»Ich kann ihn nicht treffen!«, sage ich entsetzt zu Rebecca.

»Wieso nicht? Ist Samstag dein Bad-Hair-Day?«

»Ich kann das nicht«, wiederhole ich stur.

»Wir setzen uns jetzt erst mal hin und trinken einen Kakao. Und dann reden wir darüber, komm!«, sie führt mich zu einem der Tische.

Ich klammere mich an den Zettel.

Als Rebecca und ich den größten Teil des Milchschaums vom Kakao gelöffelt haben, versuche ich zu erklären, was ich fühle. »Ich würde kein Wort herausbringen. Ich kann doch keinen Weltklasseautor treffen und dann nur hochrot und schweigend bei ihm am Tisch sitzen.«

Ich fange gerade an, mich in diese Vorstellung hineinzusteigern, aber Rebecca unterbricht mich sofort: »Also erstens ist das kein Weltklasseautor, sondern streng genommen gar kein echter Autor, weil sein Buch ja nicht veröffentlicht wurde. Wir haben es abgelehnt. Ich habe es abgelehnt. Und ich verstehe nicht ganz, was du willst. Wenn du ihn gar nicht treffen willst, wozu dann das Ganze?«

Sie schaut mich fragend an und benutzt dazu wieder mehr Gesichtsmuskeln als nötig. So fragend kann wirklich nur Rebecca gucken.

Ich seufze. »Ich hatte auf eine Brieffreundschaft mit ihm gehofft«, gestehe ich.

»Ja, und nehmen wir an, du hättest eine Brieffreundschaft mit ihm«, sie spricht das Wort aus, als wäre es etwas sehr Schräges, Antiquiertes, »wie würde es dann weitergehen?«

Ich zucke mit den Achseln und bin nicht sicher, worauf sie hinauswill.

»Es würde am Ende doch auf ein Treffen hinauslaufen. Man schreibt sich, um sich kennenzulernen und dann zu treffen, Millie! Und ihr lasst die Briefe einfach weg, na ja, nicht ganz, ein bisschen habt ihr ja geschrieben und trefft euch gleich! Ist doch super!« Sie prostet mir mit ihrer Tasse zu.

Weil ich nichts sage, redet sie weiter. »Nur schreiben, das ist ja so, als würde man in einem Laden immer nur in das Schaufenster gucken und nie hineingehen und etwas kaufen!« Sie lächelt mich ermutigend an.

Sie kann nicht wissen, dass ich genau das tue. Ich nehme meinen Mut zusammen und erzähle ihr von dem Schuhladen, an dem ich immer stehe und träume, ich würde solche Schuhe tragen.

»Meine Güte, Millie. Du bist noch viel seltsamer, als ich angenommen habe!« Sie atmet tief aus.

Sie überlegt eine Weile und fragt dann: »Aber willst du nicht eines Tages die Person sein, die die Schuhe auch trägt? In echt?«

Ich schüttle den Kopf.

»Millie, dann kann ich dir nicht helfen. Dann triff ihn nicht, und bleib die, die nur von den Schuhen träumt!« Enttäuschung steht in Rebeccas Augen.

Ich stehe auf und verlasse das Café. Den ganzen Weg zurück zum Verlag halte ich den Zettel fest an meinen Körper gepresst.

Ich informiere Mr Anderson, dass es mir nicht gut geht, und husche, so schnell ich kann, an Mrs Crane vorbei, raus aus dem pinkfarbenen Haus, schnell zur Bahn. Ich habe nicht einmal ein Manuskript gerettet. Ich bin einfach nur geflohen.

Zu Hause lege ich mich ins Bett und ziehe mir die Decke über die Ohren.

Ich ziehe mich zurück an einen Ort, an dem ich sicher bin, zu einer Zeit, als meine Eltern noch lebten und ich zwar ein seltsames, aber wenigstens glückliches Mädchen war.

Als ich aufwache, ist es schon dunkel. Stimmen dringen durch die Tür zu mir ins Bett. Eine tiefe ruhige Stimme, die ich unter allen Stimmen der Welt erkennen würde, und eine höhere, die etwas aufgeregt klingt.

Ich versuche zu verstehen, was sie sagen.

»Seit wann ist sie so? Das ist doch nicht normal?« Das muss Rebecca sein.

Felix antwortet etwas, was ich nicht verstehe.

»Aber wenn sie vor dem Tod eurer Eltern schon anders war als andere Kinder, dann ist es etwas Angeborenes?«

»Vermutlich«, sagt Felix, den Rest verstehe ich wieder nicht.

»Vielleicht ist Millie einfach hochsensibel, ich hab das gegoogelt, das würde passen, und durch das Trauma, den Tod eurer Eltern, hat es sich verstärkt, ihr wurde die Sicherheit genommen ...«

»Es ist mir egal, was es ist.« Felix spricht jetzt lauter, und ich kann heraushören, dass er sich jetzt durch den Raum bewegt. »Millie ist einfach Millie, sie mag anders sein als andere Leute, aber für mich ist sie genau richtig so!«

Ich muss lächeln. Mein wunderbarer großer Bruder.

»Da gebe ich dir recht, Felix. Sie ist auch genau richtig so, wie sie ist. darum geht es überhaupt nicht. Aber ich glaube, sie könnte sich entwickeln. Und ich möchte ihr gerne dabei helfen. Du nicht?«

Felix schweigt. Ich stelle mir vor, wie er sich verkehrt herum auf einen Stuhl setzt.

Was machen die beiden überhaupt in meiner Wohnung? Felix hat einen Schlüssel, aber was tut Rebecca hier?

»Ich sage euch, wie wir es machen!« Ich versuche, nicht allzu verschlafen in das helle Licht zu blinzeln.

Mein Auftritt ist etwas verknittert, aber ich spreche mit einer ruhigen festen Stimme, und die beiden hören mir zu.

»Rebecca, du gibst dich als Finderin des Manuskripts aus, und ich setze mich mit Felix genau gegenüber an einen Tisch, dann können wir alles mithören. Ich gucke mir den J. Abberwock in Ruhe von meinem sicheren Beobachtungsposten aus an, und wenn ich genug Mut gesammelt habe, gebe ich dir ein Zeichen, und du darfst mich outen. Dann bin ich nicht in der Situation, dass ich alleine mit ihm an einem Tisch sitze und kein Wort herausbringe. Ihr seid beide die ganze Zeit dabei, ich glaube, dann kann ich mich trauen.«

Ich falte meine Hände vor dem Körper zusammen und wippe auf den Hacken, gespannt, was Felix und Rebecca zu meinem Plan sagen.

»Top! Ich bin dabei!« Rebecca hält ihren ausgestreckten Arm in die Mitte.

»Geniale Idee, Milliepanilli, ich bin auch dabei!« Felix legt seine Hand mit ausgestrecktem Arm auf Rebeccas Handrücken.

Auch ich lege meine Hand obendrauf.

»*Dein Herz in tausend ...*«, ruft Rebecca.

»WORTEN!«, vervollständigen wir alle zusammen und reißen unsere Hände nach oben.

Ich kann nicht einschlafen. Zu viele Gedanken fahren in meinem Kopf Achterbahn. Ich werde am Samstag J. Abberwock treffen.

Den Autor von diesem wundervollen Buch. Ich weiß zwar nicht, ob ich es wirklich schaffe, Rebecca letztendlich das Zeichen zu geben, aber schlimmstenfalls sitze ich einfach nur gegenüber und schaue ihn mir an.

Die Vorstellung lässt mich überall Gänsehaut bekommen. Ich werde das Gefühl nicht los, ihn eigentlich schon sehr gut zu kennen.

Ich mache das Licht an und lese ein paar Seiten aus seinem Buch. Das Manuskript ist inzwischen ziemlich abgenutzt. Ich werde es im Verlag noch einmal neu kopieren, damit Rebecca ihm nicht die abgegriffenen Seiten auf den Tisch legen muss.

Außerdem weiß man nicht, ob er das Manuskript nicht wiederhaben will. Ich streiche über die Seiten. Die gebe ich nie wieder her.

Der Aufzug

Rebecca, Felix und Millie haben einen wasserdichten Plan ausgetüftelt, genauso wie William und Coren. Jeder hat eine vorgegebene Uhrzeit, zu der er sich oben im Restaurant einfinden soll. William hat genau dieselbe Idee wie Millie. Auch er will sich an einem Nebentisch platzieren und mithören, auch wenn Coren das riskant findet.

Alle sind schon um 17 Uhr bestens vorbereitet. Das Manuskript liegt frisch kopiert in einer durchsichtigen Mappe bereit. Coren hat sich extra rasiert, William hat es extra gelassen, um nicht so schnell erkannt zu werden.

Rebecca hat sich die Haare kunstvoll zurechtgeföhnt und vor dem Spiegel ein paar Sätze eingeübt, um möglichst souverän zu wirken.

Millie hat sich die Wimpern getuscht und dreimal umgezogen, um dann festzustellen, dass es kein perfektes Outfit gibt, um den Autor ihrer Träume zu treffen. Nur Felix hat sich keinen Stress gemacht und stattdessen gemütlich mit Kater James gekuschelt. Seine einzige Vorbereitung besteht darin, sich, kurz bevor er die Wohnung verlässt, ein paar Katzenhaare von seinem Hemd zu wischen.

Rebecca hat die strenge Regel gemacht, sich vorher auf keinen Fall zu treffen. Felix und Millie dürfen gemeinsam ankommen, aber sie sollen Rebecca auf keinen Fall grüßen, um vorher keinen Verdacht aufkommen zu lassen. Coren hat William einen ähnlichen Verhaltenskodex auferlegt.

Alles ist generalstabsmäßig durchgeplant, nur leider hat niemand an Millies aufgeregte Blase gedacht und an Williams Vorliebe, in letzter Minute zu erscheinen.

Coren sitzt als Erster am Tisch. Er unterdrückt seine Nervosität, indem er die Zacken der Gabel leicht auf seinen Daumen presst.

Rebecca fragt den Kellner nach einer Reservierung auf Ian Flemming, als Felix und Millie ebenfalls das Restaurant betreten. Rebecca sieht sie aus den Augenwinkeln, gibt aber ganz professionell vor, sie nicht zu kennen.

»Felix«, zischt Millie und zupft ihn am Arm. »Ich muss schnell noch mal …«

Felix verdreht die Augen. »Beeil dich. Ich sichere uns schon mal den Tisch in der Nähe des Tatorts. Denk dran, nicht zu Rebecca zu schauen, wenn du dich setzt!«

Millie nickt nervös und macht sich auf die Suche. Sie hat Pech. Die Toiletten im oberen Stockwerk werden renoviert und sind geschlossen. Ein Kellner gibt ihr den Tipp, es im Erdgeschoss zu versuchen, und zeigt ihr einen entlegenen Aufzug, der sie direkt im Erdgeschoss bei den Toiletten ausspuckt.

»Mein Gott, Sie sind doch … sind Sie nicht …?« Die Frau nimmt ihre Sonnenbrille ab, um besser sehen zu können, ob er nun … oder nicht.

William hat jetzt keine Zeit für so was. Wenn er direkt nach oben ins Restaurant sprintet, kommt er nur ein bisschen zu spät. Wenn ihn dieser Fan aber jetzt lange aufhält, verpasst er den spannenden Anfang des Treffens.

»Ich sehe einem berühmten Autor etwas ähnlich, das habe ich schon oft gehört«, sagt er schnell und lächelt entschuldigend.

Er hält ihr die Tür auf. Offenbar möchte sie auch in das Hotel *Little Sheep*. Ob sie da sowieso hinwollte oder wegen ihm, kann er nicht sagen. Jedenfalls bleibt sie leider sehr interessiert und sieht sein Türaufhalten als Einladung, neben ihm herzutraben.

»William Winter! Jetzt hab ich es! Sie sehen aus wie dieser Krimiautor. Sie sind ihm wie aus dem Gesicht geschnitten!« Sie kommt immer näher.

Er kann ihr aufdringliches Parfüm riechen. Seine Augen irren durch die Lobby. Er muss sie abschütteln, bevor er das Restaurant erreicht. Er wird alleine an einem Tisch sitzen, und diese Dame wird das sicher auch als Einladung verstehen.

Er zeigt auf ein Schild, auf dem *Toiletten* steht, und macht eine entschuldigende Geste.

Sie bleibt stehen.

Er biegt um die Ecke und schaut noch mal auf seine Uhr. Drei Minuten nach sechs. Verdammt! Er linst zurück in die Lobby, da steht sie und wartet auf ihn. Vielleicht gibt es hier hinten ein Treppenhaus. Er geht weiter den Gang lang und sieht, wie eine Person in einer Tür verschwindet. Das ist ein Aufzug! Er spurtet los und wirft sich wie James Bond persönlich zwischen die sich schließenden Türen.

Millie erschrickt, als ein gut aussehender Kerl mit Sonnenbrille ganz plötzlich vor ihr in den kleinen Aufzug springt.

»Hallo«, sagt er außer Atem und drückt überflüssigerweise den Knopf ins obere Stockwerk, den Millie gerade gedrückt hat.

Der Aufzug blinkt überfordert mit allen Knöpfen und braucht eine Ewigkeit, um die Tür zu schließen und sich in Bewegung zu setzen.

William lehnt sich gegen die Wand. Die Frau mit dem aufdringlichen Parfüm ist er erst mal los.

Er ist sehr gespannt, wer M. ist und ob Coren richtigliegt mit seiner Vermutung, dass es sich um eine Frau handelt.

Millie schaut auf ihre Uhr. Sie ist jetzt schon vier Minuten zu spät dran. Vier Minuten, die sie von J. Abberwock verpasst. Falls er pünktlich ist. Vermutlich ist er das nicht. Seine Hauptfigur Jasper war jedenfalls oft zu spät dran. Aber vermutlich hat Rebecca recht, und sie interpretiert einfach zu viel rein in seinen Text. Vielleicht ist J. Abberwock eine kleine alte Dame, die überpünktlich seit einer Viertelstunde da oben im Restaurant sitzt und ein Fan von James Bond ist. Bei der Vorstellung muss Millie grinsen.

Ein jähes Ruckeln des Aufzugs reißt sie aus ihren Gedanken. Dann wird es dunkel. Panik steigt in Millie auf. Was passiert hier?

»Es ist sicher alles in Ordnung«, sagt eine tiefe Stimme nicht weit von ihr entfernt. Das muss der Sonnenbrillenmann sein.

Millie möchte gerne schreien, aber es kommt nur ein krächzendes Geräusch aus ihrem Hals.

Eine Hand, die warm ist, greift in der Dunkelheit nach ihrem Arm und hält sie fest. Millie umklammert die warme Hand mit ihrer kalten.

»Entweder ist das Licht ausgefallen, oder meine Sonnenbrille ist doch stärker, als ich dachte«, scherzt die Stimme ganz nah neben ihr.

Millie wird plötzlich bewusst, dass sie da die Hand von einem Mann umklammert, aber sie kann nicht loslassen.

In der Dunkelheit hat sie das Gefühl, der Aufzug fällt ins Bodenlose, dabei hat das Ruckeln längst aufgehört. Man spürt inzwischen gar nichts mehr, was kein gutes Zeichen ist.

»Stecken wir fest?« Ihre Stimme funktioniert zwar nur flüsternd, aber immerhin.

»Wollen Sie eine ehrliche Antwort oder lieber eine beruhigende?« Der Mann neben ihr flüstert jetzt auch.

»Ich hätte gerne die beruhigende«, wispert Millie und klammert sich noch etwas fester an seine Hand.

Die hätte ich auch gerne, denkt William. Er muss ebenfalls gegen aufsteigende Panik ankämpfen. Er verflucht es, so viele Actionfilme gesehen zu haben, in denen ein Aufzug eine Rolle spielte. Eins ist sicher, das geht nie gut mit den Aufzügen. Entweder fällt die Kabine in einen tiefen Schacht, oder der Schacht brennt, und der einzige Weg, sich zu retten, ist, sich am Aufzugseil nach oben zu hangeln. Dafür müsste er aber erst mal die Deckenplatten lösen. In Filmen geht das immer so, in echt bräuchte man sicher einen Schraubenzieher, und den hat er nicht.

William atmet tief durch. Er spürt, dass die Frau neben ihm zittert. Er muss sich jetzt zusammenreißen und für sie da sein.

»Das ist sicher nur eine Übung. So wie früher der Feueralarm in der Schule.«

»Und wenn es brennt?« Millies Gehirn hat das Wort »Feuer« aufgeschnappt und glaubt sofort, Rauch zu riechen. Sie wird in diesem Aufzug sterben und J. Abberwock nie kennenlernen.

»Es brennt nicht«, sagt William zu ihr und zu sich selbst.

Sie quetscht seine Hand so doll, dass es wehtut. Außerdem bebt sie inzwischen richtig neben ihm.

Er spürt, dass er mit Worten gerade nicht viel erreichen kann, und zieht sie zu sich in den Arm. Sie ist einen Kopf kleiner als er. Sie klammert sich zitternd an ihn.

Millie spürt durch ihre Panik hindurch, dass der Fremde, der sie umarmt, selber Angst hat. Sein Herz geht schnell. Sie kann es durch sein Hemd spüren. Sie halten sich gegenseitig fest in dieser haltlosen Dunkelheit.

Je mehr ihr Zittern nachlässt, desto ruhiger wird auch er.

Er riecht gut. So, als hätte er gerade eben noch auf einer Wiese gelegen.

Ihre Haare kitzeln an seiner Wange.

Er spürt ihre Brüste, und das ist perfekt, um ihn von den ganzen Aufzughorrorgeschichten abzulenken. Er versucht, sich ins Gedächtnis zu rufen, wie sie aussah. Er hat sie als relativ unscheinbar wahrgenommen. So wirklich erinnert er sich nur an ihre grünen Augen, die ihn erschrocken angeschaut haben, als er so plötzlich vor ihr auftauchte.

»Wir könnten jemanden anrufen«, schlägt William vor. Er tastet in seine hintere Hosentasche. Sie ist leer. Er löst sich leicht von Millie und sucht auch die Jackentaschen ab. Nichts. Er muss es in der Halterung im Auto vergessen haben.

»Ich habe mein Handy im Auto liegen lassen!«, sagt er leise.

»Und meins hat mein Bruder. Ich wollte es nicht mit auf die Toilette nehmen …«, erinnert sich Millie.

Plötzlich ruckelt der Aufzug und scheint ein Stück nach unten zu fallen. William schreit auf, seine Stimme klingt schrill wie die einer Frau. Er klammert sich panisch an Millie, die ihn wieder fest umarmt und beruhigend über seinen Rücken streicht, obwohl sie selber zittert.

»Entschuldigung, ich wollte eigentlich Sie beruhigen, und jetzt schreie ich wie ein kleines Mädchen.«

»Schon o. k. Ich hätte auch geschrien, aber meine Stimme funktioniert nicht immer.« Millie spricht mit dem Kopf an seiner Brust und klingt etwas dumpf. Sie hört sein Herz, das alarmiert in seiner Brust schlägt.

»Ist das ein technisches Problem?«, fragt er und hält sie weiter fest.

»Eher ein psychisches. Ich kann nicht so gut mit anderen Menschen.«

Plötzlich fragt sich Millie, ob er mit seiner Frage überhaupt ihre Stimme gemeint hat oder den Aufzug.

»Sie meinten doch meine Stimme?«, fragt sie nach.

»Mhm«, brummt er und legt vorsichtig seine Wange an ihren Kopf. »Reden Sie weiter, das lenkt mich vom technischen Problem des Aufzugs ab.«

Es ist absolut seltsam, hier mit einer Fremden eng umschlungen zu stehen, aber da sie beide so kurz vor einer Panikattacke sind, scheint es die einzige Möglichkeit zu sein, zu überleben. Millie versucht, ruhig zu atmen, um nicht zu hyperventilieren.

William zwingt sich, nicht an ein reißendes Aufzugkabel zu denken. Vielleicht hat diese Kabine gar keine Kabel, sondern fährt auf Schienen. Schienen, die sich gerade aus der Verankerung lösen. Er kneift die Augen zusammen und hält Millie noch etwas fester im Arm.

Sie streicht wieder beruhigend über seinen Rücken. Brüste, er muss sich auf ihre Brüste konzentrieren. Niemand kann Todesangst haben, wenn er an Brüste denkt.

»Sie riechen nach Wiese«, sagt Millie.

»Weiterreden«, bittet William.

»Ich glaube, wenn Sie Angst haben, sollten Sie reden. Das lenkt ab.«

Er nickt, das hat er auch mal gehört. »Ich bin Will, ich hatte nicht vor, heute zu sterben«, sagt er und versucht, dabei lustig zu klingen. Es gelingt ihm nicht, und so redet er einfach weiter. »Obwohl es mal eine Zeit gab, in der ich mir genau das gewünscht habe.«

Die Todesangst öffnet eine Tür, die er normalerweise immer verschlossen hält. Er betritt den verbotenen Raum und redet weiter. »Damals fühlte sich alles sinnlos an ohne sie. Ich habe weitergemacht. Weitergeatmet. In einer anderen Version von mir. In einer raueren. Ich lasse Menschen nicht mehr so nah an mich heran, und dabei passiert es mir, dass ich manchmal ziemlich egoistisch durch die Gegend laufe. Zumindest kommt es mir so vor. Mein bester Freund hat vor Jahren seinen ungeborenen Sohn verloren, und ich habe es nicht einmal gewusst. Ich habe nie gefragt, warum er plötzlich nicht mehr mit Phyllis zusammen war und nicht mehr von ihr geredet hat. Ich dachte irgendwie, nur ich habe Probleme mit dem Leben.«

»Jeder hat Probleme mit dem Leben. Und mit dem Tod«, fügt Millie hinzu. »Du hast deine Frau verloren?« Sie bemerkt nicht einmal, dass sie ihn plötzlich duzt.

William nickt in ihre Haare hinein.

»Meine Eltern sind gestorben, als ich sechzehn war.«

Das tut mir leid, sagen seine Hände auf ihrem Rücken. Ihre Hände antworten auf seinem Rücken: *Mir tut es auch sehr leid mit deiner Frau.*

»Was hat dir damals geholfen?«, flüstert er in ihre Haare, die nach Zitrone riechen.

»Lesen. Und dir?«

Er lächelt. »Schreiben.«

Nichts läuft nach Plan. Millie ist nicht wieder aufgetaucht, vermutlich hat sie einfach gekniffen. Rebecca fragt sich, warum sie sich das Ganze hier überhaupt antut. Dieser Jabberwocky ist ein ziemlich unsympathischer Kerl, der ständig irgendwelche Paragrafen zitiert und nebenher ein Brot nach dem anderen aus ihrem gemeinsamen Brotkorb klaut und mit zwei hektischen Bissen vernichtet. Sie wirft einen genervten Blick rüber zu Felix, der nur die Augen verdreht und dann wieder Ausschau nach Millie hält.

Als der blöde Autor nach dem letzten Stück Brot greifen will, reißt Rebecca ihm den ganzen Korb weg. »Ich hab mir das jetzt lange genug angehört, was ich alles nicht darf und geistiges Eigentum und bla, bla, bla!« Bei jedem »Bla« drückt sie das arme letzte Brot zusammen, bis es nur noch eine flache Scheibe ist. »Bis gerade eben war ich ein Fan von Ihrem Roman, weil er so berührend und herzerwärmend geschrieben ist, aber wenn ich gewusst hätte, was für ein Idiot ihn geschrieben hat, hätte ich ihn nicht gelesen!« Sie steckt sich das flache Brot in den Mund und kaut darauf herum.

Das Essen kommt.

Coren hatte nicht vor, als Idiot rüberzukommen. Er wollte streng und bestimmt sein, das Manuskript wiederbekommen und herausfinden, woher sie es hat, aber dazu schweigt sie beharrlich. Die Tatsache, dass das Manuskript völlig unzerknittert da in der Mappe liegt, deutet darauf hin, dass sie es kopiert hat und immer noch eine Version davon besitzt. Er vermasselt es hier gerade, aber es irritiert ihn auch total, dass Will offenbar seine Meinung geändert hat und doch nicht aufgetaucht ist. Ohne eine Nachricht, ohne irgendein Zeichen.

»Vielleicht war ich gerade zu ...« , er findet kein passendes Wort. »Ich will ihn einfach schützen.«

Ihn?, fragt sich Rebecca.

»Den Roman«, fügt Coren schnell hinzu. Das Gesicht von M. ist wie ein offenes Buch. Jeden Gedanken kann er bei ihr ablesen. Im Pokerspielen wäre sie vermutlich eine Niete. Sie hat sich als »M Punkt« vorgestellt, und jetzt weiß er nicht, wie er sie anreden soll. »Wissen Sie, er ist sehr persönlich.«

»Aber Sie haben ihn trotzdem mindestens an einen Verlag geschickt. Sie wollten, dass er gelesen wird, und jetzt machen Sie so ein Theater. Das verstehe ich nicht ganz.«

»Woher wissen Sie, dass ich das Manuskript an einen Verlag geschickt habe?«

Rebecca zögert. Hat sie sich jetzt verraten? »Wie hätte ich es sonst finden können? Sie haben es ja wohl kaum im Park auf einer Bank liegen lassen.«

»Sie haben es also in einem Verlag gefunden. Sie arbeiten in einem Verlag, richtig?«

Rebecca isst schweigend ihren Salat, aber Coren liest in ihrem Gesicht, das einfach nichts verbergen kann.

»Sie sind Lektorin, hab ich recht?«

Rebecca trinkt ihr Glas halb leer, damit der Jabberwocky nicht so viel von ihrem Gesicht sieht.

Coren überlegt, an welche Verlage in London er das Buch damals geschickt hat. Es kommen drei infrage. Wie hieß dieser eine noch, der in Notting Hill liegt? Warum ist er nicht gleich draufgekommen? Natürlich ist es der Verlag, der in der Nähe des Cafés ansässig ist.

»*Anderson & Jones!*«, sagt er triumphierend, als es ihm einfällt.

Rebecca wird rot.

»Warum haben Sie das Buch abgelehnt?«

Seine Frage trifft wieder ins Schwarze. Rebecca merkt, dass sie dringend den Spieß umdrehen muss, wenn das hier nicht in einer völligen Katastrophe enden soll.

»Sagen Sie es mir. Alle Verlage, an die Sie es geschickt haben, haben das Buch abgelehnt, richtig? Also war irgendetwas an Ihrem persönlichen Werk ja nicht so besonders toll.«

Sie geht jetzt unter die Gürtellinie und wappnet sich für den Rückschlag. Autoren sind da sehr, sehr empfindlich, wenn man auf ihren Büchern herumhackt, vor allem, wenn es ein persönlicher Roman ist.

Zu ihrer Überraschung lehnt sich der Jabberwocky entspannt zurück und lächelt. »Es ist gut, dass dieser Roman nicht veröffentlicht wurde.« Er hat das Wort »dieser« ganz leicht betont.

»Haben Sie noch mehr geschrieben?«

Coren antwortete nicht und schaut unbeteiligt durch den Raum. Er scheint die Nachbartische abzusuchen. Felix tut so, als wäre er ganz in sein Handy vertieft.

»Sie haben unter einem anderen Namen Bücher veröffentlicht?«

Corens Gesicht bleibt undurchdringlich. Aber die Selbstzufriedenheit, die er ausstrahlt, spricht dafür, dass Rebecca recht hat. Beide essen weiter und stellen erst mal keine weiteren hypothetischen Fragen.

Millie weiß nicht, ob es an der Dunkelheit liegt oder an der Ausnahmesituation, in der sie sich befinden. Sie fühlt sich so wohl mit Will, dem Sonnenbrillenmann, von dem sie die Stimme besser kennt als sein Gesicht. Sie weiß, wie er riecht. Sie hat seinen aufgeregten Herzschlag gefühlt und die aufgestellten Härchen in seinem Nacken.

Sie sitzen nebeneinander auf dem Boden des Aufzugs, der seit dem letzten Ruckeln ruhig geblieben ist. Ihre Schultern und Beine berühren sich.

Will erzählt von der Zeit nach dem Tod seiner Frau, die er nur mit »danach« betitelt. Er nennt nie den Namen seiner Frau, er spricht von »ihr« und »sie«.

Millie hört zu, fragt nach, versteht so gut, wovon er spricht. Manchmal nimmt sie seine Hand und drückt sie. Manchmal sucht er ihren Arm und hält ihn eine Weile fest. Die Wärme seiner Hand kriecht dann in sie hinein und verursacht ein kleines Prickeln. Staunend nimmt sie wahr, dass sie gerne von ihm berührt wird und ihr Arm sich plötzlich seltsam alleine anfühlt, wenn er die Hand wieder wegnimmt.

Will erzählt von dem großen schwarzen Drachen, der sich jeden Abend, wenn er ins Bett ging, auf seine Brust legte, der ihn kaum atmen ließ, und dem Schmerz, der sich so in seinem Herz ausgebreitet hatte, dass er sich selbst gar nicht spüren konnte.

»Und wie ist es jetzt? Gibt es den Drachen noch und den Schmerz?« Millie nimmt seine Hand, und er verschränkt seine Finger mit ihren.

»Der Drache sitzt unter meinem Bett, und der Schmerz ...«, er denkt kurz nach, »sitzt noch hier.« Er berührt mit der Hand, die ihre hält, seine Brust.

»Aber er ist leiser. Er hat sich einen dicken flauschigen Bademantel angezogen, das dämpft ihn.«

Millie stellt sich lächelnd den Schmerz in einem fluffigen rosafarbenen Bademantel vor.

Mit ihr zu reden, ist wie ein lang ersehnter Regen im Sommer. Alles in ihm atmet auf, fühlt sich leichter. Wer ist diese Frau neben ihm, die ihn dazu gebracht hat, den verbotenen Raum zu betreten? Er weiß, wie sie atmet, wie sich ihre Brüste anfühlen, wenn er sie im Arm hält, er kennt den Geruch ihrer Haare, aber nicht ihren Namen.

»Was ist mit dir? Was machen deine Drachen?« Er löst seine Hand aus ihrer. Seine Fingerspitzen streicheln sanft die Innenseite ihrer Handfläche.

»Manchmal glaube ich, der Drache bin ich selber. Ein erschrockener Drache. Einer, der nie gelernt hat zu fliegen und sich damit abgefunden hat, zu gehen und die Welt nicht von oben, sondern von unten zu betrachten.«

»Vielleicht kommt die Zeit zu fliegen noch. Wie alt bist du?«

»34.«

»Das ist nicht alt für ein Drachenmädchen. Das kann noch werden.« Seine Stimme klingt zuversichtlich. Hier auf dem Boden des stecken gebliebenen Aufzugs kann Millie glauben, dass er recht hat.

Die Kellnerin bringt die Rechnung.

»Ich übernehme das«, sagt Coren gönnerhaft und zückt seine Brieftasche.

»Ich lasse mich nicht von Pedanten einladen«, wehrt Rebecca ab und holt ebenfalls ihren Geldbeutel heraus.

Er zuckt mit den Schultern, und beide zahlen getrennt.

Rebecca funkelt ihn an. »Es war mir keine Freude, Sie kennenzulernen«, sagt sie trocken.

»Wann sehen wir uns wieder?«, fragt Coren, als hätte er das K vor dem »eine« nicht gehört.

»Ich hoffe nie.«

»Aber Sie schulden mir noch das Manuskript. Das hier ist nur die Kopie!« Er wedelt lässig mit der Mappe durch die Luft.

»Fragen Sie am besten bei *Anderson & Jones* nach. Die werden Ihnen erklären, dass man bei unverlangt eingesandten Manuskripten kein Anrecht auf Rückgabe hat«, gibt sie schnippisch zurück.

Langsam ist Coren auch genervt von dieser pampigen M Punkt. Sie muss ihm nicht erklären, wie die Branche funktioniert, wirklich nicht.

»Ihr kleiner Verlag hätte sich glücklich schätzen können, den Roman zu veröffentlichen. Inzwischen könnten Sie sein Honorar überhaupt nicht mehr zahlen!« Er funkelt sie wütend an.

Ihr Gesicht überschlägt sich gerade mit Emotionen und nimmt schließlich einen sehr fragenden Ausdruck an. »Sein Honorar?«

»Mein Honorar.«

»Sie haben ›sein‹ gesagt, ganz eindeutig!«

»Das kann ich bestätigen. Und wenn Sie nicht J. Abberwock sind, wer sind Sie dann?« Felix taucht aus dem Nichts auf und setzt sich wie ein Anwalt an Rebeccas Seite.

Coren gefällt diese Wendung ganz und gar nicht. Er war doch derjenige, der alles in M Punkts Gesicht abgelesen hat. Er hatte sie doch schon in der Ecke, wie konnte ihm da so ein blöder Fehler unterlaufen?

»Hugo Drax«, er nennt den ersten Namen, der ihm einfällt, und hält Felix die Hand hin. »Literaturagent.«

Felix nimmt seine Hand. »James Bond«, sagt er ernsthaft. »Geheimagent.«

Rebecca schaut ratlos von einem zum anderen.

Felix prustet los. »Hugo Drax war der Gegenspieler von James Bond in *Moonraker*!«

Coren schlägt sich in Gedanken vor die Stirn. War eigentlich klar, dass ihm sein Gehirn auf die Schnelle so einen Namen ausspuckt.

»Der Millionär, der die Welt vergiften wollte«, ergänzt er und tut so, als hätte er diesen Decknamen absichtlich gewählt.

»Na, das passt ja«, sagt Rebecca.

»Belassen wir es einfach dabei. Behalten Sie das Manuskript, aber veröffentlichen Sie es nicht mehr in Cafés. Sonst hören Sie von unserem Anwalt.« Coren steht so würdevoll auf, wie er kann.

Felix und Rebecca sehen sich an.

»Auf Wiedersehen, Mr Drax«, sagt Felix belustigt.

»War mir ein Vergnügen, Mr Bond.« Coren tippt sich an den nicht vorhandenen Hut, nimmt seinen Aktenkoffer und verlässt das Restaurant.

»Was für ein Arsch.« Rebecca schüttelt fassungslos den Kopf.

»Ich fand ihn ganz witzig!«, widerspricht Felix.

»Männer!« Rebecca rollt mit den Augen.

Je länger Millie und Will im Aufzug festsitzen, desto entspannter und lustiger wird Will. Millies Hand, die die meiste Zeit mit seiner verschränkt ist, fährt jetzt immer häufiger Achterbahn durch die Luft, wenn er erzählt und gestikuliert. Er hat viele schöne Ideen, wie Millie fliegen lernen könnte. Sie hört fasziniert zu und lacht über seine Witze.

Hier in diesem kleinen dunklen Aufzug gelten andere Regeln als da draußen. Hier dürfen beide sein, wie sie sind. Egal, wie schmerzhaft die Vergangenheit war, und egal, wie beängstigend die Zukunft ist. In ihrem kleinen Universum gibt es nur die Gegenwart. Zwei Stimmen, zwei Hände und die Wärme seiner Schulter an Millies.

Er gibt ihr das Gefühl, die wichtigste Person auf der Welt zu sein. Er fällt ihr nie ins Wort. Er lauscht ihren Sätzen und nimmt sie in sich auf. Ihre Stimme funktioniert tadellos. Er redet viel mehr als Millie, aber anders als draußen ist es hier in der kleinen, dunklen Welt kein Defizit von ihr, sondern eine Stärke.

Er hat sie »das Drachenmädchen Momo« getauft, weil sie so gut zuhören kann wie die Figur von Michael Ende. Millie gefällt das.

Will erzählt, wie er, als er klein war, ein Flugzeug gebaut hat und ganz enttäuscht war, dass es nicht fliegen konnte.

»Was hast du dann gemacht?«, will sie wissen.

»Ich habe mich an den Schreibtisch gesetzt und eine Geschichte geschrieben über einen Jungen, der ein Flugzeug baut und damit überall hinfliegt.«

Seine Hand startet mit ihrer zusammen in die Luft. Millie lässt sich führen und genießt das sanfte Prickeln, das sich in ihr ausbreitet.

»Das hat geholfen. Beim Schreiben der Geschichte habe ich den Spaß von dem Jungen gefühlt. Ich meine, stell dir vor, du könntest mit deinem kleinen Flugzeug zur Schule fliegen oder zum Kiosk, eben mal einen Schokoriegel kaufen!«

Millie stellt sich sein Lächeln vor und lächelt zurück.

»Wenn du schreibst, kannst du fliegen, Drachenmädchen Momo.«

»Ich kann auch fliegen, wenn ich lese«, antwortet sie.

Plötzlich wird es furchtbar hell. Der Aufzug setzt sich in Bewegung, und noch bevor sie sich an das Licht gewöhnt haben, ist er nach unten gefahren und öffnet seine Türen. Ein älteres Paar schaut von oben auf die beiden herunter.

Sie rappeln sich auf zum Stehen. Millies Kreislauf macht das alles so schnell nicht mit, und sie schwankt ein bisschen. Will merkt es und stützt sie. Seine Berührungen sind ihr so vertraut, aber sein gutes Aussehen macht sie jetzt im Hellen verlegen.

Will und Millie steigen aus.

»Den Aufzug können Sie nicht nehmen, wir sind gerade mit ihm stecken geblieben. Wir wollten eigentlich nach oben fahren, aber ...«

Will gibt sich Mühe, auf einer sachlichen Ebene zu erklären, was passiert ist. Es fällt ihm schwer. Sie kommen aus einer ganz anderen Welt.

»Oh, das müssen Sie unbedingt an der Rezeption melden! Komm, Charlotte, wir nehmen die Treppe.« Er zieht am Arm seiner Frau.

»Sicher, das machen wir ...«

Will rückt seine Jacke zurecht und fährt sich durch die Haare.

Das Paar macht sich auf die Suche nach einer Treppe.

Will und Millie gehen langsam den Gang entlang Richtung Lobby.

Ihr fehlen seine Hand und seine warme Schulter. Ihr fehlen

die Dunkelheit und ihre kleine Welt. Alles hier draußen ist zu laut, zu hell und zu schmerzhaft.

Will schaut Millie von der Seite an, und als sie es bemerkt, sieht er schnell weg. Verlegen bleiben sie in der Lobby stehen.

»Ich sag schnell an der Rezeption Bescheid. Wartest du hier?«

Seine Augen treffen ihre. Fasziniert stellt Millie fest, dass er bernsteinfarbene Augen hat. Goldene Sprenkel sind in dem warmen Braun um seine Pupillen. Mit seinem Dreitagebart sieht er etwas wild aus. Sie erinnert sich an das leichte Piksen, wenn er sein Kinn an ihren Kopf drückte. Seine Frisur ist im Aufzug etwas aus der Form geraten. Er sieht aus, als wäre er gerade aufgewacht. *Eigentlich sind wir das auch*, denkt Millie.

Sie versucht gar nicht erst, ihre Stimme zu finden, und nickt nur.

Er geht ein paar Schritte, dreht sich dann noch mal um und sagt scherzhaft: »Nicht weglaufen!«

Im Aufzug hat er sie ständig Drachenmädchen genannt. Hier draußen nicht mehr. Hier draußen wird er ganz schnell feststellen, dass sie eine relativ langweilige, unscheinbare Person ist. Das Drachenmädchen ist im Hellen nur eine Bücherdiebin, die außer beim Lesen niemals fliegen wird. Eine große Traurigkeit überkommt sie.

Will hat die Rezeption erreicht und redet mit der Empfangsdame. Er sagt etwas zu ihr, und sie lacht. Lässig lehnt er dort am Pult.

Millie geht langsam ein paar Schritte rückwärts. Dann dreht sie sich um und rennt.

999

Der Blick über die Stadt ist atemberaubend. Man kann bis zur Themse schauen und sieht sogar ein Stück von dem großen Riesenrad The Eye.

Es ist dunkel, und tausend Lichter glitzern auf dem Wasser. Will und Coren sitzen in einer Skybar, die so cool ist, dass sie sich zwischen all den hippen Leuten und Anzugträgern automatisch alt und underdressed vorkommen.

Coren und Will trinken Bier, was von dem jungen, gut aussehenden Kellner mit einem schnippischen »Really?« kommentiert wurde.

Anscheinend ist Biertrinken völlig out.

»Sag mal, hörst du mir überhaupt zu?« Coren beugt sich nach vorne und versucht, Wills Blick einzufangen, der in die Weite gerichtet ist.

»Ja, sicher«, sagt Will und versinkt sofort wieder in seiner eigenen Welt.

»O. k., was habe ich von dem Treffen erzählt?«

»Du hast gesagt, es lief ganz gut, und du hast das Manuskript wiederbekommen.« Will tippt auf die Mappe, die auf dem Tisch liegt.

Coren schüttelt den Kopf. »Das habe ich ganz und gar nicht gesagt. Was ist los?«

»Nichts.« Will nimmt einen Schluck von seinem Bier und schaut wieder über die Stadt.

»Erst kommst du einfach nicht zum Treffen. Dann erzählst du eine abstruse Geschichte darüber, dass du angeblich in einem Aufzug festgesteckt hast, und jetzt interessiert dich das Treffen mit M Punkt überhaupt nicht mehr. Was ist passiert?«

William seufzt. Er ahnt, dass Coren nicht lockerlassen wird. »Da war eine Frau mit mir im Aufzug.«

»Na klar!« Coren verdreht die Augen. »Lass mich raten. Ihr hattet Sex, es war der beste Sex deines Lebens, und jetzt hast du Angst, dass du dir von ihr eine Geschlechtskrankheit geholt hast, weil ihr kein Gummi benutzt habt.«

Will lächelt. »Du liegst so weit daneben, also weiter daneben kann man gar nicht liegen!«

»Dann erzähl die richtige Geschichte. Ich hab die ganze Nacht Zeit.« Coren macht eine ausladende Geste über das Panorama des nächtlichen Londons. Dann winkt er dem Kellner und bestellt noch zwei Bier.

Will gibt sich Mühe, trotzdem kann er nicht erklären, warum er sich dem Drachenmädchen so anvertraut hat und dass er sich, seit sie aus der Lobby einfach verschwunden ist, so unvollständig fühlt.

Er nennt sie vor Coren nur »Momo« und versucht, irgendwie zu beschreiben, was genau da im Aufzug passiert ist. »Ich weiß nicht, wie sie es gemacht hat, aber mit ihr zu reden, war, als wäre endlich nach zehn Jahren Winter wieder Frühling.«

Coren strahlt ihn an und klopft ihm auf die Schulter.

»Wofür war das?«, fragt Will.

»Du hast dich verliebt. Nach all den Jahren. Das wurde aber auch Zeit! Glückwunsch!«

Will möchte keine Glückwünsche. Er weiß nicht, wie er mit

dieser Situation umgehen soll. Das Drachenmädchen hat eine Tür in ihm geöffnet. Aber wie kann er sich verlieben, wo er sich doch geschworen hatte, es nie wieder zu tun?

»Glückwunsch? Ich habe weder ihren Namen noch ihre Nummer! Ich weiß nicht, was oder wo sie arbeitet. Wie soll ich sie finden?«

»Du möchtest sie finden!«, wiederholt Coren glücklich. »Du hast dich verliebt, eindeutig. Geradezu verknallt!« Coren grinst wie ein Honigkuchenpferd.

Wie auf Kommando wechselt das Riesenrad an der Themse seine Farbe. Es strahlt jetzt rot und taucht den Fluss ebenfalls in die Farbe der Liebe.

Will nimmt Coren das Bier weg und trinkt aus dessen Flasche. Coren hat recht. Er hat sich verliebt. Es ist aber mehr als das. Er hat ein Drachenmädchen gefunden, das den Drachen unter seinem Bett zähmen könnte.

»Jetzt hör auf zu grinsen, und rutsch mit einem Plan rüber! Wie finde ich sie?« Will gibt Coren seine Flasche zurück.

Coren denkt nach. Dann klappt er seinen Aktenkoffer auf und holt Papier und Stift heraus. »Wir schreiben alle Infos auf, an die du dich erinnerst.«

Will widerstrebt das. Er möchte sein Drachenmädchen nicht zerpflücken und diese magischen Stunden nach Informationen absuchen.

»Das kann ich nicht.« Er hebt beschwichtigend die Hand, als Coren etwas entgegnen will. »Coren, ich kann es nicht erklären, aber diese Aufzugfahrt hat etwas mit mir gemacht. Es war kein normales Kennenlernen. Es war, als hätten nicht wir uns unterhalten, sondern unsere Herzen. Und daraus jetzt Informationen zu filtern, kommt mir falsch vor.«

»Mann!« Coren bläst auf die leere Flasche Bier und erzeugt einen Ton. »Du solltest vielleicht noch mal das Genre wechseln und doch Liebesromane schreiben. ›Unsere Herzen haben sich unterhalten‹, das ist mit Abstand das Kitschigste, was ich je gehört habe!« Er schüttelt den Kopf.

Will muss grinsen. »Ein verliebter Autor darf auch mal etwas blumig werden. Und jetzt streng dein Hirn an, wie ich sie finden kann.«

»Ohne Infos über sie? Hast du vielleicht einen Schuh von ihr? Dann könnten wir durch London laufen und gucken, wem er passt.« Coren bläst noch mal auf die Flasche.

Will nimmt sie ihm weg. »Konzentrier dich!«

Coren seufzt. »Wir fangen am besten im Hotel Little Sheep an. Wir beschreiben sie an der Rezeption, vielleicht hat sie dort ja ein Zimmer gebucht, und jemand erinnert sich an sie.«

Will möchte am liebsten sofort losrennen, aber es ist nach 23 Uhr, und an der Rezeption sitzt jetzt bestimmt nur ein Nachtwächter. Die größten Chancen haben sie sicher tagsüber. Sie verabreden sich für morgen Mittag. Er lässt sich noch etwas von Coren aufziehen darüber, dass er endlich verliebt ist und sogar *The Eye* das feiert, dann fährt er zurück in seine Wohnung.

Er drückt auf den Garagentoröffner und schaltet innerlich in den James-Bond-Modus. Schwungvoll stürzt er sich in die Tiefgarage und bremst entsetzt ab, als er auf seinem Parkplatz ein Tier auf dem Boden sitzen sieht. Er bringt den Wagen zum Stehen und starrt entsetzt in die Augen einer Eule.

Sie rührt sich nicht von der Stelle. Bewegungslos sitzt sie im Scheinwerferlicht und schaut ihn aus ihren reflektierenden gelben Augen an. Ob sie verletzt ist? Wieso sitzt sie da auf dem Boden?

Vorsichtig steigt er aus. Die Eule bleibt, wo sie ist. Sie dreht nur den Kopf und verfolgt ihn mit den Augen.

Sie ist hübsch. Ihr Gefieder ist braun-weiß. Ihre Flügel liegen symmetrisch am Körper. Sie sieht völlig unversehrt aus. Vielleicht hat sie sich nur erschrocken vor dem Scheinwerferlicht. Soviel Will weiß, bleiben Rehe in einer Schockstarre im Lichtkegel stehen. Eulen auch? Was macht eine Eule überhaupt in Notting Hill?

Er beugt sich in sein Auto und löscht das Scheinwerferlicht. Jetzt sieht er die Eule nur noch in der schummrigen Beleuchtung der Tiefgarage.

»Wo kommst du denn her?« Er geht in die Hocke, um sich kleiner zu machen.

Die Eule legt den Kopf schief und betrachtet ihn, als würde sie über ihn nachdenken. Sie hält konstant Augenkontakt. Ihr Blick ist so tief, als könnte sie bis auf seine Seele gucken.

Will muss blinzeln. Die Eule blinzelt zurück, dann breitet sie ihre Flügel aus, startet mühelos und fliegt nahezu lautlos über seinen Kopf und sein Auto hinweg aus dem noch geöffneten Garagentor.

Will läuft ihr nach, kann sie aber nicht mehr am Nachthimmel entdecken.

In Zeitlupe setzt er den Aston Martin in seine Parklücke. Der James-Bond-Modus ist komplett verflogen.

Oben in seiner Wohnung, macht er kein Licht an. Er geht im Dunkeln durch die Räume, die von der Straßenlaterne draußen ein schwaches Licht abkriegen. Seine Wanderung endet in seinem begehbaren Kleiderschrank. Dort macht er das Licht an.

Er holt eine Kiste ganz oben aus dem Schrank. Staubflocken rieseln auf ihn herab. Er öffnet den Deckel und wartet eine Weile. Sein Herz schlägt schnell. Mit zitternden Fingern holt er ihr Foto heraus.

Seine Finger fahren über ihre roten Haare, die sich wie eine Wolke um ihr Gesicht bauschen. Der Drache erhebt sich und füllt auf einmal den ganzen kleinen Raum aus. Er senkt sich auf seine Brust. Das Atmen wird schwer.

»Es tut mir leid«, flüstert er.

»Ist das Ihre verstorbene Frau?« Shanja hat das Bild entdeckt, das William nicht zurück in die Kiste gepackt, sondern auf der Küchenzeile aufgestellt hat.

Er schaut sie verwundert an. Er hat ihr nie von Megan erzählt.

»Tut mir leid. Ich hab da so einen Sensor. Sie ist sehr hübsch!« Sie putzt in kreisenden Bewegungen über den Herd, der so gut wie nie benutzt wird.

William sitzt an seiner Küchenbar und hält sich an seiner Tasse Kaffee fest.

»Mein Gabriel ist jetzt fünfzehn Jahre tot. Es wird leichter, aber es hört nie auf.«

Will hat nicht gewusst, dass ihr Mann gestorben ist. Er hat irgendwie einfach angenommen, er hätte sie verlassen. »Das tut mir leid. Das war sicher nicht leicht mit Kindern.«

»Es ist nie leicht«, antwortet sie unbestimmt und arbeitet sich mit dem Schwamm bis zur Spüle vor. Energisch schüttet sie Scheuerpulver auf die Ränder und beginnt zu schrubben, als würde sie einen Workout für die Arme starten.

Sie trägt eine gelbe Schürze über ihrem bunten Kleid. Ihre Haare, die an den Seiten etwas grau werden, hält sie mit einem Haarband aus dem Gesicht.

Will überlegt, wie er das fragen kann, was ihm auf dem Herzen brennt.

»In all der Zeit, haben Sie je darüber nachgedacht ... Gab es je ...?«

Sie hört auf zu schrubben, verschränkt die Arme und macht

ihr quietschendes Geräusch. »Sie wollen wissen, ob es je einen anderen Mann gab, ja?«

Will nickt. Der Schaum tropft vom Schwamm, den sie in der Hand hält.

Sie dreht sich um und schrubbt weiter.

»Ja, es gab da einen. Er war groß und blond.« Sie kichert wie ein Schulmädchen.

»Ist was draus geworden?« Will schenkt ihr eine Tasse Kaffee ein und tut zwei Stück Zucker rein, weil er weiß, dass sie ihn so am liebsten trinkt.

Sie schüttelt den Kopf. »Drei Kinder und viel Arbeit. Da war keine Zeit für einen großen blonden Mann.«

Sie spült den Schaum ab. Beide gucken zu, wie er im Ausguss verschwindet. Er reicht ihr die Tasse Kaffee.

Sie trocknet sich die Hände ab, nimmt die Tasse und riecht daran.

»Aber wenn jetzt, da die Kinder aus dem Haus sind, der Richtige käme, würden Sie ...?«

»Herr Winter, soll das ein Antrag werden?« Sie schaut ihn streng an, und er braucht ein paar Sekunden, um zu verstehen, dass sie scherzt. Sie lacht ein tiefes, bauchiges Lachen. Dann nimmt sie genussvoll im Stehen einen Schluck Kaffee.

»Sie haben sich verliebt«, stellt sie fest.

»Wieder der Sensor?«, fragt Will ergeben.

Sie nickt wissend.

Will muss unwillkürlich an das Drachenmädchen denken. Ihre weichen Hände, ihre Stimme. Im dunklen Aufzug hat er sich von innen nach außen in sie verliebt, nicht umgekehrt, wie das sonst der Fall ist.

»Wissen Sie, ich glaube nicht, dass es falsch ist, sich wieder zu verlieben. Wenn Sie gestorben wären und Ihre hübsche Dame alleine zurückgelassen hätten – würden Sie wollen, dass sie sich nie wieder verliebt?«

Will denkt nach. Es wäre kein schönes Gefühl, die Vorstellung von Megan mit einem anderen Mann. Aber Megan für immer alleine, das wäre ein noch schrecklicheres Gefühl.

»Ich würde es ihr von Herzen wünschen.«

Sie wirft ihm einen Blick über ihrer Tasse zu, der »Siehst du!« heißt.

William seufzt und trinkt seinen Kaffee aus. »Ich weiß sowieso nicht, ob ich sie noch mal wiedersehe.«

Shanja sammelt die beiden leeren Tassen ein und stellt sie in die Spülmaschine. »Manchmal reicht es nicht zu hoffen, manchmal muss man etwas tun für sein Glück.« Sie schließt schwungvoll die Spülmaschine.

Will hat das Gefühl, dass sie über sich selbst spricht. »Haben Sie noch eine Nummer von dem blonden Mann?«

»Wie stellen Sie sich das vor? Soll ich da anrufen und sagen, erinnerst du dich noch an das schwarze Mädchen, mit dem du vor 10 Jahren essen warst?« Sie schüttelt den Kopf und verschränkt wieder die Arme.

Er grinst sie an. »Wir sind hier in Notting Hill, laut Hollywood sagen die Frauen hier üblicherweise: Ich bin nur ein Mädchen ...«

Shanja fällt mit ein, und gleichzeitig sagen sie: » ... das vor einem Jungen steht und ihn bittet, es zu lieben!«

Shanja knüllt sich dramatisch ihren nassen Schwamm an die Brust, und Will bricht auf der Küchentheke zusammen.

»Wenn das mit dem Blonden nichts mehr wird und ich mein Mädchen nicht wiederfinde, heiraten Sie mich dann?«

Shanja trocknet sich die Hände ab und verlässt die Küche. »Sie finden Ihr Mädchen schon wieder. Atmen und loslassen.« Sie deutet auf das Bild von Megan.

Will nickt und hat einen Kloß im Hals. Er ist dankbar, dass Shanja jetzt den Sauger anstellt und so gründlich und energisch den Boden bearbeitet, als müsste sie ein paar alte Geister einsaugen.

Coren steht vor dem Hoteleingang, als William ankommt. Er sieht ihn schon von Weitem, wie er da steht mit seinem alten Aktenkoffer, das schüttere Haar etwas zerzaust vom Wind. In seinen unmodernen Hosen und einer Windjacke, den Reißverschluss bis ganz nach oben zugezogen, wie immer. Kein Mensch über zwölf zieht sich den Reißverschluss bis ganz nach oben, außer es ist Sturm. Coren steht da und wartet auf ihn, und ohne dass Will etwas dagegen tun kann, überfällt ihn plötzlich eine Welle der Liebe für seinen alten Freund.

Er umarmt ihn, was nicht der üblichen Begrüßung der beiden entspricht, und hält ihn etwas länger fest, als das bei Männern in England so üblich ist. Seine Augen werden etwas feucht, vermutlich vom Wind.

»Alles o. k. mit dir?« Coren ist überfordert mit der innigen Umarmung.

»Ja, sicher. Ich, wollte nur mal Danke sagen. Dass du da bist für mich. Heute und sonst auch.«

Coren hört sich sein Gestammel an. Er muss zu ihm hochschauen, weil er einen Kopf kleiner ist als Will. »Gehen wir rein, oder kriege ich jetzt einen Heiratsantrag?«

»Ich habe heute schon meiner Putzfrau einen gemacht. Aber ich kann dich für morgen auf die Warteliste setzen.«

Coren grinst, hält ihm die Tür auf und quetscht sich dann schnell vor ihn, als er durchgehen will. Stolpernd fallen sie hintereinander in die Lobby.

»Guten Tag, wir sind auf der Suche nach einer Frau. Es ist

ziemlich wichtig. Er hat sich verliebt.« Coren zeigt auf William, der ergeben nickt und der Rezeptionistin seinen Hundeblick zuwirft, der Frauen immer zum Schmelzen bringt.

Die Rezeptionistin schmilzt kein bisschen. Sie rückt nur ihre Brille zurecht und fragt ausdruckslos: »Und wie kann ich da helfen?«

»Sie war am Samstag hier im Hotel. Ich bin mit ihr im Aufzug stecken geblieben.« Will zeigt in den hinteren Teil der Lobby.

Die Miene der Rezeptionistin bleibt unverändert.

»Sie ist dunkelblond und etwa so groß.« Will zeigt mit seiner Hand auf seine Brust. Er erinnert sich genau, wo ihre Haare waren, die an seinem Kinn kitzelten, wenn er den Kopf zu ihr neigte.

»Sie hat grüne Augen und sieht immer ein bisschen erschrocken aus.«

Keine Reaktion von der Rezeptionistin.

»Ihre Stimme funktioniert manchmal nicht. Vielleicht haben Sie in den letzten Tagen eine Frau bemerkt, die zwei Anläufe brauchte, um zu reden?«

»Nein, tut mir leid.«

Will stößt sich enttäuscht von der Rezeption ab.

»Sie haben keine Frau gesehen, auf die diese Beschreibung annähernd passt?«, hakt Coren nach.

Die Rezeptionistin schüttelt den Kopf.

»Vielleicht Ihre Kollegen?«

Sie schüttelt wieder den Kopf.

»Sie können doch gar nicht wissen, ob Ihre Kollegen sie gesehen haben. Können wir mal mit Ihren Kollegen sprechen?«

»Außer mir ist heute niemand im Haus.«

Coren seufzt. Die nächste Frage stellt er, obwohl er die Antwort schon kennt. »Und Sie können uns auch nicht zufällig die

Namen aller Personen geben, die Samstag hier im Hotel übernachtet haben?«

»Nein.«

»Das war zu erwarten.« Coren wendet sich mit einer Kopfbewegung an Will, die bedeutet, er soll mitkommen.

Die beiden gehen zehn Meter von dem Pult weg. Die Rezeptionistin behält sie im Auge.

»Die ist hart wie Stahl, aus der bekommen wir nix raus«, raunt Coren.

»Okay, wir müssen jetzt einen Move machen«, flüstert Will.

»Was meinst du?«

»Na, wie im Film! Du lenkst sie ab, und ich hechte hinter die Theke und fotografiere mir schnell alle Namen ab.«

Coren schaut ihn zweifelnd an. »Der Computer hat bestimmt ein Passwort – es gibt garantiert kein großes schwarzes Buch, in dem alle Namen stehen. Und selbst wenn du in den Computer kommst, gibt es sicher ein spezielles Programm, das man erst mal bedienen muss … Ich seh da keine Chancen!«

William fährt sich mit den Händen über das Gesicht. »Aber irgendetwas müssen wir tun!«

»Wir versuchen es morgen noch mal bei einem Kollegen …«

»Coren, lass dich einfach auf den Boden fallen, und spiel toter Mann, den Rest erledige ich schon.«

Coren schaut ihn an. Sein Blick sagt eindeutig: Muss das sein?

»Los, mach!«

Coren greift sich dramatisch an sein Herz, stolpert ein paar Schritte rückwärts. Er lässt sich fallen und reißt dabei eine Vase mit zu Boden, die auf einem kleinen Tischchen stand. Sie zerbricht in tausend Scherben, was der Szene eine wunderbare Dramatik verleiht.

»Coren, oh mein Gott, Coren!« Will beugt sich über seinen leblosen Freund am Boden.

»Ich rufe den Notarzt, machen Sie inzwischen eine Herzmassage!«, ruft er der Rezeptionistin zu. Er zückt sein Handy und tut so, als würde er die 999 anrufen.

Die Rezeptionistin bleibt hinter der Theke und schaut sich das alles nur an.

Will hastet mit zwei Schritten an die Rezeption. »Tun Sie doch etwas! Er stirbt! Sie hatten doch sicher einen Erste-Hilfe-Kurs, Sie müssen ihm eine Herzmassage geben oder ihn beatmen!«

»Ich habe einen Knopf gedrückt, der Notarzt ist in zwei Minuten hier. Dem können Sie dann die Scharade erklären.« Die Frau ist cooler als die Queen.

»Ich zeige Sie an wegen unterlassener Hilfeleistung!«

»Prima Idee, das mache ich umgekehrt auch.«

»Coren, du kannst aufstehen, wir gehen!«, ruft Will durch die Halle.

Mit ein paar Sätzen ist er bei seinem Freund, der sich nicht regt. »Hör auf, das Spiel ist vorbei.«

Er schlägt die Augen auf und seufzt. »Ich hab gleich gesagt, dass das nicht funktioniert. War doch klar.«

Will hält ihm eine Hand hin und muss sich ziemlich anstrengen, den schweren Coren nach oben zu ziehen.

Als sie aus dem Hotel kommen, parkt gerade der Rettungswagen ein.

Die Sanitäter eilen an ihnen vorbei.

Will und Coren starten einen kleinen Dauerlauf bis zu Wills Auto.

Den verschwundenen Patienten muss jetzt wohl die Rezeptionistin erklären, die hat den Rettungsdienst schließlich auch gerufen.

Mrs Crane

Es wird jeden Tag wärmer, aber das hilft nicht gegen meine innere Kälte. Ich habe niemandem von Will erzählt. Rebecca und Felix glauben, es wäre ein traumatisches Erlebnis für mich gewesen, alleine im Aufzug stecken zu bleiben. Ich lasse sie in dem Glauben, weil sie mich so in Ruhe lassen. Ich weiß nicht, wohin mit all meiner Sehnsucht und Traurigkeit. Meine Hand vermisst seine. Meine Nase vermisst seinen Geruch nach frischer Wiese. Mein Körper vermisst das sanfte Prickeln, das er bei mir ausgelöst hat. Mein Ohr ist nutzlos ohne den Klang seiner Stimme. Ich fahre jeden Morgen in den Verlag und erledige meine Arbeit. Ich koche Kaffee und Tee, beantworte Mails auf der Treppe, liefere Eistee für Mr Anderson, nur den Raum des Vergessens betrete ich nicht mehr. Mir fehlt momentan die Leidenschaft, um Geschichten zu retten. Mein Herz leidet, und ich schaffe es nicht, weiter Manuskripte aus dem Verlag zu schummeln.

Rebeccas und Felix' Bericht über den Agenten von J. Abberwock ist zusätzlich eine große Enttäuschung. Ich tröste mich mit dem Gedanken, dass J. Abberwock immer noch ein großartiger Mensch sein kann, auch wenn Rebecca seinen Agenten schlicht als Arsch beschreibt.

Sie versucht, mich jeden Tag zu überreden, eine Tasse Kakao im *Serendaccidentally* zu trinken, aber ich will nur nach Hause. Mich auf meinem Sofa verkriechen und an Will denken. Manchmal stelle ich mir vor, was passiert wäre, wenn ich in der Lobby stehen geblieben wäre. Meine Fantasien nehmen nie ein gutes Ende. Sie laufen immer darauf hinaus, dass er feststellt, wie wenig wir zusammenpassen.

Im Aufzug hatte ich das Gefühl, ihm gutzutun. Sobald das Licht anging, war dieses Gefühl komplett verschwunden.

Ich bleibe auf meinem Weg von der Bahn zum pinkfarbenen Verlagshaus nicht mehr am Schaufenster des Schuhladens stehen. Ich meide auch den Gewürzladen mit all seinen Gerüchen. Am Markt gehe ich schnell vorbei, ohne einen Blick auf die Blumen zu werfen. Ich möchte nichts mehr sehen, riechen oder fühlen. Alles, was ich will, ist, in der Zeit zurückzureisen und in unserer kleinen, dunklen Welt neben Will zu sitzen. Spüren, wie er meine Hand hält, und seiner Stimme lauschen, die mir etwas erzählt. Er war so gut mit Worten.

In der Mittagspause bleibe ich alleine im Verlag zurück und setze mich auf die übergroße, geschwungene Holztreppe. Ich kann den Atem des Hauses nicht mehr hören. Stattdessen ist da nur ein Rauschen, so als hätte man im Radio den Sender verloren. Das Rauschen wird immer lauter. Es dringt in mich ein und löscht alle Helligkeit aus.

»Millie!« Rebecca steht vor mir mit einem besorgten und gleichzeitig verärgerten Gesicht. Ihre Muskeln für die Mimik schaffen überfleißig zwei Gesichtsausdrücke gleichzeitig. »Du musst jetzt aus deiner Lethargie herauskommen, es ist ernst. Mr Anderson will nächste Woche den Konferenzraum einrichten. Ich habe eben ein Telefonat von ihm be ... also zufällig mitgehört. Na gut, ich habe ihn belauscht. Ist doch jetzt egal!«, herrscht sie mich an, obwohl ich gar nichts gesagt habe. »Er hat für Montag einen Container bestellt und will den Rest der Papiere jetzt eigenhändig entsorgen. Wenn wir es nicht schaffen, die Manuskripte bis Montag zu retten, sind sie verloren.« Sie schaut mich aus großen entsetzten Augen an. »Für immer!«, fügt sie dramatisch hinzu und krallt sich schmerzhaft in meine Oberarme.

Obwohl sie mir wehtut, ist ihre Berührung gut. Sie lässt das Rauschen in mir verstummen. Rebecca wartet auf eine Antwort.

»Wir fahren nachher direkt zu Felix. Er weiß sicher eine Lösung.« Rebecca nickt mehrfach. Sie reibt die Hände aneinander. »Du hast mich richtig angesteckt mit diesem Geschichten-retten-Wahnsinn.«

Es ist gut, dass Rebecca jetzt dafür brennt. Alleine würde ich vermutlich wirklich aufgeben und Mr Anderson den Raum des Vergessens samt Inhalt überlassen.

Ich schreibe meinem Bruder eine SMS, dass wir nachher bei ihm vorbeikommen.

Es riecht schon im Hausflur herrlich nach indischem Essen. Felix hat einen tollen Inder um die Ecke und lebt praktisch von diesem Essen.

In der Küche steht ein mir unbekannter Mann. Vermutlich sein aktueller, vorübergehender Freund.

»Millie, Rebecca, darf ich euch Tobi vorstellen? Tob, das sind meine Schwester Millie und ihre Kollegin Rebecca.«

Ich schaue Felix prüfend an. Er hat die winzig kleine Pause vor Tobis Namen gemacht, die nur ich bemerke. Dieser Tobi bedeutet ihm etwas. Meine Stimme funktioniert nicht, darum hebe ich nur die Hand zum Gruß.

Tobi eilt mit einem langen Schritt auf mich zu und gibt mir die Hand. »Ich freu mich, dich endlich kennenzulernen. Millie. Felix hat viel von dir erzählt.«

Ich schaue fragend zu meinem Bruder. Seit wann kennen sich die beiden?

Rebecca übernimmt das Reden, schüttelt Tobi die Hand und sagt, wie vorzüglich das Essen duftet, das Felix in den Aluschalen einfach auf den Tisch gestellt hat.

Tobi ist einen Kopf kleiner als Felix, also so groß wie ich. Ich muss an Will denken, der auch genau einen Kopf größer ist als ich. Ein perfekter Größenunterschied, wenn man sich umarmt. Tobi trägt einen Hut, unter dem dunkle Haare hervorgucken. In seinem weißen Leinenhemd mit den Hosenträgern sieht er ein bisschen aus der Zeit gefallen aus. Eifrig stellt er Gläser auf den Tisch und lächelt mich an, wann immer sich unsere Blicke treffen. Er versucht tatsächlich, mir zu gefallen.

Felix mustert mich, und ich versuche, fröhlicher zu wirken, als ich mich fühle. Er durchschaut mich vermutlich. Das Essen schmeckt fantastisch und bringt etwas Wärme in meine innere Kälte.

Rebecca weiht Tobi in die Geheimnisse unserer MRG, Manuskript-Rettungs-Gesellschaft, ein.

»Die Zeit läuft uns davon, wir müssen handeln – heute Nacht!«, endet sie. Also Dramatik hat sie heute drauf, das muss man ihr lassen. Die Jungs sind beeindruckt und fangen direkt an, Pläne zu schmieden. Tobi kennt jemanden, der uns einen Lieferwagen leihen könnte. Rebecca hat den Schlüssel fürs Verlagshaus.

Felix fertigt eine Skizze an. Er malt die Straße und das Verlagshaus, dann macht er ein Kreuz und erklärt, dass wir dort parken müssen, um dann so schnell wie möglich alle Manuskripte einzuladen.

»Was, wenn wir nicht vor der Tür parken können, weil kein Parkplatz frei ist?«, wende ich ein, um nicht so unbeteiligt zu wirken, wie ich mich fühle.

»Wenn wir spät genug loslegen, können wir auch in zweiter Reihe parken, denke ich«, sagt Rebecca, während sie sich noch ein großes Stück Naan abreißt.

»Hast du alle Manuskripte schon auf Extrastapel gelegt?«, fragt sie mich.

»Ich bin mir nicht sicher. Fast alle?« Ich weiß momentan wirklich nicht, wie weit ich im Raum des Vergessens gekommen bin.

»Wir retten, was sortiert ist, den Rest lassen wir zurück«, bestimmt Rebecca und behält ihren dramatischen Gesichtsausdruck, den sie sehr gut draufhat, bei.

»Eins habe ich noch nicht richtig verstanden«, meldet sich Tobi zu Wort, »wir klauen die vom Verlag abgelehnten Manuskripte, richtig?«

Wir nicken.

»Wir begehen eine Straftat, um Geschichten zu retten, die keiner wollte?«

Wieder nicken wir alle.

»Du musst nicht mitmachen, wenn du nicht willst«, sagt Felix sanft und nimmt seine Hand.

»Das ist absolut brillant. Kommt gar nicht infrage, dass ich das verpasse!« Seine Augen strahlen, und ich glaube ihm, was er sagt.

Es ist genau zwei Uhr morgens, als Tobi den Lieferwagen vor dem pinkfarbenen Haus parkt. Felix hat auf einem Start zur vollen Stunde bestanden. Er meint, so könne man besser überprüfen, wie viel Zeit wir brauchen. Unser Limit liegt bei dreißig Minuten. Was bis dahin nicht im Lieferwagen ist, wird in ein paar Stunden in Mr Andersons Container landen.

Notting Hill liegt in tiefem Schlaf. Ab und zu sieht man eine Katze über die Straße huschen. Ich halte vergeblich Ausschau nach einer kleinen Armee von Gärtnergartenzwergen, die verblühte Blumen an den Fensterkästen abpflücken und dafür sorgen, dass alles wieder tipptopp aussieht, sobald die Sonne aufgeht.

»Das Wichtigste jetzt: normal wirken. Falls uns einer sieht, muss er denken, aha, da ist ein sehr früher Umzug im Gange«, sagt Felix streng zu uns Mädchen auf dem Rücksitz.

Rebecca kichert. »Das denkt niemand um diese Uhrzeit.«

»Konzentriert euch!«, mahnt Felix und steigt aus. Er schließt, so leise er kann, die Autotür.

Wir folgen ihm. Mein Herz klopft bis in meine Nasenspitze.

Felix bewegt sich, als hätte er rohe Eier in seinen Hosentaschen. »Lauf normal!«, zischt er in mein Ohr.

»Lauf du normal!«, zische ich zurück.

»Pscht!«, zischt Tobi.

Rebecca geht ganz selbstverständlich die Treppen hoch und schließt die Tür auf, als wäre es acht Uhr morgens und als würde sie mit dieser seltsamen Truppe jeden Tag zur Arbeit erscheinen. Wir betreten das schlafende Haus und schließen die Tür hinter uns. Allgemeines Aufatmen.

»Machen wir Licht an?«, frage ich und hoffe, dass sich meine Augen bald an die Dunkelheit gewöhnen.

»Auf keinen Fall«, befiehlt Felix. Er holt sein Handy aus der Tasche, schaltet die Taschenlampenfunktion ein und reicht es Rebecca. »Du gehst vor, du kennst dich aus.«

»Ich kenn mich auch aus«, murre ich, weil er mal wieder alles bestimmt.

»Willst du vorgehen, Milliepanilli?«, fragt er genervt.

Diesmal benutzt er meinen Spitznamen, um mich kleinzumachen. Ich will eigentlich auf keinen Fall vorgehen, aber jetzt kann ich nicht Nein sagen, denn dann hat er gewonnen.

»Erinnere mich daran, das nächste Mal, wenn ich etwas klaue, kein Geschwisterpaar mitzunehmen«, raunt Rebecca Tobi zu.

Der lacht leise.

»Also los jetzt«, sage ich mehr zu mir als zu den anderen und lasse den Lichtkegel durch den Raum gleiten. Mrs Cranes Pult sieht gespenstisch leer aus. Ich habe es noch nie ohne sie gesehen.

Ich setze mich in Bewegung. Meine Füße kennen den Weg so gut, ich brauche gar kein Licht. Acht Schritte vom Empfangstresen bis zur Tür.

Meine Komplizen folgen mir.

»Nicht erschrecken, hier knarzt der Boden«, warne ich die Jungs vor, als wir den Flur betreten.

Ich leuchte in jedes kleine Büro und habe dabei die unrealistische Angst, es könnte plötzlich jemand an seinem Schreibtisch sitzen und mit toten, leeren Augen in den Lichtkegel starren. Ich muss mir eine Zombiversion von David vorstellen, was mir erschreckenderweise hervorragend gelingt.

Der Verlag ist nachts ein anderer als der, den Rebecca und ich kennen. Die Regale voller Bücher, die tagsüber so freundlich aussehen, wirken jetzt unheilvoll und bedrohlich. An solchen Orten passieren Morde. An solchen Orten wird man von einer Hexe verflucht. Meine Härchen an den Armen und im Nacken stellen sich auf. Ich denke an Will und wie ich seine panischen Nackenhaare gespürt habe. Der Gedanke an ihn beruhigt mich.

Wir erreichen die Treppe. Ich lege meine Hand auf das Holzgeländer. Es ist kalt wie der Tod. Mit weichen Knien steige ich die Stufen hoch. In der ersten Etage bleiben wir kurz stehen.

»Leuchte mal in Mr Andersons Büro, ob da einer ist«, Rebecca deutet ängstlich auf die offen stehende Bürotür. Offenbar hat sie ähnliche Fantasien wie ich.

Wir knarzen uns über den Boden bis zu seinem Büro. Ich lasse das Licht der Handylampe über den Schreibtisch gleiten und dann durch das ganze Büro.

Felix schreit auf, als der Lichtstrahl auf Norman trifft. »Mein Gott, ich dachte, da steht einer«, sagt er entschuldigend.

Tobi legt beschützend den Arm um ihn.

Ich werfe Felix einen belustigten Blick zu, den er trotz der Dunkelheit spürt und sich gleich beschwert: »Du warnst uns vor knarzenden Böden, aber nicht vor männlichen Skulpturen und ausgestopften Tieren!«

Der Lichtschein hat den ausgestopften Hasen erreicht. Seine Augen leuchten gruselig.

»Das sind nur Norman und ein bis zwei ausgestopfte Hasen«, erkläre ich.

»Ich dachte, das sei ein Verlag, aber ich komme mir hier vor wie in dem Film *Nachts im Museum*«, sagt Tobi, um Felix die Angst zu nehmen.

»Los, weiter!«, mahnt Rebecca.

Unsere Zeit wird langsam knapp. Wir hatten nicht einkalkuliert, dass wir so lange brauchen, um durch das dunkle Haus zu schleichen. Wir steigen die Treppe hoch, bis wir vor der Tür vom Raum des Vergessens stehen. Ich taste nach dem Schlüssel und greife in Spinnweben. Ein Schauer jagt mir über den Rücken. Ich ermahne mich, nicht so kindisch zu sein und jetzt an Riesenspinnen zu denken, leuchte mit dem Handy und finde den Nagel an der Wand. Zu meinem Entsetzen ist er leer.

»Der Schlüssel ist weg!«, flüstert Rebecca entgeistert.

»Sucht ihr den?«, sagt eine strenge Stimme hinter uns.

Wir fahren herum. Unten an der Treppe steht eine Frau. In der einen Hand hält sie den Schlüssel, in der anderen eine altmodische Laterne. Nur ihr Gesicht ist beleuchtet. Ob sie überhaupt einen Körper hat, weiß man nicht. Ihre Haare sind zu einem strengen Dutt gebunden, ihr Gesicht ist weiß wie das von einem Geist. Ihr bordeauxroter Lippenstift sitzt perfekt. Mrs Crane!

Ich bin gleichzeitig erleichtert und entsetzt. Ich bin froh, dass sie kein Geist ist, aber im nächsten Moment frage ich mich, ob ein Geist wirklich schlimmer wäre. Sie wird uns ausliefern. Vermutlich hat sie schon alle informiert. Mr Anderson und die Polizei.

»Guten Abend, Mrs Crane«, begrüßt Rebecca sie, als sei unser Treffen hier mitten in der Nacht etwas Alltägliches. Sie ist eine gute Schauspielerin, aber ich spüre ihr Beben, weil ich direkt neben ihr stehe. »Das sieht jetzt vermutlich etwas seltsam aus, aber wir können das ganz leicht erklären ...«, fährt Rebecca tapfer fort.

Können wir das? In meinem Kopf breitet sich eine große Leere aus. Eine plausible Ausrede kann sich doch jetzt nicht einmal Rebecca ausdenken.

»Vielleicht könnten sich die Herren als Erstes einmal vorstellen. Die Damen sind mir ja bekannt.« Mrs Crane wirft Tobi und Felix ihren Killerblick über die Brillengläser hinweg zu.

Sogar mein souveräner Bruder gerät jetzt ins Schwimmen. »Ja, natürlich«, hastig kommt er die Treppe herunter. »Felix Thomas, ich bin der Bruder von Millie.« Er hält ihr seine Hand hin, die sie einfach ignoriert, und fixiert mit ihrem Blick jetzt Tobi.

»Tobi O'Connor, sehr erfreut!« Diese Floskel ist absolut absurd in dieser Situation.

»Ihre Familie stammt aus Irland?«

»Richtig, Ma'am!« Tobi steht stramm wie ein Musterschüler von einem privaten englischen Internat.

»Und wie genau passen Sie hier ins Bild?«

»Er ist mein Freund, Ma'am.« Felix tritt neben Tobi und legt einen Arm um ihn. Ich bin mächtig stolz, dass er das hier auf der Treppe im Verhör von Mrs Crane bringt.

»Und mit dieser Gurkentruppe wollen Sie die Manuskripte

klauen, Miss Thomas?« Es ist das erste Mal, dass sie meinen Namen nennt.

»Retten«, flüstere ich mit schwacher Stimme. »Wir wollen sie retten.«

»Ist Ihre Wohnung nicht langsam voll? Sie schmuggeln doch jeden Tag ein bis zwei Geschichten aus dem Verlag.«

Mir wird heiß und kalt. Rebecca und ich wechseln einen Blick. Uns war immer klar, dass Mrs Crane mehr weiß, als man glaubt, aber dass sie wirklich alles weiß, überrascht uns doch.

Mir bleibt nichts anderes übrig, als die Wahrheit zu sagen. »Das stimmt. Und mein Schrank ist tatsächlich voll.«

»Wo wollten Sie denn dann die gestohlene Ware lagern?« Ihre Wortwahl macht uns klar, was sie von uns hält. Einer Mrs Crane kann man nicht damit kommen, dass man Geschichten retten will.

Unsere kleine Gangstertruppe schaut sich gegenseitig hilflos an. Mrs Crane hat innerhalb von einer Minute die Schwachstelle in unserem Plan gefunden. Wir haben keine endgültige Lösung für die Lagerung.

»Unterm Bett?« Rebeccas Stimme klingt jetzt verloren.

»Mrs Crane, es ist ja noch überhaupt nichts passiert. Meine Schwester hat behauptet, es spukt auf dem Dachboden, und um ihr zu beweisen, dass dem nicht so ist, haben wir diesen kleinen nächtlichen Ausflug unternommen.« Felix stellt sich schützend vor mich.

Ich verkneife mir ein Lächeln. Es ist lieb, dass er versucht, uns da rauszuhauen, obwohl die wahre Geschichte schon vor uns auf der Treppe liegt.

»Sie haben eine lebhafte Fantasie, junger Mann. Ich schlage vor, wir beenden diese dilettantische Aktion jetzt.« Sie rauscht die Treppe hoch, und wir weichen zur Seite.

Sie schließt die Tür auf, betritt den Raum des Vergessens und bedeutet uns mit einer Handbewegung, dass wir folgen sollen. Einen schrecklichen Moment lang denke ich, sie wird uns hier oben einschließen.

»An die Arbeit! Wir bilden eine Kette. Miss Thomas sucht die Manuskripte heraus und übergibt sie an Mr O'Connor, der sie die erste Treppe herunterträgt. Dort übernimmt Miss Logan«, sie zeigt mit ihrem unnatürlich langen Zeigefinger auf Rebecca. »Die nächste Treppe trägt sie der junge Mann mit zu viel Fantasie, und ich nehme die Manuskripte unten entgegen. Haben Sie das alle verstanden?«

Wir wissen nicht, worauf das alles hinauslaufen soll, aber wir nicken.

»Ja, worauf warten Sie dann noch? Hopphopp!« Sie klatscht in die Hände und wartet, bis wir uns alle an den richtigen Plätzen befinden.

Ich bücke mich und reiche die ersten zwei Manuskripte an Tobi weiter.

»So sind wir ja die ganze Nacht hier«, tadelt sie mich und packt Tobi noch drei obendrauf. »Immer fünf auf einmal!«, befiehlt sie streng und verlässt den Raum.

Wir arbeiten alle Hand in Hand. Niemand hat Licht, aber unsere Augen haben sich inzwischen gut an die Dunkelheit gewöhnt. Durch das kleine Fenster scheint der Mond.

»Ist die immer so?«, raunt Tobi mir zu, als ich ihm einen weiteren Stapel auf die Arme lege.

Ich nicke. »Was hat sie nur vor?«

Er zuckt mit den Achseln und schleppt schnell den Stapel die Treppe herunter.

Bald ist er ziemlich außer Atem, und ich komme ihm etwas

auf der Treppe entgegen, damit er nicht alles hoch- und runterlaufen muss.

Bald tun mir die Arme weh vom Tragen und der Rücken vom Bücken. Schweiß rinnt mir zwischen den Brüsten herunter. Es ist furchtbar anstrengend, aber die rechte Seite des Raums mit den gestapelten Manuskripten leert sich rasant.

Nachdem ich Tobi den letzten Stapel übergeben habe, suche ich auf der anderen Seite zwischen den Papieren nach weiteren Manuskripten, finde aber keine mehr.

Tobi wankt die Treppe hoch und hält sich keuchend oben am Geländer fest. Seine dunklen Haare kleben nass an der Stirn.

»Das war's«, sage ich und reibe mir die schmerzenden Schultern.

»Gott sei Dank!« Tobi sinkt auf der obersten Treppenstufe zusammen. Kurz darauf höre ich energische Schritte.

Mrs Crane kommt die Treppe hoch. Auch sie ist völlig außer Atem.

»Fertig?«, japst sie und zeigt mit einer Armbewegung auf den ganzen Raum.

Ich nicke.

»Alles ...?« Sie hat keine Luft für ganze Sätze.

Ich nicke wieder.

Sie scheucht mich mit einer Geste aus dem Raum, schließt ab und hängt den Schlüssel an den Nagel. Unten weist sie die Gurkentruppe an, alle Manuskripte in den Lieferwagen zu laden.

Was hat sie vor?, fragt mich Felix mit einem Blick.

Ich kann nur mit den Achseln zucken.

»Ich fahre!«, bestimmt Mrs Crane. Sie hält die Hand auf, und Tobi gibt ihr den Schlüssel.

Rebecca, Felix, Tobi und ich steigen hinten ein. Uns kleben die Shirts am Rücken. Wir sind einfach nur fertig.

»Wo fährt sie jetzt mit uns hin?«, raunt Tobi.

»Ich schätze, sie fährt zu einem Papiercontainer. Sie will uns dazu zwingen, die Manuskripte zu entsorgen«, flüstert Rebecca zurück.

»Es ist unhöflich zu flüstern, Miss Logan. Wo bleiben Ihre Manieren?«, kommt es vom Fahrersitz. »Übrigens liegen Sie mit dieser Einschätzung völlig falsch.« Sie biegt überraschend in eine Tiefgarage ein und parkt den großen Lieferwagen geschickt neben einem sehr teuer aussehenden Auto.

»Ein Aston Martin«, staunt Tobi, als wir aussteigen.

Mrs Crane öffnet die Heckklappe, und wir schauen seufzend auf die vielen Stapel Papier.

»An die Arbeit. Hopphopp!«, sagt sie wieder, diesmal ohne das Händeklatschen.

Müde schleppen wir wieder Manuskriptberge. Diesmal glücklicherweise in einen Aufzug und keine Treppen hoch.

Mrs Crane bleibt in der Tür stehen, damit sie sich nicht schließen kann.

Jedes Mal, wenn ich den Aufzug betrete, um Manuskripte abzuladen, flattern Schmetterlinge in meinem Bauch, weil ich mich an Wills und meine kleine Welt erinnere.

»Zweiter Stock«, weist Mrs Crane uns an, als alle Papiere im Aufzug sind. Die Türen schließen sich, und sie fährt mit den Geschichten davon.

»Wir könnten einfach abhauen«, schlägt Felix vor.

Aber erstens sehen wir Mrs Crane ja auf der Arbeit wieder, und zweitens sind wir jetzt doch zu neugierig, wo das alles hinführt. Tobi streicht vorsichtig über das teure Auto. Felix zieht ihn an der Hand weg zur Treppe.

Oben wartet Mrs Crane schon in der geöffneten Aufzugtür. Als wir kommen, tritt sie schnell heraus und schließt die gegenüberliegende Tür auf. Sie legt einen Finger auf die Lippen und gibt uns stumm mit den Händen Anweisungen.

Wir tragen die Papiere in eine riesige, wunderschöne Wohnung.

»Wohnt sie hier?«, fragt mich Rebecca, die die Rolle der Türaufhalterin im Aufzug übernommen hat. »Hier in Notting Hill? In dieser Villa?«, sie zeigt auf das schicke Treppenhaus.

Bevor ich antworten kann, geht im Aufzug plötzlich eine kleine Lampe an mit einem Pfeil nach oben. Rebecca und ich starren uns an. Das kann nur heißen, die Bewohner über uns haben den Aufzug gerufen. Und wenn der nicht bald kommt, werden sie die Treppe nehmen und uns sehen.

»Der Aufzug wurde gerufen«, zischt Rebecca Tobi und Felix zu. So schnell wir können, tragen wir alles in die Bibliothek weiter hinten in der Wohnung. Mrs Crane klappt die Schränke unter der Fensterbank auf, die unglaublich geräumig sind und alle Manuskripte mühelos fassen.

Ich bleibe als Letzte am Aufzug zurück und habe plötzlich den übergroßen Wunsch, mich dort auf den Boden zu setzen, zu warten, bis sich die Türen schließen, und zu hoffen, so wieder in die Welt von Will und mir zurückzugelangen.

Plötzlich höre ich Schritte auf der Treppe. Es hört sich an, als würde jemand immer zwei Stufen auf einmal nehmen und es furchtbar eilig haben. Ich springe in die Wohnung und schließe im letzten Moment die Tür, ich kann hören, wie draußen jemand vorbeigeht und kurz direkt vor der Tür stehen bleibt. Ich halte den Atem an. Rebeccas Lachen schallt aus der Bibliothek. Von draußen ist nichts zu hören. Ich presse mein Ohr an die Tür, was nichts hilft, weil jetzt gerade alle aus dem hinteren Teil der Wohnung zurückkommen und laut reden. Ein seltsames Gefühl der Sehnsucht überkommt mich. Endlich höre ich Schritte auf der

Treppe. Die Person von oben ist an Mrs Cranes Wohnung vorbei-gegangen und hat es jetzt auf einmal weniger eilig. Die Schritte entfernen sich nur langsam.

»Sie können sich gerne in den Salon setzen, ich setze mit den Damen nur eben Tee auf.« Mrs Crane behandelt uns plötzlich nicht mehr wie Gefangene in einem Straflager, sondern wie net-ten Besuch.

Die Jungs trotten in den »Salon«, ein Zimmer, in dem zwi-schen schweren dunklen Vorhängen Sessel und Ledersofas ste-hen.

Rebecca und ich folgen ihr in die große Küche. Die Sonne wird bald aufgehen. Der Himmel, den man durch die vielen Fens-ter gut sehen kann, färbt sich gerade helllila.

Mrs Crane setzt einen altmodischen Wasserkessel auf den Herd und zündet das Gas an. Rebecca und ich haben nichts zu tun, also stehen wir etwas herum. Wir haben so viele Fragen an sie, dass wir gar nicht wissen, wo wir anfangen sollen.

»Ja, ich lebe alleine in dieser Wohnung, und ja, ich habe ge-erbt«, antwortet Mrs Crane auf Fragen, die wir noch gar nicht ge-stellt haben.

»Sind Sie so eine Art Miss Marple? Woher wussten Sie, dass wir heute Nacht die Manuskripte retten wollten?«

»Ich halte ganz einfach meine Augen und Ohren auf. Der Rest ist Intuition.« Mrs Crane holt zufrieden fünf Teetassen aus dem Schrank und platziert sie sorgfältig auf Untertassen.

Dann drückt sie Rebecca fünf Löffel in die Hand, die sie auf den Untertassen verteilen darf. Mrs Crane füllt sechseinhalb Tee-löffel voller Teeblätter in eine weiße Porzellankanne. Sogar der Wasserkessel hält sich brav an das Timing und pfeift, als sie damit fertig ist. Geschickt gießt sie das Wasser in die Kanne.

»Es war nicht schwer zu erraten, was Miss Thomas da jeden Abend in ihrer schweren Umhängetasche aus dem Verlag trug.«

Ich sehe sie erstaunt an.

»Na, das hätte ein Blinder gesehen, so, wie Sie die Tasche trugen!« Sie schenkt mir ein Lächeln und platziert die Tassen auf einem silbernen Tablett mit hübschen Holzgriffen.

Rebecca bietet sich sofort an, es zu tragen, Mrs Crane nimmt die Teekanne und sagt zu mir gewandt: »Nehmen Sie doch die Sandwiches, Liebes.«

Es ist nicht unüblich, in England »Liebes« genannt zu werden. Trotzdem haut es mich um, es aus Mrs Cranes Mund zu hören.

Sie zeigt mit dem Kinn auf einen Teller, der mit Alupapier abgedeckt ist. Darauf stapeln sich sehr, sehr viele Sandwiches. Entweder hat Mrs Crane gewusst, dass sie nächtlichen Besuch bekommt, oder sie frühstückt üblicherweise einen Berg Sandwiches.

Die Jungs springen auf, sobald wir in den Salon kommen. Wir setzen uns gemeinsam. Mrs Crane serviert den Tee und gießt jedem etwas Milch dazu, dann bietet sie uns Sandwiches an.

»Es ist etwas spät für den Afternoon Tea, aber ich denke, er wird uns guttun.« Das tut er tatsächlich.

Ich beobachte Tobi, der sich hier gerade wieder als englischer Privatschüler outet. Stilsicher trinkt er seinen Tee, indem er ihn mit Untertasse zum Gesicht führt. Er berührt beim Umrühren kein einziges Mal mit dem Löffel die Tasse und legt ihn vorschriftsmäßig auf dem hinteren Teil der Untertasse ab.

Felix trinkt und isst einfach genussvoll, genauso wie Rebecca und ich.

In kürzester Zeit sind die Sandwiches alle, aber auf Mrs Crane ist Verlass. Sie verschwindet kurz in der Küche und kommt mit Scones, Clotted Cream und Marmelade wieder. Ich liebe Clotted

Cream, diesen leckeren Rahm, den man sich fingerdick auf die Scones schmieren kann.

Das Morgenlicht fällt durch die Fenster und färbt den Salon goldrot. Nie haben mir Scones besser geschmeckt als heute, zusammen mit der Gurkentruppe in Mrs Cranes pompöser und trotzdem gemütlicher Wohnung.

Mrs Crane lässt uns noch eine Weile genießen, dann fragt sie in die Runde: »Und was gedenken Sie, jetzt mit den geretteten Manuskripten zu tun?«

Alle gucken mich erwartungsvoll an.

Ich räuspere mich, um meine Stimme zu testen, und sage dann: »Ich weiß es ehrlich gesagt nicht. Ich wollte einfach, dass die Geschichten eine zweite Chance bekommen, egal, wie schräg und unperfekt sie sind.«

Mrs Crane nickt und fragt mit der Teetasse in der Hand: »Und wie könnte diese zweite Chance aussehen?«

Ich werde rot, weil ich darauf keine Antwort habe.

Rebecca kommt mir zur Hilfe: »Was wäre, wenn wir sie doch verteilen? Jedes Manuskript bekommt seinen eigenen Platz irgendwo in London, an einer U-Bahn-Haltestelle, auf Parkbänken, vielleicht kann man sogar eins in den Big Ben schummeln!«

»Oder wir suchen uns einen Ort aus, an den wir immer wieder ein Manuskript legen. Wir schaffen eine Art ›Manuskripteportal‹. Vielleicht finden wir dann richtige Fans, die schon auf das nächste warten!«

Felix ist an die Kante seines Sessels gerutscht. Er schwenkt beim Essen seinen Scone, und Mrs Crane betrachtet sorgenvoll den Teppich, auf dem jetzt unweigerlich Krümel landen.

Wir diskutieren noch eine Weile und essen alle Scones auf.

»Das sind gute Vorschläge. Ich denke, wir sollten drüber

schlafen.« Mrs Crane steht auf. Das ist unser Stichwort. Wir stehen auf.

An der Tür traue ich mich, ihr in die Augen zu sehen und zu sagen: »Vielen Dank, Mrs Crane, für alles. Sie haben uns heute Nacht gerettet.«

»Seien Sie nicht albern, Miss Thomas. Man tut, was man tun muss.«

Ich sehe das Lächeln, das sie mit diesen Worten unterdrückt.

Will sucht sie

Williams Nacht ist schlaflos. Er liegt schon seit einigen Stunden im Bett und steht schließlich auf, weil ihn sein Kopfkarussell nicht in Ruhe lässt. Um sich abzulenken, stöbert er etwas in seiner Bibliothek herum. Er fährt mit den Leitern durch den Raum und denkt an alles, was das Drachenmädchen ihm erzählt hat und was er ihr erzählt hat. Kurz bevor es hell wird, hört er in der Wohnung unter ihm Geräusche. Das ist mehr als ungewöhnlich, denn von der Besitzerin unter ihm hört er normalerweise nie etwas.

Selten begegnet er ihr im Treppenhaus, wenn er als James Bond die Stufen hochrennt. Sie wirft ihm dann einen strafenden Blick über ihre Brillengläser hinweg zu, um ihn kurz darauf wieder zu ignorieren. Keiner grüßt sich hier im Haus, alle wollen gerne in Ruhe gelassen werden, Man hofft, sich so wenig wie möglich zu begegnen. Jeder ist mit seinem eigenen schrägen Leben beschäftigt.

Schritte und Poltern um diese Uhrzeit? Wird sie etwa gerade ausgeraubt?

Will drückt auf den Aufzugknopf. Er kommt nicht. Blockieren die Einbrecher unten den Aufzug? Die können was erleben! Auch wenn er sie kaum kennt, geschweige denn mag, solange er hier wohnt, wird niemand seine alleinstehende Nachbarin ausrauben. James Bond würde das nicht zulassen und er auch nicht. Er wirft sich eine Lederjacke über und hechtet die Treppe herunter, immer zwei Stufen auf einmal nehmend.

Als er bei der Wohnungstür ankommt, ist sie geschlossen. Die geöffnete Aufzugtür verrät ihm, dass hier eben noch jemand gewesen sein muss.

Er denkt kurz nach. Es ist keine Uhrzeit, zu der man klingeln kann, um zu fragen, ob alles in Ordnung ist. Er legt sein Ohr an die Wohnungstür und lauscht angestrengt. Er hört ein lautes Lachen von einer Frau und kurze Zeit später ein paar fröhliche Stimmen. Das klingt überhaupt nicht nach einem Einbruch. Seine seltsame Nachbarin bekommt einfach zu seltsamen Uhrzeiten Besuch, das ist alles. Die Aufzugtür geht zu. Er fühlt sich plötzlich sehr allein im Flur und hat den unerklärlichen Wunsch, auch hinter der geschlossenen Tür zu sein, an der er gerade lauscht.

Kopfschüttelnd geht er die Treppe hinunter. Er kann jetzt nicht zurück in seine leere Wohnung.

Neben seinem Aston Martin parkt ein großer Lieferwagen. Er schleicht um ihn herum und guckt durch die Scheiben ins Innere. Es ist nichts Auffälliges zu sehen. Eigentlich ist überhaupt nichts zu sehen.

Er steigt in sein Auto und wirft den Motor an. Das Geräusch ist zu laut. Er öffnet das Garagentor und braust hinaus. Die Sonne geht gerade auf, und Notting Hill liegt noch in tiefem Schlaf. Es ist ein besonderer Zustand, der sich in den nächsten Minuten ändern wird.

Will fährt Richtung Innenstadt. Sobald er aus Notting Hill raus ist, nimmt der Verkehr zu. Wo müssen all diese Menschen so früh am Morgen nur hin?

Will lässt sich von seinem Gefühl leiten und parkt in eine Parklücke ein. Einfach nur, weil man hier nie im Leben einen Parkplatz bekommen würde, sollte man so verrückt sein und einen suchen.

Er steigt aus und geht zu Fuß weiter. Das fühlt sich besser an. Bewegung hilft seinem ruhelosen Geist. Er steuert auf die Temple Church zu. Das sandsteinfarbene Gebäude leuchtet in der Morgensonne. Dahinter irgendwo ist die Themse. Der ideale Ort für einen Morgenspaziergang.

Er geht an einer Parkbank vorbei und erschrickt, als sich plötzlich eine Gestalt zum Sitzen aufrichtet.

Ein Obdachloser starrt ihn an und lächelt dann ein zahnloses Lächeln.

»Du hast ihn gefunden!«, sein schmutziger Zeigefinger zeigt auf Will. »Den Engel, der dich rettet. Du hast ihn gefunden!«, er wirft seine Plastiktüten von der Bank, springt drauf und beginnt zu tanzen. »Er hat ihn gefunden! Den Engel! Die Erlösung ist nah!«

Will geht schnell weiter. Hinter ihm frohlockt der Obdachlose. Die Themse zeigt sich von ihrer schönsten Seite. Das Wasser glitzert, eine Entenfamilie schwimmt vorbei.

Vielleicht hat er ja recht. Vielleicht ist Momo, das Drachenmädchen, sein Engel, der ihn rettet. Und ja, er hatte sie gefunden, aber jetzt ist sie wie vom Erdboden verschluckt. Er verlässt den glänzenden Fluss und geht entschlossen zurück zur Parkbank.

»Was mache ich, wenn ich den Engel wieder verloren habe? Wie finde ich ihn wieder?«

»Engel kann man nicht finden, sie finden dich«, sagt der Zahnlose und hält ihm seine Hand hin, damit Will diese überaus geniale Antwort belohnt.

Will legt ihm eine Zwanzigpfundnote auf die Hand. »Du hast nicht zufällig einen Tipp, wo ich nach ihr suchen kann?«

»Ohhh, es geht um eine Frau.« Der Obdachlose nickt verständnisvoll. Dann zieht er seine Stirn in Falten und sagt: »Man sucht am besten dort, wo alles seinen Anfang nahm.«

Wahrscheinlich hat er einfach ein Buch mit Sprüchen auswendig gelernt, denkt Will und verabschiedet sich. Trotzdem hat er ihn auf eine gute Idee gebracht. Er wird dort suchen, wo alles begann. Sollte sie noch im Hotel Gast sein, wird sie da auch frühstücken. Er beschleunigt seine Schritte.

»Drachen müssen fliiiiiiiiiegen!«, ruft ihm der Obdachlose hinterher.

Vier Stunden später hat William fünf Würstchen mit mehreren Portionen Rührei plus Porridge mit Früchten, drei Pancakes und eine Waffel gegessen. Das Ganze hat er mit zwei Litern Tee heruntergespült. Als Coren endlich kommt, kann er nur noch stöhnen.

»Du musst mich hier raustragen. Oder am besten buchst du mir hier ein Zimmer. Ich kann mich nämlich nie wieder bewegen.«

»Sie ist nicht zum Frühstück gekommen?«

»Doch, Coren, sie saß eine Stunde da vorne am Fenster, aber ich habe es vorgezogen, mir die dritte Portion Rührei zu holen und hier sitzen zu bleiben, bis sie wieder geht. Was stellst du denn für blöde Fragen, natürlich nicht!«

»Aber die Idee war gut!« Coren isst die halbe Wurst von Wills Teller, die er übrig gelassen hat.

William gähnt.

»Hast du nicht heute das Interview für Seventoday?«

Will zuckt mit den Schultern und legt seinen Kopf auf die Arme. »Ich geh nicht hin ...«, murmelt er müde.

»Wie – du gehst nicht hin? Das wird in ganz Großbritannien ausgestrahlt, weißt du, was das für ein Multiplikator ist? Es ist ein Fehler zu denken, deine Bücher verkaufen sich von selbst, man muss schon etwas dafür tun, und in letzter Zeit bist du wirklich ...«

Will reißt den Kopf hoch und stoppt Coren, der sich gerade in Rage redet mit einer Handbewegung. »In ganz Großbritannien? Zu welcher Zeit läuft das?«

»Seventoday? Um sieben! Warum?«

»Abends um sieben. Das ist Primetime, oder?« Will fuchtelt aufgeregt vor Corens Gesicht herum.

»Ja, das könnte man so sagen. Sie haben auf alle Fälle einige Millionen Zuschauer, deshalb ist es ja auch so wichtig, dass du hingehst.«

»Wenn das alle sehen, sieht sie es vielleicht auch! Ich muss da hin! Um wie viel Uhr muss ich wo sein?«

Coren klappt seinen Aktenkoffer auf und zückt einen Kalender. Du sollst um 14 Uhr da sein. Im Studio von MTT, das liegt am ...«

»Ich weiß, wo das liegt, danke!« Will steht schwungvoll auf, reißt seine Jacke vom Stuhl und küsst Coren auf die Stirn.

Coren wischt sich mit einer Serviette über die geküsste Stelle und macht ein angewidertes Gesicht.

»Du hast aber nichts Blödes vor jetzt, oder? Du sollst über das Buch sprechen, Will!!!!!«, ruft Coren ihm nach. Seufzend trinkt er Wills Glas Orangensaft leer und isst eine einsame Gurkenscheibe, die noch auf seinem Teller liegt.

Der Aufnahmeleiter, ein langer Kerl ohne Haare, führt Will in das von Scheinwerfern bestrahlte Studio. Offenbar darf er hier keinen Schritt alleine machen. Der Lange führt ihn bis zu seinem Platz, als würde er ihm nicht zutrauen, die zehn Schritte alleine zu machen.

Er muss auf einem Sofa Platz nehmen und wird angewiesen, sich bitte nicht anzulehnen. »Sie sind sonst aus dem Licht raus.«

Der Aufnahmeleiter spricht schnell und fummelt dabei ständig an einem Walkie-Talkie herum, das nicht aufhört zu rauschen.

Will nickt, obwohl er sich nicht vorstellen kann, dass man im kompletten Studio einen Platz finden könnte, der »aus dem Licht raus« wäre.

Ein älterer Mann kommt auf ihn zu und hält ihm ein kleines Gerät vor die Nase.

»Soll ich da reinpusten?«, fragt Will scherzhaft.

Der Mann reagiert nicht und murmelt stattdessen etwas von »Gib mehr auf die 14« in ein Headset.

Alle hier im Studio scheinen mit einer anderen Realität zu kommunizieren. Die andere Realität stellt sich dann auch kurz vor, indem sie über die Studiolautsprecher für alle hörbar spricht. Der Regisseur wünscht eine schöne Sendung, dann wird Will von dem Langen wieder abgeführt.

Die Moderatorin trifft Will zum ersten Mal in der laufenden Sendung.

Der Lange führt ihn während eines Beitrags auf sein »Nicht-anlehnen-Sofa«, und dort wartet sie auf ihn. Ihr Oberteil ist rot, ihre Lippen sind es auch.

Will sagt bei den ersten drei Fragen brav seine Antworten, die er schon tausendmal in Interviews gesagt hat. Er macht die üblichen Scherze, und die Moderatorin lacht ein Fernsehlachen, damit alle ihre schönen gebleichten Zähne sehen.

»Herr Winter, in Ihrem Roman geht es um einen Kommissar, der die Kontrolle verliert ...«

»Verlieren ist ein gutes Stichwort«, unterbricht Will sie. »Ich habe in den letzten Tagen etwas, also eher jemanden verloren und würde ihn gerne wiederfinden.«

Jetzt hat er die Aufmerksamkeit der Moderatorin. »Das klingt ja ganz nach einem privaten Krimi, Herr Winter! Wen suchen Sie?«

»Ich bin mit einer Frau im Aufzug stecken geblieben ...«

Rebecca verschluckt sich an ihrem Sandwich. Sie hat keine Zeit zu husten, sie muss das, was im Fernsehen gerade läuft, aufnehmen. Sie reißt ihr Handy von der Sofalehne und filmt, was dieser William Winter sagt.

Danach schaut sie sich dreimal hintereinander die Aufnahme an. Es besteht kein Zweifel. Er spricht über Millie. Der Tag stimmt, das Hotel stimmt, sogar die Uhrzeit kommt hin. Seine Beschreibung von der Frau – alles stimmt!

Millie ist mit dem Bestsellerautor William Winter im Aufzug stecken geblieben und hat kein Wort darüber verloren. Offenbar hat sich Mr Winter ziemlich in sie verknallt und sucht sie jetzt mit einem Aufruf im Fernsehen.

»Das ist so romantisch!«, sagt Rebecca zu ihrem Wellensittich.

Der nickt mit dem Kopf und macht einen Überschlag um seine Stange, auf der er sitzt.

»Und warum hast du meine Nummer angegeben?«

»Weil du mein Agent bist.«

Will holt einen Orangensaft aus seinem Kühlschrank und schenkt sich und Coren ein Glas ein. Er kann sich nicht erinnern, den Saft gekauft zu haben. Shanja füllt vermutlich heimlich seinen Kühlschrank auf.

»Hast du eine Ahnung, wie viele Spinner und Idioten mich jetzt anrufen werden? Ich muss meine Nummer wechseln!«

»Reg dich ab, ich hab sie ja nicht vor laufender Kamera gesagt. Erst mal müssen sich die Spinner und die Idioten bei Seventoday melden, und erst dann bekommen sie deine Nummer.« Will setzt sich gähnend auf das Designersofa im Wohnzimmer, in dem er sich so gut wie nie aufhält.

Coren stellt sein Glas auf dem Couchtisch ab. »Wie soll ich denn die richtige Momo identifizieren? Hast du vielleicht zufällig einen Schuh von ihr, den sie anprobieren kann?«

»Coren, sei doch nicht immer so negativ. Frag sie einfach, wie ich sie genannt habe im Aufzug.«

»Momo? Das hast du doch im Interview verraten!«

Will trinkt sein Glas in einem Zug leer und streckt sich dann auf dem Sofa aus. »Drachenmädchen Momo. Wenn sie das weiß, dann ist sie es! Wenn nicht, dann ...« Er macht eine müde Handbewegung und legt seinen Kopf auf ein flauschiges Kissen, das wie ein kleines Schaf aussieht.

»Drachenmädchen«, wiederholt Coren und grinst. »Ich weiß trotzdem nicht, ob diese Aktion sinnvoll ist. Vielleicht will sie ja gar nicht gefunden werden. Immerhin ist sie ja einfach weggelaufen. Du solltest dich schützen, mit Frauen, die abhauen, habe ich Erfahrung, das ...«, er zupft an einem Fellkissen herum und knüllt es sich dann in den Arm, » ... kann ziemlich wehtun.« Er versinkt kurz in eigenen Erinnerungen. »Hast du nichts zum Knabbern?«

Will antwortet nicht.

»Will?«

Coren betrachtet seinen schlafenden Freund. Er schaut sich nach einer Decke um, findet aber keine. Etwas unsicher geht er durch die Wohnung. In der Küche hängt ein Handtuch über einem Barhocker. Vorsichtig deckt er Will damit zu. Leise schließt er die Tür zum Wohnzimmer und setzt sich auf den Barhocker in der Küche. Er klappt seinen Aktenkoffer auf, holt einen Stift und einen Zettel heraus und zückt sein Handy. 47 Anrufe in Abwesenheit.

Er seufzt tief. »Na, dann wollen wir mal!«

Mit einer filmreifen Bewegung nimmt er das Handy ans Ohr.

Der Konferenzraum

Ich weiß nicht, warum, aber mir laufen Tränen die Wangen herunter, als ich Rebeccas Aufnahme anschaue. Ich muss sie zweimal gucken, weil Rebecca beim ersten Mal ununterbrochen aufgeregt auf mich einredet und ich nichts von dem verstehe, was Will da sagt.

Er ist mein Will aus dem Aufzug, und gleichzeitig ist er es nicht. Ich sehe seine Hände, die große Gesten durch die Luft machen. Meine Hände erinnern sich, wie sie mit ihm geflogen sind. Ich kenne seine Stimme, die jetzt enthusiastisch und nicht angstvoll klingt. Aber dieser Mann, der da bei Seventoday interviewt wird, ist ein Bestsellerautor. Einer, der Bücher schreibt, die Tausende Menschen lesen. Er ist charmant, er hat ein Grübchen, wenn er lächelt, er kennt sich mit Fernsehauftritten aus und wirkt locker und souverän. Alles, was ich da auf Rebeccas Handybildschirm sehe, ist weit entfernt von dem Mann, den ich kennengelernt habe. Dieser Mann sieht nicht so aus, als würde ihn nachts ein Drache heimsuchen.

»Es stimmt tatsächlich, oder? Du bist mit ihm im Aufzug stecken geblieben!!!« Rebeccas Stimme klingt höher als sonst.

Ich nicke schwach.

»Wieso hast du nichts erzählt? Millie! William Winter! Der Mann ist der Wahnsinn!«

»Ich wusste nicht, wer er ist«, sage ich leise.

»Was für ein Glück, dass ich zufällig in diese Sendung reinge-zappt habe! Wobei ...«, sie macht ein ahnungsvolles Gesicht mit vollem Gesichtsmuskeleinsatz, » ... das war kein Zufall, Millie. Das. War. Schicksal!« Sie betont jedes einzelne Wort.

Begeistert schaut sie mich an und realisiert nur langsam, dass ich ihre Begeisterung nicht teile.

»Verstehst du nicht, Millie? William Winter hat sich in dich verliebt. Er sucht nach dir!« Sie schüttelt mich an den Oberarmen.

»Er sucht nicht mich«, versuche ich, ihr zu erklären. »Er sucht eine Vorstellung, die er von mir hat und die ich nie im Leben er-füllen kann!«

»Jetzt mal langsam. Erzähl mir alles von eurer Begegnung im Aufzug. Alles. Jedes einzelne Wort.«

Ich erzähle, soviel ich kann, ohne Will und mich zu verraten. Ich habe Angst, dass unsere kleine Blase, an der ich mich in un-serer Erinnerung festhalte, platzt, wenn ich Rebecca zu viel davon erzähle. Sie hört mir zu, unterbricht mich nicht und nickt in regel-mäßigen Abständen.

»Wenn ich das richtig verstehe, wart ihr euch im Aufzug sehr nah?«, formuliert sie vorsichtig.

Ich nicke.

»Und als das Licht wieder anging, verflog diese Nähe?«

Ich nicke wieder.

»Und jetzt hast du Angst, dass du nicht genug für ihn bist?«

Rebecca schaut mich einfühlsam mit ihren blauen Augen an. Sie kann das wirklich gut, aber ich weiß auch, wohin das Ganze führen wird. Sie wird nicht lockerlassen und darauf bestehen, dass ich mich bei William melde.

»Rebecca, ich weiß, was du denkst, und es tut mir wirklich leid, dass ich nicht so bin wie du. Ich kann das einfach nicht, und ich will es auch gar nicht. Das Erlebnis im Aufzug war schön – und fertig. Nächste Woche trifft er eine andere und vergisst mich wieder. Lass uns lieber darüber nachdenken, was wir mit den Manuskripten machen, die bei Mrs Crane lagern. Ist es nicht krass, wie sie wohnt?«

Ich verstecke mein aufgewühltes Herz hinter lockerem Freundinnen-Talk, den ich dank Rebecca in der letzten Zeit gelernt habe.

Rebecca schaut mich nachdenklich an. »Millie, ich möchte nicht, dass du so bist wie ich. Das wäre auch ziemlich anstrengend. Es ist völlig o. k., wenn du dich nicht bei William melden willst. Du hast Zeit. Lass das erst mal sacken.«

Ich ahne, dass unser Gespräch nur aufgeschoben ist und früher oder später in die nächste Runde gehen wird. Fürs Erste bin ich dankbar, dass Rebecca jetzt mit mir über Mrs Crane plaudert und mir so hilft, mich wieder etwas unter Kontrolle zu bekommen. Mein Herz wummert aufgeregt gegen meine Brust, ich wünschte, ich könnte einen Scone von letzter Nacht essen.

Wir reden noch ein bisschen weiter und gähnen dann bald um die Wette. Rebecca verabschiedet sich.

Als ich am Abend im Bett liege, kann ich nicht schlafen. Meine Gedanken wirbeln um Will. William Winter. Wie oft habe ich seine Romane oben auf der Bestsellerliste gesehen. Gelesen habe ich nie einen und frage mich, wie er wohl schreibt.

Ein kleiner verrückter Teil in mir ist aufgeregt und total entzückt, dass er mich sucht. Vielleicht geht es ihm seit unserer Aufzugfahrt ja genau wie mir. Vielleicht fehlt ihm unsere kleine Welt genauso sehr wie mir.

Vielleicht war das mit dem Aufruf bei Seventoday aber auch nur eine Promotion-Aktion. Ich kenne mich jetzt nicht wirklich aus mit Marketing, aber ich kann mir schon vorstellen, dass ein angeblich verliebter Autor, der die Frau aus dem Aufzug sucht, eine tolle Quote bringt. Vermutlich würde er lachen, wenn ich mich tatsächlich melden würde. Diese Gedanken tun weh. Ich mache das Licht an und hole mir J. Abberwocks Manuskript. Ich verstecke es zurzeit unterm Bett. Kein wahnsinnig originelles Versteck, aber so muss ich nicht aufstehen, wenn ich es vor dem Einschlafen noch mal lesen will.

Ich habe seit der Aufzugfahrt nicht mehr darin gelesen. Jetzt versuche ich es und scheitere an meiner eigenen dummen Fantasie. Jasper sieht plötzlich aus wie Will. Ich kann machen, was ich will, jedes Mal drängt sich mir sein Gesicht auf. Der Dreitagebart, die bernsteinfarbenen Augen, seine zerzauste Frisur. Jasper hat im Roman blonde Haare und blaue Augen. Ich weiß überhaupt nicht, wieso ich plötzlich Will sehe. Vermutlich einfach, weil auch er seine Frau verloren hat.

Frustriert lege ich das Manuskript zurück unters Bett. Ich erwäge kurz, meinen Bruder anzurufen, aber der schläft sicher schon in Tobis Armen.

Der Gedanke lässt mich mit einem Gefühl von Einsamkeit das Licht löschen.

Montag wähle ich absichtlich wieder den Weg vorbei am Schuhladen. Ich bin wild entschlossen, mein altes Leben wieder aufzunehmen. Meine Begegnung im Aufzug hat nie stattgefunden. Ich bin kein Drachenmädchen, das fliegen lernt, sondern Millie Thomas, die gerne verrückte Schuhe anschaut, ohne sie anzuprobieren.

Ich bleibe vor dem Schaufenster stehen. Ich zähle gleich fünf neue Modelle. Eins ist flach und relativ schlicht, aber mit weißen Perlen besetzt, eins hat einen großen Plateauabsatz, der bunt wie ein Regenbogen ist. Es gibt ein Paar rote Pumps, die statt des Absatzes einen gelben Entenfuß haben, und Flip-Flops mit einem Fisch als Sohle, der so echt aussieht, als hätte ihn gerade jemand aus dem Meer geangelt.

Mein Blick wandert zum letzten neuen Paar. Es hat einen kleinen Absatz und ist vollkommen mit grünen Schuppen besetzt, wie ein Drache. Ich seufze leise, gehe schnell weiter und schau mir stattdessen wieder die perfekten Blumen vor den blauen Fensterläden an. Ich berühre ihre winzigen lila Kelche mit den Fingerspitzen und stelle mir vor, in einem von ihnen zu wohnen.

Als ich am Verlag ankomme, bin ich zu spät. Erwartungsvoll betrete ich das pinkfarbene Haus. Ich grüße Mrs Crane, die wie jeden Tag hinter ihrem Tresen thront mit perfekter Hochsteckfrisur und dem dunkelroten Lippenstift. Sie wirft mir einen tadelnden Blick über ihre Brillengläser zu. So wie immer, wenn ich zu spät bin.

Ich lächle sie an.

»Mrs Thomas, wenn Sie nicht möchten, dass wir Aufsehen erregen, gehen Sie einfach weiter, und tun Sie so, als hätten Sie nie meine Scones gekostet«, flüstert sie.

Ich nicke und unterdrücke mein Lächeln. Schnell husche ich die Stufen hoch und tauche ein in die Verlagswelt.

Alles läuft wie immer, bis Mr Anderson die Treppe von seinem Büro hinunter zu den Lektoren schreitet, in die Hände klatscht und verkündet: »Der Container ist da!« Er breitet dabei die Arme aus, als würde er allen die Ankunft von Santa Claus eröffnen.

Abbey, David, Rebecca und ich sehen uns unsicher an. Offenbar erwartet Mr Anderson eine adäquate Reaktion von uns. David klatscht als Einziger und hört auch sofort wieder damit auf, als er merkt, dass er der Einzige ist.

»Lasst uns den Weg ebnen für den neuen Konferenzraum!« Mr Anderson hebt theatralisch die Hände.

Ich muss an einen Priester in einer Robe denken. Rebecca scheint es ähnlich zu gehen. Ich sehe, wie sie sich ein Grinsen verkneift. Wir folgen Mr Anderson die Treppen hoch bis zum Raum des Vergessens. Was dann folgt, kennen Rebecca und ich schon, und auch unsere Rücken und Arme erinnern sich schmerzhaft daran.

Rebecca und ich nehmen kleinere Papierstapel als die anderen. Mr Anderson gleicht das aus, indem er übergroße Stapel die Treppe herunterbugsiert. Sein Enthusiasmus verleiht ihm offenbar Bärenkräfte. Wir schleppen alles an Mrs Crane vorbei, die keine Miene verzieht und sich hinter ihrem Bildschirm verschanzt.

»Typisch. War klar, dass sie nicht hilft. Kannst du dir vorstellen, wie Mrs Crane Dinge schleppt?«, sagt Abbey draußen am Container leise zu David, der sofort übertrieben loslacht, als hätte Abbey einen irren Witz erzählt.

Rebecca und ich sehen uns an. Wenn die wüssten, sagen Rebeccas Augen.

Der Raum des Vergessens wirkt riesengroß und verloren, als er endlich leer ist. Man hat ihm seine Seele geraubt. Ich fühle seinen Schmerz, während Mr Anderson nass geschwitzt, aber glücklich wie Napoleon durch den Raum schreitet und erklärt, wo alles hinkommt.

Die Lektoren nicken erschöpft und kehren wieder an ihre Schreibtische zurück. Mir fällt die Aufgabe zu, den Raum zu putzen. Das ist mir ganz recht, denn ich brauche etwas Zeit alleine hier oben. Ich fege sanft den Boden und rede in Gedanken mit dem Raum, der eine wundervolle Zeit lang meine Welt war.

Beim Wischen weint er und ich gleich mit. Ich öffne sein kleines Fenster, damit der Boden trocknen kann. Ich sehe zu, wie die Feuchtigkeit verdunstet, und rede ihm gut zu.

»Du wirst ganz viel Besuch bekommen, und neue Ideen werden in dir entstehen. Und es wird die ganze Zeit über Geschichten gesprochen. Das wird dir gefallen«, flüstere ich.

Er ist nicht überzeugt. Er hat vergessene Geschichten bewahrt, das war seine Aufgabe. Alles andere kommt ihm nun falsch vor.

»Es dauert einfach. Gib dir etwas Zeit.«

Der Boden ist trocken. Der Raum ist jetzt zumindest optisch bereit, Mr Andersons Konferenzraum zu werden.

Ich nehme Eimer und Wischmopp und mache das Fenster zu. Langsam schließe ich die Tür vom Raum des Vergessens. Er wird einen neuen Namen bekommen und eine neue Aufgabe. Ich streichle zum Abschied über seine Klinke.

Bruderliebe

Mr Winter muss heute Besuch haben. Es riecht schon im Aufzug nach gebratenem Speck. Neugierig tritt Shanja aus dem Aufzug und ruft ihr »Guten Morgen, Mr Winter« lauter als sonst, um die zwei Lovebirds nicht zu überraschen.

»Guten Morgen, Shanja!« William steht mit einer Küchenschürze in der Küche und füllt schwungvoll den Inhalt der Pfanne auf zwei Teller.

Rührei mit Bacon. Der Mann muss verliebt sein. In all den Jahren hat sie ihn nie kochen sehen.

Shanja zieht ihre Schuhe aus und hängt Jacke und Tasche an die Garderobe. Sie zieht sich ihre bequemen Hausschuhe an, die ihr ihre Tochter mal vor Jahren gestrickt hat. Sie sind rutschfest und warm und geben ihr ein gemütliches Gefühl beim Putzen.

Als sie in die Küche kommt, sind an der Theke zwei Teller angerichtet, mit Toast, Butter, Eiern und einem Becher Kaffee.

»Haben Sie Ihr Mädchen gefunden?«, flüstert sie ihm augenzwinkernd zu.

»Leider noch nicht, aber ich arbeite dran.« Will macht eine einladende Geste.

Shanja versteht nicht, was er meint. »Für wen haben Sie denn dann so schön gekocht?«

»Für mich und ... Sie!« Er rückt ihr den Barhocker zurecht und strahlt sie an.

»Ich soll mit Ihnen frühstücken?« Shanja lacht laut.

»Es wäre mir eine Ehre.«

»Na dann.« Shanja klettert auf den Barhocker.

Es entsteht eine kleine unangenehme Pause, in der keiner weiß, was er sagen soll. Es ist für beide ungewöhnlich, so nebeneinanderzusitzen.

Zögernd beginnen sie zu essen.

»Das schmeckt ja gut!«

»Es ist ja fast beleidigend, wie erstaunt Sie darüber sind!«

Shanja lacht. Das Eis ist gebrochen.

»In mir schlummern viele unentdeckte Talente!«

»Oha. Und wie komme ich zu dieser Frühstücksehre? Hat Sie jemand sitzen lassen?« Shanja riecht an ihrem Kaffee, bevor sie hingebungsvoll den ersten Schluck nimmt.

»Das – war wieder fast beleidigend. Ich habe das Frühstück extra für Sie gemacht!« Will dreht sich zu ihr und sieht ihr direkt in die Augen.

Sie zieht die Augenbrauen hoch. »Brauchen Sie einen Rat?«

Er schüttelt den Kopf.

Shanja schlägt sich plötzlich die Hand vor die Brust. »Oh mein Gott, Sie wollen mich feuern! Wollen Sie mich feuern?!«

Will schüttelt den Kopf und legt beruhigend seine Hand auf ihren Arm.

»Shanja, derjenige, der Sie feuern würde, müsste ein kompletter Idiot sein. Und auch wenn Sie das nach meiner ungeschickten Rede, die gleich folgt, glauben werden, das bin ich nicht. Ich bin leider nicht besonders gut in so was. Ich kann besser schreiben als reden, aber wenn Sie es denn unbedingt wissen müssen – ich wollte mich einfach mal bei Ihnen bedanken. Sie bringen meine

Wohnung in Ordnung und mit Ihren klugen Sätzen manchmal auch mein Leben. Sie füllen meinen Kühlschrank, Sie mahlen mir heimlich Kaffee, Sie haben die originellsten Hausschuhe der Welt – Sie sind ein Schatz, Shanja – und ich danke Ihnen!«

Shanja macht ihr hohes quietschendes Geräusch, dann lacht sie und isst schnell weiter ihr Rührei. »Und Ihr Mädchen suchen Sie noch?«

»Yep.«

»Und haben Sie auch einen Plan, um sie zu erobern?«

»Brauche ich den?«

Mit einem Kopfschütteln gibt ihm Shanja zu verstehen, dass er keine Ahnung hat. Beide schauen unwillkürlich zu dem Bild von Megan, das Will etwas zur Seite gerückt hat, damit Platz für das Frühstück ist.

»Und was ist mit dem großen Blonden?«

Shanja macht nur ein unwilliges Geräusch.

»Kennen Sie seinen Namen?«

»Harold Black.«

»Ein weißer blonder Mann, der ›Schwarz‹ heißt?« Will beginnt zu kichern, und Shanja fällt mit ihrem bauchigen Lachen mit ein. Sie lachen, bis sich Shanja mit einer Serviette die Tränen aus den Augen wischen muss.

»Das Leben ist verrückt, lassen Sie uns darauf anstoßen.« Will hebt sein Glas mit Orangensaft, und Shanja stößt mit ihm an.

Das Rührei ist fast aufgegessen, als Wills Handy klingelt. Coren ruft an.

»Sorry, da muss ich eben rangehen.«

Shanja macht mit ihren Händen eine scheuchende Bewegung, die heißt, er soll sich beeilen und den Anruf annehmen. Sie stürzt ihren Kaffee runter und macht sich auf den Weg, den Sauger zu holen.

»Zentrale für idiotische Anfragen, was kann ich für Sie tun?«, meldet sich Will.

»Ich hab eine SMS bekommen, die sehr vielversprechend klingt, hör zu: *Ich weiß nicht, was ich dir schreiben soll, und auch im Reden bin ich nicht so gut, aber die Zeit mit dir im Aufzug war besonders. Treffen und reden? Drachenmädchen Momo.*«

Wills Herz springt einmal aus der Brust und zurück. »Das muss sie sein! Gib mir ihre Nummer! Das ist ja fantastisch!«

»Langsam, wir machen das ganz professionell. Wir treffen sie zu zweit, ich fühle vor, und wenn ich das Gefühl habe, sie ist echt, dann kommst du ins Spiel.«

»Coren, was für'n Schwachsinn, ich seh' doch, ob sie es ist! Es war ja nicht durchgehend dunkel im Aufzug.«

»Nur für den Fall, dass sie es nicht ist. Ich will nicht, dass du einen durchgeknallten Fan am Hals hast. Ich erinnere dich nur an Petty Lu!«

Petty Lu war tatsächlich ein durchgeknallter Fan, der Will monatelang Rosenseife schickte und dazu immer ein Foto von ihr als Leiche, jedes Mal in einem anderen Setting, je nachdem, welchen Krimi sie gerade von ihm gelesen hatte.

»Du darfst sie aber nicht verschrecken, Coren, sie ist sehr scheu!«

»Du kannst ja ganz in der Nähe sein, und wenn du siehst, dass sie es ist, ziehe ich mich diskret zurück. Diskretion ist meine Stärke, das weißt du doch.«

»Ja klar, so wie damals, als ich diese Betty geküsst habe und du die ganze Zeit neben uns auf dem Bett gesessen hast«

»Sie wollte mir aus der Hand lesen, und dann kam deine blöde Zunge dazwischen! Ist außerdem ewig her.«

»Verabrede dich mit meinem Drachenmädchen – schreib ihr,

morgen Abend im Restaurant oben im Hotel Little Sheep, 19 Uhr, sie soll die Treppe nehmen!«

Wills Hände sind feucht. Er wischt sie zum wiederholten Mal an seinen Jeans ab. Es fühlt sich falsch an, hier im Gang zu den Toiletten, die zudem noch außer Betrieb sind, zu stehen und auf sie zu warten.

Coren, der in Sichtweite an einem Tisch sitzt, zeigt ihm ständig einen Daumen nach oben. Das ist gut gemeint, hilft aber nicht.

Er hätte es ganz anders angehen, ihr erst mal Nachrichten schicken sollen. Dieses Treffen ist zu schnell, und es ist auch zu schön, um wahr zu sein. Das Drachenmädchen, das er kennengelernt hat, würde sich nicht so einfach und schnell auf ein Treffen einlassen.

Aber wer sonst konnte von ihrem Kosenamen wissen? Konnte man so was raten? Nervös knetet er seine Hände.

»Ich hab kein gutes Gefühl. Wir hätten Millie sagen sollen, dass wir ihn treffen.« Felix geht neben Rebecca die Treppe hoch.

»Warum sollen wir sie aufregen? Wir checken den Typen erst mal ab. Manche Autoren sind echte Ärsche, und an so einen muss deine Schwester ja nicht gerade geraten.« Rebecca steigt vehement vor ihm die Stufen hoch, sodass er kaum hinterherkommt.

»Sie wollte ihn doch gar nicht treffen, oder?«

»Du weißt doch, wie sie ist. Sie will, aber sie traut sich nicht.«

»Und was willst du diesem Autor jetzt erzählen?«

»Siehst du schon. Wichtig ist, dass er gute Tipps von dir bekommt. Du kennst sie am besten!«

Schwungvoll rauscht Rebecca in das Restaurant, in dem nur wenige Leute sitzen. Ein Kellner kommt ihnen entgegen.

»Wir haben eine Reservierung auf den Namen Winter.«

Er nickt. »Gleich hier drüben«, er führt sie an einen Tisch, an dem ein kleinerer, dickerer Mann sitzt, der aufsteht, sobald er sie sieht.

»Das gibt es doch nicht. Sie sind definitiv nicht William Winter!«

»Und Sie sind nicht das Drachenmädchen. Sie können es gar nicht sein, weil Sie zur Tatzeit hier mit mir an einem Tisch saßen.« Corens Zeigefinger sticht hektisch in der Luft herum.

»Sieht ganz so aus, als hätten wir erneut das Vergnügen!« Felix reicht ihm seine Hand. »Mr Drax.«

Coren nimmt sie und grüßt zurück. »Mr Bond.«

»Jedes Mal, wenn ich eine wichtige Person für meine Freundin treffen will, kommen Sie daher! Wie viele Autoren vertreten Sie bitte?« Rebecca bleibt entrüstet vor dem Tisch stehen.

»Sie haben doch nicht wirklich geglaubt, dass Seventoday die Handynummer von William Winter herausgibt!« Coren schaut sie spöttisch an.

»Ich habe nicht geglaubt, dass William Winter ausgerechnet Sie als Agentenlusche hat! Oder sind Sie etwa sein Freund?«

»Beides, meine Liebe. Setzen Sie sich.«

Widerwillig tut Rebecca, was er sagt.

»Wo ist das Drachenmädchen?«, fragt Coren streng und beugt sich über den Tisch zu ihr herüber.

»Wo ist William Winter?«, fragt Rebecca streng zurück und beugt sich ebenfalls über den Tisch.

»Sollen wir einen Austausch machen, bei Nebel in einem Parkhaus? Kleiner Scherz, wie wäre es, wenn wir uns vernünftig unterhalten?«, schlägt Felix vor.

Rebecca und Hugo Drax funkeln sich böse an.

»Als Erstes müssten wir sicher wissen, dass Sie überhaupt im Auftrag von William Winter hier sind. Sie sind sein Agent?«

Coren klappt routiniert seinen alten Aktenkoffer auf und reicht Felix seine Visitenkarte. Er studiert sie und reicht sie an Rebecca weiter.

»Coren?«, fragt Felix grinsend.

Coren nickt.

»Ich bin Felix, und das ist Rebecca.«

»So eine Karte kann sich jeder drucken«, sagt sie und schnipst sie über den Tisch zurück. »Warum ist Mr Winter nicht hier?«

»Weil wir sichergehen wollten, dass sich kein durchgeknallter Fan mit ihm trifft«, erklärt Coren wahrheitsgemäß.

»So. Und jetzt müsst ihr mir beweisen, dass ihr das Drachenmädchen wirklich kennt!«

Felix und Rebecca sehen sich an.

»Ich bin ihr Bruder ...«

»Und ich bin ihre beste Freundin!«, beeilt sich Rebecca zu sagen.

»Das kann leicht jeder behaupten. Habt ihr ein Foto?«

Rebecca schüttelt den Kopf. »Sie wird nicht gerne fotografiert.«

»Natürlich!«, sagt Coren sarkastisch.

Rebecca wirft ihm einen bösen Blick zu.

»Ich hab ein Bild.« Felix reicht ihm sein Handy.

»Moment.« Coren zückt schnell sein Mobiltelefon und macht ein Bild von der Frau, die Felix ihm zeigt. Er schickt es weiter an Will, der immer noch im Gang bei den defekten Toiletten steht.

Will verrenkt sich fast den Hals, um zu sehen, was Coren da mit diesem Pärchen bespricht. Dass die Frau nicht sein Drachenmädchen ist, hat er gleich gesehen. Was geht da vor sich?

Sein Handy zeigt eine neue Nachricht von Coren an. Wills Herz kommt aus dem Takt, als er das Bild sieht. Das ist die Frau aus dem Aufzug. Ihre großen erschrockenen Augen, das Kinn, die Haare, alles stimmt!

Er tritt mit hoch erhobenem Handy an den Tisch.

»Wo ist sie?«, fragt er atemlos.

»Setz dich.« Coren schlägt einladend auf den Platz neben ihm. »Das sind Rebecca und Felix, Freundin und Bruder von Momo.«

»Millie, meine Schwester heißt Millie«, sagt Felix etwas frostig.

William schaut ihn sich genauer an. Optisch hat er kaum Ähnlichkeit mit ihr, aber die Art zu sprechen ist ähnlich. Er könnte tatsächlich ihr Bruder sein.

»William«, stellt er sich vor. Diesen Felix wird er nur mit Ehrlichkeit knacken. »Ich hatte das große Glück, mit deiner Schwester im Aufzug stecken zu bleiben. Es war dunkel, ich hatte Panik, und sie hat mich nicht nur beruhigt, sie hat es auch geschafft ...« Er sucht nach Worten und findet keine passenden. »Ich hab mich einfach in sie verliebt.«

Felix guckt weg, aber William sieht trotzdem, dass er ihn mit dem Satz erreicht hat.

»Warum seid ihr hier und nicht Millie?«, fragt er Rebecca, die leicht errötet, als er das Wort an sie richtet. Das bedeutet meistens, dass sein weibliches Gegenüber seine Romane kennt oder zumindest weiß, wer er ist.

»Na ja, du hast ja auch deinen Agenten vorgeschickt. Wir sind sozusagen die Agenten von Millie.«

Er nickt und sieht rüber zu Coren, der sich zurückgelehnt hat und das Gespräch nur noch beobachtet. Es entsteht eine peinliche Gesprächspause, die glücklicherweise der Kellner füllt, der Getränkewünsche entgegennimmt.

»Wie kann ich euch überzeugen, mir Millies Nummer zu geben? Muss ich einen Aufnahmetest bestehen, hat sie euch beauftragt zu prüfen, ob ich es ernst meine? Denn das tue ich. Ich kann es selbst kaum glauben, aber ich muss sie einfach wiedersehen. Die Tage ohne sie sind … leer.«

Er schaut in Rebeccas und Felix' Gesichter und erntet von Rebecca ein Lächeln. Felix hält an seiner Taktik fest wegzuschauen, wenn er etwas sagt.

Rebecca lehnt sich etwas rüber zu ihm. »Millie weiß ehrlich gesagt gar nicht, dass wir hier sind. Ich habe dich bei Seventoday gesehen und ihr die Aufnahme gezeigt. Sie war sehr erstaunt, dass du nach ihr suchst. Sie hat vermutet, das sei nur eine Promotion-Aktion.«

»Eine Promotion-Aktion!« Jetzt kommt wieder Leben in Coren. »Das hat Will überhaupt nicht nötig!«

»Na ja, du hast neulich gesagt, ich muss unbedingt zu diesem Interview, denn mein Buch würde sich nicht einfach von selbst verkaufen, insofern ist dieser Gedanke jetzt nicht völlig abwegig«, verteidigt Will Millies Gedanken.

»Es war aber keine Promotion-Aktion?« Felix schaut ihn aus tiefen blauen Augen das erste Mal direkt an.

Will hat das Gefühl, er schaut ihm bis auf den Grund seiner Seele. Er hält den Augenkontakt und erwidert mit fester Stimme: »Nein. Kein bisschen. Ich bin überhaupt nur zu diesem Interview gegangen, um sie zu finden.«

Felix' Mundwinkel zucken leicht. Er unterdrückt ein Lächeln.

Rebecca seufzt. »Das ist echt romantisch!«

Coren quittiert den Satz mit Augenrollen.

»Was denn? Ich bin Lektorin für romantische Literatur, also weiß ich auch, was romantisch ist. Augenrollen fällt übrigens nicht unter Romantik!«

»Wie schade!«, sagt Coren sarkastisch.

Will versteht nicht, warum Coren und Rebecca so biestig miteinander umgehen, er spürt allerdings eine interessante Spannung zwischen den beiden.

»Millie arbeitet bei ...«, beginnt Rebecca und wird jäh von Felix unterbrochen.

»Bevor du jetzt Informationen über Millie rausgibst, können wir uns kurz besprechen, ob wir Mr Drax und Mr Winter vertrauen?«

Felix flüstert zwar, aber es ist ein Showflüstern, weil ihm klar ist, dass ihn alle am Tisch hören können.

Rebecca nickt, beide stehen auf und gehen ans Fenster. Dort sind sie außer Hörweite. Coren und Will können nur an der Körpersprache erahnen, worüber sie miteinander sprechen.

»Mr Drax? Hugo Drax aus *Moonraker*?«, fragt Will, während sie Rebecca und Felix genau beobachten.

»Ja, das war ein Deckname von mir. Ich kenne die beiden schon, sie waren diejenigen, die ...« Coren bricht ab, weil sich Felix und Rebecca jetzt zügig auf sie zubewegen und direkt vor ihrem Tisch stehen bleiben.

»Wir haben uns entschlossen, dir den Kontakt zu Millie zu ermöglichen«, sagt Rebecca feierlich.

»Aber wenn du sie enttäuschst oder verletzt oder verärgerst oder ihr sonst in irgendeiner Art und Weise Leid zufügst, wirst du sterben.« Felix sagt das mit einer freundlichen, lustigen Stimme, aber Will sieht in seinen Augen, dass das sein voller Ernst ist.

Große Gesten

In der *Tube* tanzen alle wieder unfreiwillig den gemeinsamen Ruckeltanz. Mir fehlen meine Manuskripte zum Lesen. Die Wohnzeitschrift, die ich als Tarnung benutzt habe, liegt leer und einsam in meiner Umhängetasche. Ich weiß nicht, ob ich Mrs Crane bitten kann, mir ab und zu ein Manuskript mitzubringen. Sie ist ja sehr daran interessiert, kein Aufsehen zu erregen. Eigentlich macht die ganze Rettungsaktion überhaupt keinen Sinn, wenn nun niemand mehr die Manuskripte liest, nicht einmal ich. Ich sehe aus dem Fenster und gucke zu, wie die Tunnelwand an uns vorbeifliegt. Heute wird es heiß, und die Luft ist jetzt schon stickig und klebrig im Wagen. Der Raum des Vergessens ist leer, am Manuskript *Dein Herz in tausend Worten* habe ich keinen Spaß mehr, seit ich immer Wills Gesicht vor mir sehe, und seit seinem Aufruf im Fernsehen kann ich nicht mehr gut schlafen. Ich wache ständig mit Herzklopfen auf, wälze mich dann stundenlang herum und versuche alles, um nicht an ihn zu denken. Mein Leben ist aus den Fugen geraten, und alle Versuche, es mühsam aufrechtzuerhalten, scheitern.

Mit Rebecca treffe ich mich zurzeit auch nicht gerne, weil ich immer Angst habe, sie lenkt das Gespräch wieder auf Will. Wie kann es sein, dass man einen Menschen trifft, eine Stunde mit ihm im Aufzug verbringt, und nichts ist mehr wie vorher?

Ich muss mich dringend ablenken. Als wir in Notting Hill ankommen, wähle ich einen Umweg an einer Buchhandlung vorbei. Ich werde hier keine großen Entdeckungen machen, es ist eine Kette, die nur die Bestseller in den Regalen hat.

Ich betrete den Laden und werde magisch von einem großen Aufsteller angezogen. Ich greife nach dem angebotenen Buch. *Der Tod hat keinen Rückwärtsgang* von William Winter. Ich schaue mir sein Foto an. Es sieht nicht aus wie er. Der Mann auf dem Bild ist erfolgreich und strahlend. Ich vermisse den Will, der einen Drachen unter seinem Bett hat und meine Hände und Gedanken fliegen lässt. Ohne es wirklich zu wollen, kaufe ich das Buch.

Na, das hat ja super geklappt mit der Ablenkung, schimpfe ich mit mir selbst, als ich den Laden mit dem Krimi in meiner Umhängetasche verlasse.

Mein Blick fällt auf etwas Braunes mit leuchtenden gelben Augen. Eine Eule sitzt auf dem Bürgersteig. Sie schaut mich an, als hätte sie auf mich gewartet. Ich bleibe still stehen, und wir starren uns eine Weile lang gegenseitig in die Augen. Eine Eule in Notting Hill? Ich schaue mich vorsichtig um, ob noch jemand das Tier bemerkt. Auf der Straßenseite gegenüber gehen zwei Frauen ganz normal vorbei und bemerken nichts.

Die Eule breitet ihre Flügel aus und fliegt auf den nächsten Baum. Sie begleitet mich den ganzen Weg zum Verlag. Mal fliegt sie voraus, mal hinterher, von Baum zu Baum, bis ich das pinkfarbene Haus erreiche. Ich verrenke mir fast den Hals bei dem Versuch, ihr nachzuschauen, als sie weiterfliegt.

Mrs Crane wirft mir den üblichen Sie-sind-zu-spät-Blick zu und knallt mir dann eine Fernsehzeitung auf den Tresen, die sich Omas kaufen. »Ihre Zeitung, Miss Thomas. Danke fürs Ausleihen.«

Ich nehme das verdächtig dicke Magazin und stecke es schnell in meine Tasche.

»Keine Ursache, Mrs Crane, jederzeit wieder«, sage ich, so ernst ich kann. Es gibt keine Überwachungskameras an der Rezeption, und Mr Anderson bekommt vom Leben um ihn herum sowieso immer nur die Hälfte mit. Trotzdem macht es Spaß, so zu tun, als ob man die Manuskriptaktion so geheim wie möglich halten müsste.

David und Abbey sitzen schon an ihren Schreibtischen und murmeln ihr guten Morgen in den Bildschirm, aber Rebecca steht vor der Kaffeeküche und strahlt übers ganze Gesicht.

»Was ist los?«

Anstatt zu antworten, deutet sie in die kleine Kaffeeküche. Hat sie etwa Egg Sandwiches gemacht? Ich komme in die Küche und rieche sie sofort. Ein überdimensionaler Strauß roter Rosen steht auf dem Küchentresen. Rebecca ist mir gefolgt und steht jetzt grinsend neben mir.

»Wo kommen die denn her?«

»Vielleicht ist ja eine Karte dabei?«, hilft mir Rebecca wie bei einer Schnitzeljagd für Kinder.

Der Strauß ist so dick, dass man ihn sicher nur mit Mühe tragen kann. In Ermangelung einer so großen Vase hat sie jemand in einen Putzeimer gestellt. Ich suche das Blumenfeld nach einer Karte ab und finde sie.

Unsicher sehe ich Rebecca an. Sie ist so begeistert, vielleicht will sie die Karte öffnen? Oder sollte man nicht lieber auf den Besitzer der Rosen warten? Vielleicht sind sie für Mr Anderson?

»Na los, lies sie schon!«

Ich bin jetzt auch neugierig, und deshalb öffne ich die kleine Karte, auf der ein Drache abgebildet ist.

Für Millie,

ohne die ich meinen Drachen nicht zähmen kann.

Dein Will

Ich muss mich setzen, aber in der kleinen Küche gibt es keinen Stuhl. Rebecca, die mir über die Schulter geschaut hat, greift sich ans Herz und krallt sich dann in meinen Oberarm.

»Ist das nicht der Wahnsinn! Hundert rote Rosen!«

Mir ist schwindelig. Der Rosenduft ist überwältigend in dem kleinen Raum.

»Na, gibt es schon Tee?« Abbey kommt rein und bleibt staunend vor den Blumen stehen.

»Halleluja, da hat aber jemand einen Verehrer! Donnerlittchen, sind das viele!«

Rebecca nickt stolz, als wären es ihre Rosen.

»Für wen sind die denn?«

Oh nein, das war klar, dass die Frage kommen würde.

»Für Millie!« Rebecca umarmt mich, als hätte ich gerade eine Goldmedaille gewonnen.

Ich werde rot und habe den dringenden Wunsch, auf die Toilette zu verschwinden.

»Wow. Na, da hat sich ja einer ins Zeug gelegt! Kenne ich ihn?«

Mr Anderson betritt die Küche, bevor Rebecca antworten kann. Der kleine Raum ist jetzt voll.

»Oh, na, das ist ein bisschen früh, aber gut. Besser als ein leerer Raum, immerhin. Gute Idee, Leute!«

Mr Anderson glaubt, die Rosen sind für den neuen Konferenzraum.

Rebecca klärt ihn auf, und ich stehe daneben und habe inzwischen die Farbe der Rosen angenommen.

»Oha, Millie, na dann, viel Spaß mit dem Sträußchen. Vielleicht könntest du es in dein Büro ...«, ihm fällt ein, dass ich kein Büro habe, »oder auf die Treppe? Hier sind sie etwas im Weg.«

Damit hat er absolut recht. David steckt seinen Kopf in die Küche und fragt nach Kaffee. Hier kann niemand Kaffee kochen, solange dieser Monsterstrauß auf der Küchenzeile steht. Es ist zu eng in der Küche, und die Rosen duften sich sehr penetrant in meine Nase. Alle starren mich an. Es sind meine Rosen, also muss ich eine Lösung finden.

Ich räuspere mich, um meine Stimme zu aktivieren. »Vielleicht könnten wir sie in den Raum des ... in den Konferenzraum stellen?«

Alle halten das für eine gute Idee. Rebecca hilft mir, und mit vereinten Kräften schaffen wir es, den riesigen Strauß aus der kleinen Küche hoch in den leeren Raum zu schleppen. Die Dornen zerkratzen mir die Arme.

Wir platzieren ihn in der Mitte auf dem Boden. Es sieht seltsam aus.

»Freust du dich?«, fragt Rebecca, als wir ein paar Schritte zurücktreten und den Strauß betrachten.

Ich weiß es ehrlich gesagt nicht. Das ist alles zu viel. Ich nicke und schenke ihr ein Lächeln, damit sie nicht enttäuscht ist.

»Wie hat er mich gefunden?«

Die Frage schwirrt mir im Kopf herum, seit ich die Karte gelesen habe.

Rebecca schaut auf ihre Fußspitzen.

»Du warst das? Was ...? Wann?« Ich weiß nicht, was ich sie zuerst fragen soll.

»Ich wollte einfach nur, dass ihr eine Chance bekommt. Du hättest dich nicht bei ihm gemeldet, und ich wollte mir ein Bild machen, ob er es wirklich ernst meint oder ob deine Vermutung richtig war.«

»Du hast ihn getroffen?«, wieder gibt es keinen Stuhl, obwohl ich dringend einen brauche, also setze ich mich auf den Boden.

Rebecca nickt, und ihr ganzes Gesicht drückt aus, wie unangenehm ihr das ist. »Aber, Millie, er ist toll! Und Felix glaubt auch, dass er wirklich in dich verliebt ist!«

»Felix?!«

Sie war mit meinem Bruder bei Will, und er hat mir nichts davon erzählt. Kein Sterbenswörtchen. Ich stehe auf.

»Millie, jetzt sei doch nicht sauer, wir wollten doch nur …«

Ich höre nicht mehr, was sie nur wollten. Ich rausche die Treppe hinunter und rufe in Mr Andersons Büro, dass ich einkaufen gehe, der Eistee sei alle. Das ist eine glatte Lüge, aber ich muss hier einfach raus.

Ich rufe Felix aufgebracht an, und er redet beruhigend auf mich ein und sagt schließlich, er trifft mich in 15 Minuten im *Serendaccidentally*.

»Ich muss arbeiten«, sage ich sauer.

»Ich auch. In fünfzehn Minuten! Sei pünktlich!«

Ich kaufe schnell Eistee, den wir noch haben, und Kokoskekse und normale Kekse. Die Weingummis für Rebecca lasse ich absichtlich weg.

Felix sitzt schon mit zwei Getränken am Tisch, als ich hereinkomme.

Ich setze mich und werfe ihm einen meiner beleidigten Blicke zu, die ich als kleine Schwester über die Jahre perfektioniert habe.

»Ich werde dir jetzt mal was sagen, Milliepanilli. Du benimmst dich kindisch und blöd. Wenn ich mal eben zusammenfassen darf, bist du jetzt sauer, weil deine beste Freundin und dein Bruder sich Gedanken gemacht und Zeit investiert haben, damit ein Mann, der sich in dich verliebt hat, dir einen dicken Strauß Rosen schicken kann. Richtig?«

»So, wie du das sagst, klingt das natürlich lächerlich. Ich finde es einfach nicht richtig, dass ihr hinter meinem Rücken ...«

Er lässt mich nicht ausreden. Seine blauen Augen sind dunkel und wütend. »Millie, würdest du mich an der Chance auf Liebe einfach vorbeilaufen lassen?«

Ich seufze. »Ich würde dich zumindest alleine entscheiden lassen.«

»Du verstehst nicht, worum es geht. Es spielt keine Rolle, ob ich oder Rebecca hinter deinem Rücken die Fäden gezogen hat. Es geht darum, dass du endlich aus deinem Schneckenhaus kommst und anfängst zu leben. Und ganz ehrlich? Das kann dir keiner abnehmen. Nicht Rebecca und nicht mal ich. Du musst dich dafür entscheiden.«

»Aber ausgerechnet ein Bestsellerautor? Wie kannst du sicher sein, dass er es ehrlich meint?« Ich schaue ihn verzweifelt an. Das alles ist mir eine Nummer zu groß, und ich bin nicht auf diese Standpauke von ihm vorbereitet.

»Ich weiß es nicht. Das ist das Risiko bei der Liebe, Milliepanilli. Man ist sich nicht sicher. Nie. Liebe bedeutet, dass man das Risiko eingeht, verletzt zu werden.«

»Oder verlassen«, flüstere ich.

»Hättest du die Wahl gehabt – hättest du Mama und Papa lieber nicht so geliebt?« Er schaut mich schmerzerfüllt an.

Ich schüttle den Kopf.

»Es gibt keine Alternative zur Liebe. Das müsstest du doch wissen, so viel, wie du liest.«

»Tobi?«, frage ich. Er grinst und wird ein bisschen rot. »Mich hat es voll und ganz erwischt«, gibt er zu. »Ich habe keine Ahnung, wo das hinführen wird, aber es fühlt sich richtig an, und ich bin bereit, das Risiko einzugehen. Wenn du etwas für William empfindest, solltest du es versuchen. Und was dann passiert, weiß keiner, aber es gibt die Chance auf Liebe, und allein das ist großartig!« Er prostet mir mit seinem Glas zu.

Wir trinken unseren Orangensaft aus und verabschieden uns.

Den Weg zurück zum Verlag nutze ich, um nachzudenken. Felix hat nicht unrecht mit dem, was er gesagt hat. Es wäre albern abzustreiten, dass ich etwas für Will empfinde. Eine kleine, heimliche Freude über die Rosen breitet sich in mir aus. Jetzt tut es mir leid, dass ich keine Weingummis für Rebecca gekauft habe.

Ich bemerke David erst, als ich die Straßenseite wechsle. Er sitzt auf den Stufen und sieht unglücklich aus.

»Alles o. k.?«

Er hebt den Kopf. »Ja, natürlich«, beeilt er sich zu sagen.

Ich sehe einen nackten Rosenstiel in seiner Hand, die Blütenblätter liegen abgezupft vor ihm auf den Stufen.

»Das ist keine von deinen!«, sagt er, als er meinen Blick sieht.

Ich setze mich neben ihn und warte, bis er erzählt.

»Es ist lächerlich. Ich habe Abbey heute eine Rose mitgebracht.«

Das wundert mich nicht. Alle Zeichen deuten darauf hin, dass David Abbey mag. Ich nicke.

»Aber als dann in der Kaffeeküche der dicke Rosenstrauch stand, kam es mir so albern vor, ihr eine einzige zu überreichen. Wie sieht das denn aus?«

»So, als würdest du sie gernhaben?«

Er schüttelt den Kopf und zupft jetzt auch die Dornen vom Stiel.

»Ehrlich gesagt wäre mir eine einzelne Rose lieber gewesen als so ein wuchtiger Strauß.«

»Echt jetzt? Ich dachte, ihr Frauen steht auf große Gesten.«

»Vielleicht bin ich anders? Aber vielleicht ist Abbey ja auch anders. Einen Versuch wäre es doch wert.«

»Jetzt kann ich sie ihr nicht mehr schenken.« Er hält grinsend den abgeknibbelten, nackten Rosenstiel hoch.

»Nimm eine von meinen.«

»Wie sieht das denn aus?«, fragt er wieder.

Ich muss lachen. Wir sind doch alle auf unsere eigene Weise eingeschüchtert, wenn es um die Liebe geht.

»Ich denke mir etwas anderes aus.« Er steht auf und bietet mir seine Hand an. Ich nehme sie, und er zieht mich hoch.

»Du verrätst ihr doch nichts?«

»Nein. Ich bin ganz gut im Schweigen.«

Zusammen gehen wir hinein, vorbei an Mrs Crane, die keinen Blick für uns hat und nur auf ihren Bildschirm starrt.

Popstar

Wenn man Will als Kind gefragt hätte, was er mal werden will, dann hätte er Pilot gesagt. Später wollte er Geheimagent werden, und wenn man ihn heute fragen würde, wäre die Antwort vermutlich Popstar. Er weiß, dass er kein brillanter Sänger ist, aber es macht ihm großen Spaß, bei seinen Lesungen mit seiner kleinen Band auf der Bühne zu stehen und zu singen.

Das Publikum rastet jedes Mal aus. Es ist natürlich kein neutrales Publikum. Die Zuschauer sind alle Fans, und vermutlich könnte Will auch Figuren aus Ton kneten, und alle würden applaudieren und johlen.

Er hat die Idee zu dem spontanen Konzert unter der Dusche. Das Radio spielt den Klassiker *Country Roads*, und er singt laut mit. Ihm fällt auf, dass er noch nie für eine Frau gesungen hat. Blumen hat er vielen geschenkt, aber gesungen hat er nicht mal für Megan. Der Gedanke beschwört den Drachen herauf. Das Radio dudelt fröhlich weiter. Will hat aufgehört mitzusingen und spült sich energisch den Schaum aus den Haaren. Der Drache lässt sich nicht mit abwaschen. Mit einem Handtuch um die Hüften setzt er sich an die Küchenzeile, auf der immer noch Megans Bild steht.

Ist es in Ordnung, wenn ich für sie singe?, fragt er in Gedanken.

Megan sieht so jung aus auf dem Bild. Er ist älter geworden

und sie nicht. Ob es eine »ältere«, eine »reifere« Version von ihr gibt, wo auch immer sie jetzt ist?

Eine reifere Megan würde Ja sagen.

Will sitzt da und wartet auf ein Zeichen. In seinen Romanen würde jetzt ein Stuhl umfallen oder ein Vogel auf dem Fensterbrett landen.

Nichts passiert.

Coren ziert sich zuerst etwas am Telefon. Er jammert rum, er müsse heute einen wichtigen Termin wahrnehmen.

»ICH bin dein wichtiger Termin, Coren! Also schnapp dir deinen Bass, und komm um 14 Uhr zu mir. Ich organisiere den Rest!« Beschwingt legt er auf und ruft Adam an, der viel leichter zu überreden ist.

Um die Location klarzumachen, fährt Will persönlich hin. Er tarnt sich mit seiner verspiegelten Sonnenbrille, was unnötig ist, da niemand Augen für ihn hat.

Er findet das pinkfarbene Verlagshaus und parkt seinen Aston Martin um die Ecke. Der erste Blick auf die Häuser ist ernüchternd. Alles Spitzdächer. Was er braucht, ist ein Flachdach. Rechts, links und auch hinter dem Verlag nur kleine Häuschen mit Giebeln. Seufzend dreht er sich einmal im Kreis. Eine Eule fliegt über ihn hinweg und landet auf der anderen Straßenseite auf einem Flachdach. Ist das die Eule, die er neulich in seiner Garage hatte?

Offenbar steht das Tier auf Garagen, denn sie ist schon wieder auf einer gelandet. Sie gehört zu einer kleinen Villa, die genau gegenüber vom Verlag liegt. Genau das, wonach er gesucht hat! Gut, die Straße ist dazwischen, aber mit dem Verstärker können sie ordentlich Lärm machen. Er wirft der Eule eine Kusshand zu, und sie fliegt weg.

Jetzt kommt es darauf an, wie gut er die Besitzer überreden kann, ein illegales Konzert auf ihrem Garagendach zuzulassen. Er setzt die Sonnenbrille ab. Atmet tief ein, fährt sich durch die Haare, drückt die Klingel und lächelt in die Überwachungskamera am Eingang.

Er hat Glück, eine Frauenstimme meldet sich.

»William Winter mein Name, entschuldigen Sie die Störung, aber ich benötige Ihr Garagendach, um eine Frau zu gewinnen, in die ich mich unheimlich verliebt habe.«

»Bitte was?«

»Könnten Sie vielleicht eben runterkommen? Dann kann ich es genauer erklären.«

»Moment ...«

Es klickt in der Sprechanlage. Will kreuzt die Finger und hofft, dass die Dame wirklich herunterkommt.

Kurze Zeit später erscheint eine Frau um die fünfzig am Tor.

»Vielen Dank, dass Sie gekommen sind. Sie können mein Herz retten mit Ihrer Garage!« Er strahlt sie an, und sein Lächeln verfehlt seine Wirkung nicht.

Die Frau schaut ihn interessiert an. »Was wollen Sie denn in meiner Garage machen?«

»Nicht in Ihrer Garage – auf Ihrer Garage!«

Will erklärt ihr die Idee von einem Dachkonzert. Ihr Gesicht bleibt neutral.

»Und für wen der ganze Aufwand?«

Will deutet auf das pinkfarbene Verlagshaus. »Da drüben arbeitet die Frau, in die ich mich verliebt habe. Wir hatten eine sehr spezielle Begegnung, und jetzt versuche ich, ihr Herz zu erobern.«

»Und warum gehen Sie nicht einfach rüber in den Verlag und reden mit ihr?«

»Das ... wäre zu einfach.« Er schaut sie treuherzig an, und sie lacht.

»Hat für Sie schon einmal jemand ein Konzert auf einem Garagendach gegeben?«

Die Dame schüttelt den Kopf. »Nicht, dass ich mich erinnern könnte.«

»Das ist mir bei so einer schönen Frau zwar unverständlich, aber nehmen wir mal an, jemand würde für Sie ein Konzert auf einem Garagendach spielen, würde Ihnen das gefallen?«

Die Frau streicht über ihre teure Kaschmirstrickjacke. »Welche Musikrichtung?« fragt sie.

»The Police«, sagt William wie aus der Pistole geschossen. »Und das ist auch nicht verhandelbar, weil wir nur The Police spielen können. Unglücklicherweise.«

»*Every little thing she does is magic?*«, zitiert sie einen Song.

»Gute Wahl – unbedingt. Das kommt ganz oben auf die Liste. Helfen Sie mir? Darf ich auf Ihrer Garage heute Nachmittag ein kleines Konzert spielen? Für die Liebe und alle schönen Frauen?«

Adam und Coren sind pünktlich. Sie laden alles in Adams kleinen Bus und parken ihn direkt vor der Garage. Mrs Green, die Besitzerin der Garage, hat ihnen nicht nur eine Leiter hingestellt, sondern auch eine Kiste Mineralwasser auf das Dach geschleppt oder vielleicht auch schleppen lassen, wer weiß. Sie trägt jetzt keine Strickjacke mehr, sondern ein dunkelblaues Kleid, das wunderbar ihre Augen betont.

Adam, Coren und Will bugsieren Verstärker und Instrumente die Leiter hoch. Als alles an Ort und Stelle ist, fragt Will Mrs Green nach einem Stromanschluss.

»Ich habe ein Verlängerungskabel in der Garage, aber keine Steckdose«, bedauert Mrs Green.

»Eine Kabelbox haben wir auch – dann müssen wir den Strom aus Ihrem Haus nehmen. Wir könnten ihn durch das Fenster dort über den Garten zur Garage führen.« Will zeigt auf ein Fenster im ersten Stock.

»Klar, wir können ihn auch aus dem Dachfenster in den Garten leiten, wenn die Kabelbox lang genug ist, oder wir nehmen ihn einfach aus dem Erdgeschoss und machen die Terrassentüren auf. Aber ich weiß ja schon, dass Sie es gerne kompliziert haben«, sagt Mrs Green.

Will grinst sie an. »In dem Fall würde ich Ihre einfache Lösung mit den Terrassentüren vorziehen.«

»Was ist jetzt mit dem Strom? Wir müssen einen Soundcheck machen!«, brüllt Adam vom Garagendach und trommelt ein Solo.

Will wedelt mit den Armen, damit er aufhört, und eilt die Leiter hoch.

»Mann! Das hier ist ein Überraschungskonzert. Ich will nicht, dass sie mich vorher schon entdeckt! Schlimm genug, dass wir hier so auffällig die Instrumente hochgetragen haben. Keine Schlagzeugsolos und kein Soundcheck vorher, klar?«

»Aye, aye, Captain!«, salutiert Adam und schlägt noch mal seine Drums an.

Will nimmt ihm die Sticks weg und steckt sie sich hinten in die Hosentasche.

Eine halbe Stunde später gibt es Strom auf dem Dach, und alle Instrumente sind an den Verstärker angeschlossen.

»Na dann«, Coren macht eine Kopfbewegung, als müsse er sich den langen Pony aus dem Gesicht schütteln, den er in seiner Jugend tatsächlich mal hatte. »Womit fangen wir an?«

»*Don't stand so close to me!*« Will bringt seine Gitarre in Stellung und schaut zu Adam, der einzählt.

Sie legen los. Will singt ins Mikro und versucht, erst einmal zu vergessen, für wen er hier spielt. Es ist einfach ein kleines Konzert auf einem Garagendach. Mehr nicht.

Schnell bleiben die ersten Passanten stehen.

Mrs Green hört von ihrem Garten aus zu. Sie hat zwei Freundinnen da, und die drei stoßen mit einem roten Getränk an.

Will stimmt als zweiten Song *Roxanne* an. Den kennen alle, und er hofft, das wird die Verlagsleute aus ihrem pinkfarbenen Haus locken.

Man muss lächerlich hoch singen bei dem Lied. Normalerweise meistert Will das locker und mit Humor. Es ist sowieso vermessen, den Sänger Sting zu covern. Niemand kann singen wie Sting. Will ist meilenweit davon entfernt, auch nur annähernd so gut zu singen, aber er hat Spaß an den Liedern von The Police. Heute kiekst seine Stimme bei den hohen Tönen gewaltig. Ihm fehlt die nötige Leichtigkeit, die er auf seinen Lesungen immer hat.

Adam legt los und baut ein Schlagzeugsolo ein. Das kommt bei den Leuten besser an als Wills Gesang. Es werden immer mehr Leute auf dem Bürgersteig, sie fangen an zu klatschen und singen mit.

Endlich geht die Tür gegenüber auf, und ein paar Menschen kommen neugierig aus dem pinkfarbenen Haus. Da ist sie! Wills Herz macht einen Satz, als er sieht, wie Millie die Hand über die Augen hält, um die Sonne abzuschirmen, und zu ihm herüberschaut. Sie steht mit ihren Kollegen oben auf der Treppe und muss so den perfekten Blick auf die kleine Band haben.

»*So lonely*«, sagt Will leise den nächsten Song für Coren und Adam an.

Jetzt kommt richtig Bewegung in die Menge. Keiner steht mehr still, und auch Mrs Green und ihre Freundinnen haben ihre

Getränke weggestellt und tanzen. Er kann Rebecca erkennen, die auf ihn zeigt und Millie in den Arm nimmt.

Sie spielen sich jetzt richtig in Rage. Coren wirbelt den Bass herum und wird dafür mit einem Wooouhou-Ruf von Rebecca belohnt. Will macht ein paar Luftsprünge mit seiner Gitarre anstelle eines Gitarrensolos. Das kriegt er gerade nicht hin. Seine Finger sind feucht und drohen bei den Akkorden abzurutschen. Applaus brandet auf.

»I feel lo lo lo ...«, singt Will.

»Lo lo lo«, antwortet das Publikum.

Soweit er sehen kann, singen alle mit – außer Millie.

Der Song geht zu Ende, und die Band badet kurz im spontanen Applaus.

»Der nächste Song ist für Millie!«, sagt Will in das Mikrofon und wirft einen Blick in ihre Richtung.

Sie schaut zu Boden.

Sie stimmen Every little thing she does is magic an. Die Verlagsleute um Millie herum klatschen und johlen. Millie bleibt still stehen und schaut zu ihm herüber. Sie ist zu weit weg, um ihren Gesichtsausdruck zu sehen. Will singt jetzt nur für sie.

Eigentlich stimmt alles. Das Publikum geht mit, er trifft jetzt mühelos die Töne. Millie steht gegenüber in der Sonne und hört ihm zu, aber er spürt, dass er den falschen Song gewählt hat. Mittendrin bricht er ab. Ein paar Buhrufe schallen von unten hoch.

»Sorry, Leute, aber das kleine Konzert hier ist für ein ganz besonderes Mädchen, und ich habe gerade gemerkt, dass ich den falschen Song für sie spiele. Grundsätzlich stimmt es zwar, denn alles, was sie tut, ist für mich magisch, aber ich möchte es gerne noch mal mit diesem Song hier versuchen.«

Er formt mit den Lippen den Songtitel, und Adam und Coren fangen an zu spielen. Will singt von einem weiteren einsamen

Tag, von mehr Einsamkeit, als irgendjemand aushalten könnte. Er singt von einem Notsignal, das er an die Welt aussendet, und dass er hofft, dass jemand seine Flaschenpost findet.

Er schließt die Augen und singt den Refrain von *Message in a bottle*, gefühlvoll und langsamer als im Original. Adam folgt ihm mit dem Beat.

Will singt und ist wieder mit Millie im Aufzug. Er singt von Hundertmillionen Flaschen, die an die Küste gespült werden. Und dass es so aussieht, als sei er nicht alleine mit seiner Einsamkeit. Er singt den Text von *Message in a bottle* und den Subtext von seinem Drachen und dem Drachenmädchen, das er fand. Er hört das Publikum nicht mehr. Er hält sich am Mikrofon fest. Er singt von seinem Schmerz um Megan und von dem großen Loch in seinem Herzen und wie Millie es geschafft hat, den Drachen zu zähmen. Er singt mit geschlossenen Augen, bis der Song zu Ende ist.

Als er sie öffnet, ist Millie verschwunden.

Mehr und Meer

Es nieselt leicht, und der Wind weht mir die Haare ins Gesicht. Ich habe Glück mit dem Wetter. Die meisten Touristen haben sich in ihre Hotelzimmer verkrochen. Nur vereinzelt begegne ich Leuten am Strand. Ich hinterlasse Spuren im Sand und fühle mich wohler, als ich am Wasser ankomme und auf Kies laufe. Hier hinterlasse ich nichts. Der Kies verrät nicht, wer hier war. Er merkt sich nicht alles, so wie Sand.

Ich bin hier, um zu vergessen. Ich laufe und schaue auf das Meer. Die Wellen rauschen an die Küste. Wieder und wieder rollt das Wasser heran. Ich passe meine Schritte dem Rhythmus des Meeres an. Ich atme ein und aus. Meine Schritte machen einen eigenen Beat. Ungefragt spuckt mein Gehirn dazu den Songtext von *Message in a bottle* aus.

Ich bleibe stehen. Wie es wohl aussehen würde, wenn hier Millionen Flaschen angespült werden würden? Ein Meer aus Flaschen im Meer. Ein Meer aus Hilferufen. Jeder muss sein eigenes kleines Leben in den Griff bekommen. Das kann doch nicht so schwer sein. Seit ich mit Will im Aufzug war, sind die Wände meiner sicheren Welt eingestürzt. Ich will das alles vergessen und zurück in mein sicheres Schneckenhaus, wie Felix es nannte.

Es gibt keinen Weg zurück, rauscht das Meer.

Ich spüre den Wind im Gesicht. Es fühlt sich an, als wollte die

Luft mich berühren, mich auf eine ungeschickte Art und Weise in den Arm nehmen. Ich breite die Arme weit aus und stelle mich gegen den Wind, damit er mich überall berühren kann.

Will liest wie immer. Er ist Profi. Er kann das. Er hat es schon so oft gemacht. Reden, Buch aufklappen, lesen. In der ersten Reihe sitzen nur Frauen. Acht davon sind attraktiv. Er hält sich an seine bewährten Gags. Er lächelt und schäkert am Ende beim Signieren mit den weiblichen Fans, die Fotos mit ihm schießen und seinen Arm anfassen. Sie schenken ihm selbst gebastelte Lesezeichen und Schokolade. Er versucht, ihnen das zu geben, was sie sich wünschen. Den lustigen, charmanten Will Winter, dabei ist er so leer.

Eine hübsche Blonde steckt ihm einen Zettel zu, auf dem ihre Handynummer steht und der Satz: *Ich habe heute Abend noch nichts vor*. Er steckt den Zettel ein und wünscht sich, er hätte die Kraft, sie anzurufen. Aber wenn das hier vorbei ist, wird er nach Hause fahren und sich in sein Bett legen und einfach nie wieder aufstehen.

Der Raum leert sich langsam. Er ist fertig mit dem Büchersignieren. Der Veranstalter steht neben ihm, während er seine Sachen packt, und redet auf ihn ein. Es ist, als würde er eine andere Sprache sprechen. Hebräisch oder Indonesisch. Eine völlig fremde Sprache, von der Will kein Wort versteht. Er nickt müde.

Ein schwules Pärchen wartet auf ihn an der Tür. Er wird noch mal lächeln müssen und sich anhören, welches Buch sie am besten fanden bisher, ein Foto machen, und dann kann er endlich gehen und alleine sein.

Er verabschiedet sich, so schnell es geht, vom Veranstalter und steuert auf die beiden Männer zu. Er will es hinter sich bringen, bevor ihn völlig die Kraft verlässt. Kopfschmerzen ziehen gerade wie dunkle Wolken auf.

»Hallo, Will.«

»Felix?« Erstaunen mischt sich mit Aufregung. Warum ist Millies Bruder hier? Unwillkürlich suchen seine Augen die Umgebung ab, ob sie hier auch irgendwo steht.

»Das ist mein Freund Tobi.«

»Freut mich sehr, dich kennenzulernen, Will. Tolle Lesung übrigens!« Tobi versteckt sich hinter höflichen Floskeln. Das macht es Will etwas schwer, ihn einzuschätzen.

Er hätte niemals gedacht, dass Felix schwul ist. Er hätte auch niemals gedacht, dass Felix und sein Freund zu seiner Lesung auftauchen. Etwas überfordert mit der Situation, fragt er das, was ihm momentan auf der Seele brennt: »Ist Millie auch hier?«

Felix schüttelt den Kopf. »Hast du vielleicht Lust, ein Bier mit uns zu trinken?«

Wills Kopf dröhnt. »Ehrlich gesagt will ich eigentlich nur irgendwohin, wo es ruhig ist.«

»Wir können auch zu mir gehen, ich wohne hier gleich um die Ecke.«

»Ist das ein unmoralisches Angebot?«

»Nee«, sagt Tobi. »Du bist echt nicht unser Typ!«

Alle drei müssen grinsen, und Will gibt sich geschlagen und geht mit dem Paar in Felix' Wohnung, auch wenn sich das alles ziemlich seltsam anfühlt. Seine Kopfschmerzen müssen warten. Vielleicht erfährt er etwas über Millie. Etwas, das ihm weiterhilft und ihn nachts wieder schlafen lässt.

Die Sonne ist untergegangen, und der Nieselregen hat aufgehört. Ich sitze im Dunkeln am Meer und höre dem Rauschen zu. Irgendwo weit hinter mir sind die Lichter der Promenade von Brighton. Rechts von mir sehe ich den beleuchteten Pier. Eine funkelnde Lichterschlange, die sich im Wasser spiegelt. Ab und zu schallen Musikfetzen zu mir herüber.

Vielleicht ist es mit Gedanken wie mit den Lichtern da drüben. Jeder Gedanke wird als Gefühl unten im Wasser gespiegelt. Anders ausgedrückt, es gibt keine Gedanken ohne Gefühle, obwohl das manchmal praktisch wäre, um mal in Ruhe und neutral über Dinge nachzudenken.

Mir kommen ein paar Zeilen aus *Dein Herz in tausend Worten* in den Sinn.

Mein Kopf ist übervoll mit Gedanken, und jeder Gedanke hat drei Gefühle im Schlepptau, die mich alle eifrig überfallen, ohne zu fragen, ohne anzuklopfen.

Megan sagt das zu Jasper, als er sie fragt, was sie denkt, während sie zusammen am Meer sitzen.

Ich würde gerne einen Gedankenzähmer anrufen, der mir alle Gedanken an Will aus dem Kopf lotst. Ich kämpfe gegen sie an, bis ich keine Kraft mehr habe und sie mich überschwemmen. Ich fühle mich wie die Lichter im Wasser, die verschwommen und verzerrt auseinanderfließen.

Felix' Wohnung ist klein, aber schön. Tobi bietet Will nicht nur einen Stuhl an, sondern gibt ihm auch wortlos eine Schmerztablette und ein Glas Wasser.

Will wirft ihm einen fragenden Blick zu.

Felix klopft ihm auf die Schulter. »Tobi sieht solche Dinge. Nicht wundern, einfach annehmen.«

Will schluckt die Tablette und muss sich vorstellen, dass es irgendwelche Drogen sind und er gleich blaue Männchen sieht, die auf der Küchenzeile Schlittschuh fahren.

Felix holt drei Flaschen Bier aus dem Kühlschrank und macht dabei Small Talk. Er redet über die nette Nachbarschaft hier im Viertel und über den guten Inder, der gleich auf der anderen Straßenseite ist.

»Magst du Indisch?«, fragt ihn Felix.

Will nickt. Er hat noch nicht genug Energie für lange Antworten.

»Soll ich uns was holen?« Tobi springt auf.

Bevor Felix oder Will widersprechen können, ist er schon aus der Tür.

»Ich weiß nicht, was ich falsch gemacht habe bei deiner Schwester. Ich habe das Gefühl, egal, was ich tue, sie entgleitet mir jedes Mal«, kommt Will jetzt auf den Punkt.

Felix dreht sich den Stuhl verkehrt herum, sodass die Lehne vorne ist, und setzt sich. Er stützt die Arme oben auf der Lehne ab. »Millie ist kompliziert. Ich könnte dir zwar sagen, was du falsch gemacht hast, aber ich könnte dir nicht sagen, dass die Situation jetzt anders wäre, wenn du alles richtig gemacht hättest.«

»Soll mich das ermutigen?«

»Das soll dir helfen zu verstehen.«

Etwas streicht um Wills Beine. Er erschrickt sich und sieht dann, dass es eine niedliche schwarze Katze ist.

»Das ist James.« Felix beugt sich lächelnd über seinen Stuhl, streckt den Arm aus und macht ein quietschendes Geräusch mit seinen Lippen. James lässt sich kurz von Felix streicheln und streicht dann wieder um Wills Beine. Will fährt ihm mit seinen Fingern vorsichtig über das samtige Fell.

»Was war falsch an meinen Aktionen?«, will er von Felix wissen.

»›Falsch‹ ist vermutlich das falsche Wort. Alles, was du gemacht hast, war groß – und Millie braucht es eher klein.«

Will denkt darüber nach und streichelt weiter den Kater, der nicht von seiner Seite weicht.

»Mich hättest du übrigens mit dem Konzert gekriegt. Ich steh auf so was! Ich liebe Sting!« Felix strahlt ihn mit seinen blauen Augen an.

Will lacht. »Na, wenigstens etwas.«

»Nein, ganz im Ernst. Es hat sich noch nie jemand so ernsthaft um meine Schwester bemüht. Das wollte ich dir sagen. Deshalb sind wir bei deiner Lesung aufgetaucht.« Felix sieht die Hoffnung, die in Wills Augen steht. »Ich kann dir echt nicht sagen, ob du bei Millie eine Chance hast. Ich fürchte, sie alleine muss die Tür finden.«

Die Haustür öffnet sich, als wäre das ihr Stichwort gewesen. Tobi hält triumphierend eine Tüte hoch, die einen herrlichen Duft verströmt. Felix stellt schnell drei Teller auf den Tisch, die Will verteilt. Es ist faszinierend, was ein gutes Essen, das man gemeinsam genießt, ausmachen kann. Felix, Tobi und Will unterhalten sich wie alte Freunde. Wills Kopfschmerzen lösen sich auf zwischen sahnigem Butter Chicken und knusprigem Papadam.

Der Zug ist leer. Wie jedes Mal ist es mir sehr schwergefallen, mich vom Meer zu trennen. Dinge, die in London völlig unmöglich erscheinen, sind plötzlich nicht mehr so groß und angsteinflößend, sobald man an der Küste steht.

Ich liebe Großbritanniens schroffe Strände. Ich mag den Kies und die Steilküsten, die dem Meer etwas entgegensetzen. Ich sollte öfter hier hinfahren, was ich jedes Mal denke, wenn ich auf dem Rückweg in die Stadt bin.

Mit jedem Kilometer, den der Zug zurücklegt, schmilzt mein

verwegenes Vorhaben, mich bei Will zu melden. Das Licht im Waggon ist unangenehm hell und macht es mir unmöglich, die dunkle Landschaft draußen zu sehen. Stattdessen schaut mich nur ein Drachenmädchen durch die Scheibe an. Ich sehe noch den Mut in ihren Augen, den sie am Meer gesammelt hat, aber uns trennt die Scheibe, und ich kann sie nicht erreichen.

Ich lege meine Finger an das kalte Glas. Sie schaut mich auffordernd an. Wenn ich könnte, würde ich die Glasscheibe überwinden und eins werden mit ihr. Ich wäre mutig und frei. Ich würde Will treffen und ihn küssen, bevor er etwas sagen kann.

Ich wende mich ab, um ihre Enttäuschung nicht zu sehen. Ich mache das, was ich immer mache, um mich besser zu fühlen. Ich lese. Ich weiß nicht, warum ich Wills Krimi mitgenommen habe. Es ist einfach passiert. Ich schlage das Buch auf, und schon nach ein paar Seiten vergesse ich, dass ich in einem Zug sitze und ein Drachenmädchen hinter der Scheibe gefangen ist. Ich verstehe, was alle an ihm finden. Sein Schreibstil ist klar und süffig. Er perlt wie Sekt auf der Zunge.

»Ihr habt alle unverlangt eingereichten Manuskripte geklaut?!« Will tunkt sein Stück Naan in den Rest der Soße, obwohl er schon mehr als satt ist. Es ist einfach zu lecker, um aufzuhören.

»Gerettet!«, verbessert Tobi. »Es war eine echte Rettungsaktion mit allen Schikanen! Als da plötzlich dieser Geist unten an der Treppe stand …«

»Tobi wäre fast gestorben vor Angst! Wir wären alle fast gestorben vor Angst …«, fällt Felix ihm ins Wort und nimmt seine Hand.

»Das konnte ja auch keiner ahnen, du musst dir vorstellen, ein unheimliches Verlagshaus im Dunkeln, und plötzlich taucht aus dem Nichts diese Frau mit einer Laterne in der Hand auf.«

»So gruselig! Ich habe wirklich erst gedacht, sie ist ein Geist!«

»Ich auch!«

Will hat Mühe, der Geschichte zu folgen, weil Tobi und Felix wetteifern, wer erzählen darf, und zwischendurch vergessen, dass er selbst gar nicht dabei war.

»Wer war die Frau?«

»Sie arbeitet auch im Verlagshaus. Ich glaube, sie ist Rezeptionistin. Sie ist etwas seltsam ...«

»Und angsteinflößend!«

Felix lacht. »Weißt du noch, wie sie dich gefragt hat, ob deine Familie aus Irland kommt, und du so ...« Er macht Tobi nach und nickt beflissen und steht stramm.

Tobi und Felix schmeißen sich weg vor Lachen, und Will bleibt nichts anderes übrig, als abzuwarten, bis sie damit fertig sind.

Tobi reißt sich schließlich zusammen und erzählt die Geschichte zu Ende.

»Millie hatte die Idee, die vergessenen Geschichten zu retten, und die seltsame Rezeptionistin hat euch letztendlich geholfen, und bei ihr lagern jetzt auch die Manuskripte, hab ich das richtig verstanden?«

Felix und Tobi nicken.

»Aber war der Grundgedanke nicht, dass die Geschichten gelesen werden sollen?«

»Doch, so hat Millie sich das ursprünglich gedacht. Sie hat sich gewünscht, dass jede Geschichte den richtigen Leser findet.«

»Kennt sie die Manuskripte?«

Felix schiebt seinen Teller von sich weg. »Viele, aber vielleicht nicht alle, warum?«

»Ich hätte da eine Idee, was wir mit den ungeliebten Manuskripten machen können.« Will strahlt die beiden an.

»Seit wann lesen Sie Bestseller, Miss Thomas?«

Ich brauche eine Weile, bis die Worte bei mir ankommen. Ich hebe langsam den Kopf. Mrs Crane sitzt mir gegenüber. Ich weiß nicht, wo sie eingestiegen ist und seit wann sie schon da sitzt. Sie ist perfekt gestylt, so wie immer. Die Hochsteckfrisur und der dunkelrote Lippenstift. Sie trägt einen Trenchcoat. Mit dem Regenschirm in der Hand hat sie etwas von Mary Poppins.

Meine Stimme funktioniert so schnell nicht, und ich mache nur eine hilflose Geste.

»Er schreibt besser, als er singt. So viel ist schon mal sicher.«

Ich nicke nur, und plötzlich fällt mir ein, dass Mrs Crane ja das Konzert auf dem Garagendach mitbekommen hat. Ich spüre, wie ich rot anlaufe. Der Zug verlangsamt seine Geschwindigkeit.

»Ich muss hier raus. War nett, mit Ihnen zu plaudern, Liebes«, sagt Mrs Crane, als hätten wir uns eine Stunde unterhalten, dabei habe ich kein einziges Wort gesagt. »Lesen Sie zwischen den Zeilen, meine Gute, und dann zählen Sie eins und eins zusammen. So wie Alice.«

Sie zwinkert mir zu und verschwindet leichtfüßig aus dem Zug.

Ich sehe sie nicht auf dem Bahnsteig, aber ich stelle mir vor, wie sie draußen ihren Regenschirm aufklappt und davonfliegt.

Der Zug fährt weiter. Was hat sie gesagt? Zwischen den Zeilen lesen? Eins und eins zusammenzählen wie Alice? Welche Alice? Meint sie etwa *Alice im Wunderland*? Ich durchforste mein Gehirn, was Alice zusammenzählt. Das war doch eine Metapher. Ich soll nicht wirklich zählen, ich soll einen Zusammenhang herstellen, indem ich zwischen den Zeilen lese.

Ich lese die Seite noch einmal und achte dabei nicht auf die Geschichte.

Ein Gedanke steigt in mir hoch, den ich noch nicht greifen kann. Der Duktus der Worte. Dieser Hauch von Melancholie.

Ich gucke hoch in die Augen des Drachenmädchens. Sie leuchten.

»Will ist J. Abberwock!«, sagen wir beide gleichzeitig. Lautlos zerspringt die Scheibe zwischen uns.

Moon over Bourbon Street

Mein Kakao und Rebeccas Kaffee stehen unberührt vor uns. Wir sitzen eng nebeneinander, die Köpfe in den beiden Texten vergraben, die ich mitgebracht habe.

Im *Serendaccidentally* ist es voll. Fast jeder Tisch ist besetzt. Wir hören und sehen davon nichts, so konzentriert sind wir auf die Worte.

»Was denkst du?«, frage ich aufgeregt, nachdem Rebecca eine ganze Weile lang abwechselnd den Krimi von William Winter und das Manuskript von J. Abberwock gelesen hat. Ich bin so gespannt auf ihre Einschätzung, dass ich meine Hände zu Fäusten balle und in meine Fingerknöchel beiße.

Rebecca löst langsam den Blick vom Text und schaut mich an. Dann schaut sie wieder auf den Text.

»Millie, ganz ehrlich, das kann ich dir nicht beantworten. Es könnte sein, aber es ist für mich nicht eindeutig. Die beiden Romane sind so unterschiedlich, allein das Genre. An welchen Textstellen oder Wörtern meinst du zu sehen, dass es dieselbe Person geschrieben hat?«

Ich schüttle den Kopf. »Das ist ein Gefühl, ein Bauchgefühl. Außerdem hat Mrs Crane mich darauf gebracht.« Ich erzähle Rebecca von der Begegnung mit ihr im Zug.

»Gibt es eigentlich irgendetwas im Verlag, was Mrs Crane

nicht weiß? Die Frau ist überirdisch!« Rebecca benutzt alle Gesichtsmuskeln auf einmal und bringt mich damit zum Lachen.

»Aber wenn wir logisch denken, abgesehen von meinem Bauchgefühl und Mrs Cranes überirdischen Fähigkeiten, dann war Will zur selben Zeit im Hotel Little Sheep, als wir uns mit Abberwock treffen wollten«, sage ich aufgeregt.

»Der dann leider nur seinen nervigen Agenten geschickt hat«, ergänzt Rebecca. »Und ganz zufällig auch der Agent von William Winter ist. Ich meine, das ist jetzt nichts Ungewöhnliches, an sich. Agenten haben im Normalfall mehrere Autoren, aber hier kommen schon viele Indizien zusammen, die darauf schließen lassen – Will könnte tatsächlich J. Abberwock sein!«

Meine Gedanken laufen in alle Richtungen gleichzeitig. Will hat seine Frau verloren, so wie Jasper. Der Dämon, der ihn nachts besucht, ist ein Drache, und den Jabberwock aus dem Gedicht in *Alice hinter den Spiegeln* kann man als Drachen deuten. Der Sonnenbrillenmann aus dem Aufzug mischt sich mit Jasper und dem Bestsellerautor William Winter. Ich weiß nicht mehr, was ich glaube und was ich mir vielleicht nur wünsche. Ich realisiere, dass Rebecca mir eine Frage gestellt hat, die ich nicht mitbekommen habe.

»Was hast du jetzt vor?«

»Herausfinden, ob Will wirklich *Dein Herz in tausend Worten* geschrieben hat.«

»Und wie willst du das anstellen?«

»Ich werde ihn treffen«, sage ich mit fester Stimme. Das Drachenmädchen in mir strahlt mit Rebecca um die Wette.

Ich flüstere jetzt. »Ich muss das aber schnell machen, solange ich noch den Mut dazu habe.«

Rebeccas Gesicht wird liebevoll. »Das verstehe ich«, flüstert sie zurück.

»Willst du ihn anrufen?«

Ich schüttle den Kopf.

»Soll ich ihn anrufen?«, fragt sie flüsternd.

Ich seufze. »Ich muss ihn selbst kontaktieren, sonst gilt es nicht.«

»Dann schreib ihm eine SMS. Schlag ihm vor, du kommst heute Abend zu ihm. Dann seid ihr an einem ungestörten Ort, und du kannst gleich sehen, wie er wohnt, und es mir dann erzählen!« Sie schafft es jetzt nicht länger zu flüstern, ihre Stimme schwillt an vor Begeisterung.

Mir wird flau im Magen bei dem Gedanken, ihn heute Abend zu treffen.

Das Drachenmädchen in mir klatscht in die Hände.

»Gib mir seine Nummer.«

Rebecca wühlt ihr Handy heraus, und ich tippe mit zitternden Fingern den Text, der mir als Erstes einfällt. Ich weiß, sobald ich anfange, darüber nachzudenken, kann ich nichts mehr schreiben.

Lieber Will,
hier ist Millie, das Drachenmädchen. Ich würde
heute Abend gerne zu dir kommen und reden. Hast
du Zeit?

Ich schicke den Text ab, bevor ich ihn anzweifeln kann.

»Aber hallo! Millie! Jetzt willst du es aber plötzlich wissen! Was ist mit dir passiert?« Rebecca schaut mich mit Hochachtung an.

Ich denke nach. Die Frage ist nicht leicht zu beantworten. »Ein bisschen Rebecca, ein bisschen Felix, ein bisschen Meer und Wind, etwas Mrs Crane und vielleicht auch etwas David. Das ist mit mir passiert.«

»David? Unser David?«

»Das ist eine andere Geschichte ...«, winke ich ab.

Bevor mich Rebecca dazu bringen kann, mehr zu erzählen, kommt eine SMS.

»Lies vor!«, schreit Rebecca aufgeregt.

Ich atme tief durch. Meine Finger gehorchen mir nicht richtig, und ich habe Angst, die Nachricht aus Versehen zu löschen.

Liebe Millie,
ich freue mich sehr, von dir zu hören.
Ich werde ab 6 pm auf dich warten. 12 Bourbon
Street, Notting Hill.

Rebecca umarmt mich so fest, dass ich keine Luft kriege, aber das ist egal, denn ich bekomme sowieso keine Luft gerade. Sie hält mich fest, und ich spüre ihren Herzschlag und ihre weichen Haare. Sie ist warm und nah, und das ist überhaupt nicht unangenehm, sondern schön. Was immer auch heute Abend passieren wird. Ich habe eine Freundin, die mich umarmt.

Die Nummer stimmt. Will hat sie jetzt zehnmal überprüft. Sicherheitshalber hat er auch noch Felix angerufen, der ihm bestätigt hat, dass die Nummer seiner Schwester gehört.

»Kannst du glauben, dass sie sich tatsächlich bei mir gemeldet hat?«, fragt Will ihn glücklich.

»Nein.«

»Was soll das heißen? Meinst du, jemand anderes hat es von ihrem Handy aus geschickt?« Will wird sofort nervös.

»Alter, Felix verarscht dich nur!«, ruft Tobi aus dem Hintergrund.

»Nein, ernsthaft, ich bin überrascht, aber das ist toll. Ich freu mich für euch!«, sagt Felix. »Und Will ... keine großen Gesten. Fahr alles etwas runter, dann klappt das schon. Und lass ihr Zeit mit allem, und wehe du fasst ihr an die ...«

Will hört ein kurzes Gerangel, dann ist Tobi am Apparat.

»Du machst das schon. Hör nicht auf ihren überfürsorglichen Bruder und fass ihr ruhig ...«

»Nix wird angefasst! Nix! Nur reden!«, schreit jetzt Felix aus dem Hintergrund.

»O. k., Leute, das war ... hilfreich. Ich leg jetzt auf!« Will legt auf, bevor ihm noch jemand sagen kann, was er an Millie berühren darf und was nicht.

Ihm geht es sowieso nur um einen einzigen Körperteil heute Abend. Ihr Herz. Solange er es schafft, ihr Herz zu berühren, ist alles andere egal.

Er rennt durch seine Wohnung. Ihm kommen tausend Ideen, was er für sie vorbereiten könnte, aber Felix' Warnung im Ohr – keine großen Gesten – macht das alles zunichte. Soll er einfach gar nichts vorbereiten, sie nur reinbitten und reden? Und wo sollen sie sitzen und reden?

Er rennt von der Küche in die Bibliothek und wieder zurück. Seine ganze Wohnung ist eine einzige verdammt große Geste!

Er hat nur diese Chance. Sie will zu ihm kommen und mit ihm reden! Vermutlich will sie auch sehen, wie er wohnt. Normalerweise kann man von Wohnungen auf ihre Bewohner schließen, aber in diesem Palast, in dem nicht mal er selbst sich findet, wird sie nichts von ihm sehen.

»Will, sei einfach, wie du bist. Mehr braucht es gar nicht.«

Will schaut nach rechts zu Megans Bild auf der Küchenzeile.

»Ich weiß gar nicht mehr, wie ich wirklich bin«, gesteht er ihr.

»Dann ist heute der Tag, um es herauszufinden.«

»Und das ist für dich in Ordnung?«

»Ja und nein. Es wird nie für uns in Ordnung sein, dass unser ›für immer‹ so kurz war. Viel zu kurz. Ein ganzes Leben zu kurz, Will. Aber aus irgendeinem Grund war es so. Und jetzt gilt es, das Beste daraus zu machen. Vergleich Millie nicht mit mir. Vergleich das, was ihr haben werdet, nicht mit dem, was wir hatten. Du bist ein anderer Mann als damals, und alles, was sie möchte, ist, diesen Mann kennenlernen, mit all seinen Ecken und Kanten.«

»Nicht zu vergessen das Loch im Herzen!«

»Jetzt wirst du theatralisch.«

»So bin ich. Ich sollte doch ich selbst sein.«

Will nimmt das Bild und wischt es mit dem Ärmel von seinem Pulli sauber. Noch drei Stunden bis 6 pm.

Mir ist den ganzen Weg bis nach Notting Hill schlecht vor Aufregung. Ich klammere mich in der *Tube* an eine Stange und schaue ab und zu im Fenster auf mein Spiegelbild. Das Drachenmädchen hat genau so viel Angst wie ich. Ich habe das Gefühl, mein ganzer Mut ging schon mit der SMS drauf, und jetzt ist kaum noch genug übrig, um es in Wills Straße zu schaffen. Die Adresse sagt mir nichts, aber als ich in die Bourbon Street einbiege, kommt mir alles sehr bekannt vor. Um Punkt sechs stehe ich vor der Nummer zwölf. Es ist eine große Villa mit drei Etagen. Hier war ich schon einmal. Es war dunkel, und ich bin durch die Tiefgarage reingekommen. Der Mond stand über der Straße, als ich das letzte Mal in sie eingebogen bin.

Will wohnt im selben Haus wie Mrs Crane! Ich schaue auf den Klingelschildern nach. Drei Parteien wohnen hier. CRANE steht auf dem Klingelschild in der Mitte, WINTER steht ganz oben. Ich erinnere mich an die Schritte, die ich auf der Treppe gehört hatte. Ich erinnere mich auch an das imposante Treppenhaus und den Aufzug und Mrs Cranes riesige Wohnung.

Was habe ich denn gedacht, wie ein internationaler Bestsellerautor wohnt? In einer kleinen Zwanzig-Quadratmeter-Wohnung mit Balkon? Ich schüttele den Kopf über mich selbst.

Das ist alles zu weit weg von mir und meinem Leben. Ich kann das nicht. Ein Gefühl von Fremdheit steigt in mir auf und breitet sich im ganzen Körper aus. Ich möchte nach Hause fahren, mir ein Spiegelei braten und auf meinem Sofa ein vergessenes Manuskript lesen. Alles in mir sträubt sich, das Klingelschild mit der Aufschrift WINTER zu drücken. Langsam drehe ich mich um und gehe zurück Richtung U-Bahn.

Will hat geduscht, sich dreimal umgezogen und alles vorbereitet. Er weiß jetzt, wo sie reden werden. Felix wäre stolz auf ihn. Er atmet tief durch, als er einen Blick auf die Uhr wirft. Sechs Uhr. Er hat ihr geschrieben, *ich warte ab 6 auf dich*, es kann natürlich sein, dass sie erst um sieben oder acht kommt. Er setzt sich an die Küchenbar und schenkt sich ein Glas Wasser ein, ist dann aber zu nervös, um sitzen zu bleiben, und trägt das Glas Wasser etwas durch die Wohnung. Um sich abzulenken, summt er eine Melodie vor sich hin, die er im Kopf hat.

Millie beschleunigt ihre Schritte. Mit gesenktem Kopf läuft sie die Straße zurück und rennt so direkt Mrs Crane in die Arme.

»Miss Thomas! Na, das ist ja ein Zufall! Ein Glück, dass ich Sie hier treffe. Seien Sie doch so lieb und helfen mir, die Einkäufe nach oben zu tragen, ja, Liebes?«

Ehe Millie etwas sagen kann, drückt Mrs Crane ihr schon zwei von den vier braunen Papiertüten in die Hand. An Mrs Cranes Seite geht sie die Treppenstufen hoch. Mrs Crane schließt die Tür auf, und sie betreten das imposante Treppenhaus.

»Wir müssen leider die Treppe nehmen. Der Aufzug ist heute

wegen Wartungsarbeiten außer Betrieb. Ärgerlich, aber was will man machen?« Energisch steigt Mrs Crane hinter Millie die Treppen hoch. Sie schiebt sie vor sich her und benimmt sich wie ein Hütehund, der auf eine Herde Schafe aufpasst. Millie bezweifelt langsam, dass sie sich zufällig getroffen haben. Außer Atem kommen die Frauen auf Mrs Cranes Etage an.

»Millie, vielen Dank für die Hilfe!«, schreit Mrs Crane durchs Treppenhaus, während sie ihre Wohnungstür aufschließt.

Wenn er nicht völlig taub ist, weiß Will jetzt sicher, dass sie da ist.

»Sie können mit dem Theater aufhören, Mrs Crane. Ich geh schon hoch.«

»Wir alle brauchen manchmal einen kleinen Schubs in die richtige Richtung, Liebes«, sie lächelt und nimmt Millie die Tüten ab. Statt in die Wohnung zu gehen, bleibt sie abwartend in der geöffneten Tür stehen.

Sie will sichergehen, dass Millie die Treppen nach oben und nicht nach unten nimmt.

Beide hören, wie oben eine Tür geöffnet wird.

»Viel Glück«, flüstert Mrs Crane.

Millie dankt ihr mit einem Nicken und steigt mit weichen Knien die Treppe hoch.

Will steht oben im Türrahmen und wartet auf sie. Er trägt Jeans und ein weißes Leinenhemd. So eine ähnliche Kleidung hatte Rebecca vorausgesehen, die sie ausführlich zu ihrem Outfit beraten hatte. Millie nimmt in ihrem Blümchenkleid die letzten Stufen der Treppe und weiß nicht, wohin sie sehen soll. Auch Will schaut zwischendurch auf den Boden, damit sie sich nicht so beobachtet fühlt, während sie auf ihn zukommt.

Als sie oben angekommen ist, funktioniert ihre Stimme nicht.

Will hebt zur Begrüßung die Hand und sagt auch nichts. Er lässt sie eintreten und schließt dann die Tür.

Verlegen stehen sie im Flur.

»Ich habe mir etwas überlegt, das uns das Treffen etwas leichter machen könnte.« Er knetet nervös seine Hände, während er spricht und vor ihr herläuft. »Meine Wohnung ist etwas ... überdimensional ...«, er zeigt entschuldigend auf den riesigen Küchenbereich, der sich vor ihnen öffnet. Hohe Flügeltüren führen von hier aus überall in andere noch größere Zimmer.

Millie schaut sich eingeschüchtert um.

»Ich möchte, dass du mich so kennenlernst, wie ich bin. Und ich bin mir einfach nicht sicher, wie viel Will überhaupt in dieser Wohnung steckt.«

Er zeigt auf die hohen Decken und den Boden aus Sichtbeton, der der ganzen Wohnung einen modernen Industriecharakter verleiht.

»Deshalb hab ich mir etwas ausgedacht!« Er verschränkt jetzt die Finger ineinander und wirkt aufgeregt.

Er winkt ihr, und sie folgt ihm um die Ecke. Er zeigt auf eine geöffnete Aufzugstür. Es ist der Aufzug, den Millie schon kennt. Hier haben sie die Manuskripte rein- und rausgeschleppt, aber jetzt ist er völlig verwandelt. Das Licht im Aufzug ist aus. Der Boden ist mit Decken und Kissen ausgelegt. Zwei Taschenlampen liegen bereit, und ein Picknickkorb steht in einer Ecke.

Sie schaut ihm das erste Mal richtig ins Gesicht und lächelt. »Das ist eine sehr schöne Idee«, sagt sie leise.

Mit einer Geste fordert er sie auf, im Aufzug Platz zu nehmen. Sie setzt sich auf die linke Seite, er nimmt die rechte.

»Ich habe ein Handy dabei und Taschenlampen. Wenn es für dich okay ist, würde ich jetzt die Tür schließen. Dann sind wir im

Dunklen, so wie damals, nur diesmal kann nichts passieren.« Er stahlt sie an.

Sie nickt glücklich. »Okay. Ich bin dabei.«

Seine bernsteinfarbenen Augen sind das Letzte, was sie sieht, als sich die Tür schließt und samtweiche Dunkelheit sie umgibt.

Still sitzen beide da und lassen den dunklen Aufzug auf sich wirken.

»Meinst du, wir kommen so wirklich zurück ...?« Millie will nicht »in unsere Welt« sagen und lässt den letzten Teil vom Satz offen.

»Ich weiß es nicht. Aber ich hoffe es.« Will stopft sich ein Kissen in den Rücken.

Wieder sitzen beide still da und warten.

»Vielleicht ist es der falsche Aufzug?«, fragt Will, der sich einfach nur komisch fühlt.

Millie schüttelt den Kopf, was er nicht sehen kann. »Ich denke, es liegt an uns.«

Will tastet nach Millies Hand. Als er sie findet, zuckt sie zuerst zurück, aber dann kommt ihre Hand wieder und legt sich in seine.

»Wie ist es jetzt?«, fragt Will.

»Etwas besser«, flüstert Millie. Sie holt tief Luft. »Ich möchte dir ein paar Dinge sagen.«

Er antwortet mit einem Händedruck.

»Es tut mir leid, dass ich zweimal weggelaufen bin. Heute übrigens schon wieder. Mrs Crane, deine Nachbarin, hat mich wieder eingefangen. Ich ... übe noch.«

Will muss grinsen. Vielleicht spürt sie das über seine Hand.

»Und ich möchte dich etwas fragen.«

»Schieß los.«

Millie zögert. Eigentlich wollte sie ein paar Zeilen aus *Dein Herz in tausend Worten* zitieren, aber ihr Bauchgefühl sagt ihr, dass das nicht richtig wäre. Wenn Will tatsächlich J. Abberwock ist, dann hat er die Zeilen für seine verstorbene Frau geschrieben. Sie gehören ihm und ihr.

Sie traut sich aber auch nicht, direkt zu fragen, also fängt sie an, das Gedicht *Jabberwocky* von Lewis Carroll zu zitieren. Leise sagt sie die erste Strophe auf. Als sie damit fertig ist, fällt Will mit der zweiten Strophe ein. Er betont die lustigen Fantasiewörter, die Millie so liebt wie *Jubjub bird* und *Bandersnatch*.

Sie sagen das komplette Gedicht zusammen auf und hören zu, wie es die Aufzugwände nach draußen kriecht.

»Bist du J. Abberwock, Will?«

Will zieht seine Hand weg. Sie hört ihn leise schniefen.

Sie geht auf die Knie und rutscht etwas näher an ihn heran, tastet nach seinem Körper und umarmt ihn.

Sie hält ihn fest, und er weint wie ein Kind. Das war so nicht geplant. Alles ist seltsam und auf den Kopf gestellt. Er hat keine Wahl. Es weint ihn einfach. Millie ist da, und ihre Hände streichen beruhigend über seinen Rücken, so wie damals im stecken gebliebenen Aufzug.

»Taschentuch?«, fragt sie, als er sich ein bisschen beruhigt hat.

Er nickt an ihrer Schulter, und sie tastet im Dunkeln nach ihrer Handtasche.

Nachdem er sich die Nase geputzt hat, legt er sich auf den Rücken und zieht Millie in seinen Arm.

»Danke, dass du da bist.«

Millie wird ein bisschen rot, aber das sieht ja keiner. »Ich hab dein Manuskript im Raum des Vergessens gefunden. Er heißt jetzt nicht mehr so, aber ich habe ihn damals so genannt.« Millie erzählt ihm die ganze Geschichte, vom Finden, Lesen und Verteilen der Zeilen.

»Dann hast du sie im *Serendaccidentally* aufgehängt, nicht Rebecca?«

»Rebecca hat nur den Zettel gefunden und sich dann an das Manuskript erinnert. Und dann ist sie mir ziemlich schnell auf die Schliche gekommen.«

»Was ich noch nicht verstehe ...« Will verschränkt seine Finger in Millies. Er kann ihre Haare riechen, und sein ganzer Körper erinnert sich an den Geruch.

»Warum hast du die Zeilen aus dem Buch verteilt? Wolltest du mich so finden?«

Millie schüttelt den Kopf auf seinem Arm. »Dein Roman ist etwas ganz Besonderes. Er hat es nicht verdient, im Raum des Vergessens zu liegen. Er hat mich bewegt, und ich wollte, dass er auch andere Menschen erreicht, wenigstens in Teilen.«

»Und wie ist es gelaufen?«

»Es war schön. Ich glaube, es hat einige ein bisschen glücklich gemacht für den Moment. Und das ist ja der ganze Grund, warum man liest. Man hofft auf Zeilen, die ein schönes Gefühl in einem wecken.«

»Und wie bist du darauf gekommen, dass ich der Autor sein könnte?« Will streichelt mit seiner Hand ihren Arm. Er tut das ganz behutsam und hört gut zu, was ihr Körper antwortet.

Millie hat keine Lust mehr, sich weiter mit Wörtern zu unterhalten. Die nonverbale Kommunikation, die Will gestartet hat, verursacht wieder das kleine Prickeln, das sie schon von ihrer ersten Begegnung kennt.

»Intuition ...«, antwortet sie etwas unkonzentriert. Ihre Hand macht sich gerade selbstständig und redet mit Wills Unterarm.

»Und du warst auch zur selben Zeit im Hotel, als Rebecca und dein Agent sich getroffen haben.«

»Du hast sie ins Hotel geschickt und ich Coren ...«

»Und wir sind dann gemeinsam im Aufzug stecken geblieben«, vervollständigt Millie, während seine Hand immer neue prickelnde Bläschen unter ihrer Haut entstehen lässt.

»Das ist ein ziemlich schöner Anfang für eine Liebesgeschichte, findest du nicht, Drachenmädchen?«

Millie richtet sich auf. Sie weiß, wie sie darauf antworten will, sie weiß nur nicht, ob sie sich traut. Will liegt ganz still und wartet ab. Ihre Hände schweigen. Millies Herz klopft wie verrückt, dabei ist noch gar nichts passiert. Langsam beugt sie sich über ihn. Sie kann die Wärme seiner Lippen spüren, noch bevor sie sich berühren. Vorsichtig küsst sie ihn, und er antwortet ihr sanft.

Das Drachenmädchen breitet seine Schwingen aus.

Und fliegt.

Rebecca und Coren

Als die Sonne aufgeht, bietet Will an, Millie nach Hause zu fahren. Durch seine Küchenfenster fallen die ersten Strahlen vom Morgenlicht. Millie hat diese Tageszeit schon einmal in diesem Haus erlebt.

Den Aufzug haben sie schon vor ein paar Stunden verlassen. Der Picknickkorb war leer, und Millie hatte plötzlich großen Hunger auf ein Spiegelei. Ihre beiden Teller stehen noch an der Küchenbar, als sie gemeinsam den Aufzug betreten und mit ihm hinunter in die Tiefgarage fahren.

»Auf Wiedersehen, Miss Butterfly, es war mir eine Ehre«, sagt Will, als sich die Türen schließen und der Aufzug sich auf den Weg nach unten macht.

Millie schaut ihn fragend an. Sie versinkt in seinem Pulli, der viel zu groß für sie ist, aber er hatte darauf bestanden, dass sie etwas von ihm über ihr Kleid zieht.

»Das muss ich jedes Mal sagen, wenn ich mit dem Aufzug nach unten fahre. Hast du etwa gedacht, du bist die einzige Seltsame hier?«

Er legt den Arm um sie.

Das schicke Auto schüchtert Millie nicht mehr ein. Sie hat in seiner Küche, die so groß ist wie ihre komplette Wohnung, Spiegelei gegessen, und das hat herrlich normal geschmeckt.

Will öffnet das Garagentor und fährt los.

Das morgendliche London reißt sie aus ihrem Kokon. Fußgänger, hupende Autos, Ampeln, die auf Rot springen. Je mehr Millie von dem Leben da draußen mitbekommt, umso schlechter fühlt sie sich.

»Alles o. k.?«, fragt Will mit einem Blick auf sie.

Millie schüttelt den Kopf. »Ich hab plötzlich Angst«, gesteht sie.

Will greift nach ihrer Hand und drückt sie, was so viel heißt wie: Sprich weiter, ich höre zu.

Millie atmet tief ein. »Du und ich im Aufzug. Das war sehr schön«, sagt sie leise.

Er lächelt.

»Du und ich in deiner Küche, das war auch sehr schön. Du hast das Spiegelei sunny side up gebraten, so mag ich es am liebsten.« Sie verstummt.

Er drückt aufmunternd ihre Hand.

»Ich weiß nicht, wie ein Du und Ich in dieser Welt da draußen aussieht. Es fühlt sich an, als würden wir einfach verpuffen. Du fährst mich nach Hause, und ich werde schlaflos im Bett liegen und mich tausend Dinge fragen. Ich ...«, sie zuckt hilflos mit den Schultern, » ... weiß auch nicht.«

»Du möchtest wissen, wie du und ich in der Welt da draußen existieren können? Und ob wir eventuell einfach verpuffen, wenn wir da rausgehen?«, fragt Will und schaut sie an.

»Ja.«

»Dann lass uns das herausfinden!« Er wendet den Wagen und steuert auf die Themse zu.

»Was machen wir?«, fragt sie, als er parkt.

»Wir machen da einen Morgenspaziergang, wo viele Leute langlaufen, und gucken, wie das ist. Du und ich. Was meinst du?«

Sie denkt kurz nach, dann lächelt sie und nickt. Er sprintet um das Auto, um ihr die Wagentür zu öffnen.

Hand in Hand gehen sie die Straße entlang. Ein paar Jogger überholen sie. Ein Bus hält, und ein Dutzend Menschen strömt um sie herum.

Wills Hand bleibt warm und sicher um Millies Hand geschlossen.

Niemand beachtet sie weiter. Will passt seine Schritte an Millies an.

»Und?«, fragt er. »Verpuffungsgefahr?«

Millie schüttelt den Kopf. »Es fühlt sich seltsam an …, aber gut!«, fügt sie erstaunt hinzu.

Am Fluss angekommen, laufen sie eine Weile schweigend nebeneinanderher. Das Sonnenlicht tanzt auf dem Wasser, ein paar Vögel fliegen über ihnen.

Will zieht Millie zu einer Bank. »Kann ich auch ein Angstgeständnis machen?«, fragt er. Seine bernsteinfarbenen Augen schauen sie ernst an.

Sie setzen sich.

»Natürlich.« Jetzt drückt sie seine Hand.

»Wenn du eine Nacht über diese Sache geschlafen hast, und wir uns – sagen wir mal – für morgen verabreden. Kann ich sicher sein, dass du auch kommst?«

Millie schaut über das Wasser. So viele kleine Wellen, die sich alle zusammen in die Fließrichtung bewegen. »Du hast Angst, dass ich wieder weglaufe?«

»Ich würde den Gedanken nicht für völlig abwegig halten.«

Millie nickt. Sie streicht ihm über die stoppelige Wange. Sie ist nicht die Einzige mit Angst. Jeder hat sie. »Wäre das schlimm?«

Er schaut ihr in die Augen. »Ja, Millie, das wäre schlimm. Ich habe dich gefunden, und ich will jetzt nicht mehr ohne dich durch diesen Dschungel laufen.«

»Ich will auch nicht mehr ohne dich durch diesen Dschungel laufen.«

Sie schauen beide auf die andere Flussseite, an der es vor Menschen nur so wimmelt.

Ein Obdachloser setzt sich zu ihnen auf die Bank und unterbricht ihre Liebeserklärungen. »Habt ihr vielleicht ein bisschen Kleingeld? Die Erlösung ist nah – was die Welt braucht, ist …«

»Ich kenn dich doch!«, sagt Will aufgeregt. »Du hast mir gesagt, ich werde meinen Engel finden! Du hast gesagt, ich soll dort suchen, wo alles seinen Anfang genommen hat, oder so ähnlich!«

Der Obdachlose nickt weise. »Ist sie das?«, fragt er und zeigt mit dem Zeigefinger auf Millie.

Millies Stimme versagt bei dem Versuch, ein Hallo hervorzubringen.

»Ja, das ist sie! Und weißt du was, du hast dir wirklich ein Trinkgeld verdient!«

»Da sag ich nicht Nein. Der Erlöser wird kommen, und er wird die erlösen, die erlösen!« Er macht eine salbungsvolle Geste gen Himmel.

Will steckt ihm einen großen Schein zu.

»Hab Dank, edler Ritter!« Er steht auf und verbeugt sich. Dann tanzt er davon.

»Das war schräg«, stellt Millie fest.

»Das ganze Leben ist schräg.«

»Vielleicht ist es zusammen leichter?« Millie rutscht näher an ihn heran.

»Das Risiko würde ich eingehen«, flüstert Will und küsst sie. Eine alte Dame geht vorbei und ein Mann mit einem großen

Hund. Eine Wolke schiebt sich vor die Sonne, und eine Autohupe schallt herüber.

»Wir sind immer noch nicht verpufft«, sagt Millie zufrieden, als sie sich zu Ende geküsst haben.

»Ich hab ehrlich keine Ahnung, warum wir uns unbedingt treffen müssen.« Missmutig klappt Coren seinen Aktenkoffer auf.

»Etwas mehr Enthusiasmus bitte. Ich könnte mir auch was Schöneres für meinen Samstagnachmittag vorstellen!« Rebecca wedelt genervt mit der Speisekarte.

»Wir sollen das Rechtliche und das Finanzielle klären«, seufzt Coren und legt eine ausgedruckte Excel-Tabelle auf den Tisch.

»Können wir vielleicht erst mal bestellen? Wieso kommt denn hier keiner?« Rebecca beugt sich vor, um den Kellner zu sehen, der irgendwo im hinteren Teil des Restaurants vom Little Sheep Hotel verloren gegangen ist.

»Es schmeckt hier sowieso nicht. Wir sollten das hier einfach schnell ...« Coren kommt eine Idee. »Wir müssen hier doch gar nicht sitzen. Ich meine, wenn wir schon Wills und Millies Kram regeln müssen, warum nicht an einem Ort, der uns gefällt?«

»Sprich weiter.« Rebecca lässt die Karte sinken und schaut ihn interessiert an.

»Magst du Pizza? So richtig ordinäre Pizza, mit dick Käse obendrauf, ohne Chichi?«

Rebeccas Gesicht verrät, dass sie gerade alles für so eine Pizza tun würde.

Coren grinst, wirft die Tabelle in seinen Aktenkoffer und sagt: »Dann nix wie weg!«

»Wir haben schon die Getränke bestellt«, wirft Rebecca ein und verrenkt sich wieder, auf der Suche nach dem Kellner.

Coren beugt sich zu ihr über den Tisch und raunt: »Dann laufen wir eben. So schnell wir können.«

Sie sehen sich an. Rebecca nickt. Wie auf ein geheimes Zeichen hin flitzen beide los. Sie nehmen die Treppe, denn den Aufzügen hier kann man ebenso wenig trauen wie dem Essen.

Rebecca ist erstaunt, wie schnell der rundliche Coren rennen kann, sie kommt kaum hinterher.

Im Pizza-Imbiss ist es voll und laut. Musik dröhnt aus einem Radio. Es gibt keine Gläser, man trinkt aus Flaschen, die man sich aus einem riesigen Kühlschrank selber holt.

Coren öffnet für Rebecca die Tür, und beide greifen nach derselben Sorte Limo.

»Orange mit Ingwer! Das ist einfach die Beste.« Rebecca sieht, dass weiter hinten ein kleiner Tisch frei wird, und zieht Coren am Ärmel.

»Definitiv. Alternativlos!«, stimmt er ihr zu und folgt ihr. Um sich zu setzen, muss man auf eine hohe Bank klettern.

Er lässt ihr den Vortritt und schwingt sich dann neben sie. Es ist nicht viel Platz, sie müssen sich zwangsläufig berühren.

Coren räuspert sich. »Was darf ich der jungen Dame denn für eine Pizza bringen?«

»Holt man die vorne an der Theke? Ich kann auch ...«, bietet Rebecca an zu gehen. Tatsächlich kann sie nirgendwo hingehen, solange Coren neben ihr sitzt und den Ausgang versperrt.

Coren nimmt ihre Bestellung entgegen, und zwanzig Minuten später beißen beide in den knusprigen Teig. Eine Weile lang versinken sie gemeinsam im Pizzaglück.

»Freust du dich für Will und Millie?«, fragt Rebecca und benutzt die dritte Serviette.

»Klar. Es ist schön, dass er endlich eine Frau gefunden hat, die die Mauer einreißt.« Coren zupft am Rand seiner Pizza rum.

»Aber?«, fragt Rebecca.

»Was aber?«, fragt Coren zurück.

»Dein Satz klang so, als würde sich hinter ihm ein Aber verstecken.«

Coren stutzt. Dann schüttelt er den Kopf, beißt wieder von seiner Pizza ab und murmelt: »Lektorinnen!«

»Das hab ich gehört.«

Coren zuckt mit den Achseln.

Rebecca seufzt und legt ihr Stück Pizza zurück auf den Teller. »Wenn wir einigermaßen miteinander klarkommen wollen, dann musst du dir schon etwas mehr Mühe geben.«

»Okay.« Coren wischt sich die Hände ab. »Du willst die Hobbypsychologin spielen und glaubst, es steckt ein Aber hinter meinem Satz. Dann erklär mir mal, was für ein Aber das sein könnte.« Er hebt seine Flasche, prostet ihr zu und trinkt.

Rebecca betrachtet ihn aus ihren blauen Augen. Dann sagt sie ruhig: »Will ist dein bester Freund. Du tust alles für ihn und freust dich wirklich, dass er mit Millie glücklich ist, aber ...«

Coren zieht erwartungsvoll die Augenbrauen hoch.

»Aber ab und zu würdest du dir wünschen, dass es auch mal um dich geht in eurer Beziehung. Ab und zu wäre es schön, wenn dir auch mal etwas Nettes passieren würde.«

Rebeccas Augen bleiben auf ihn gerichtet.

Er schaut weg. »Netter Versuch.«

»Du sagst, es ist nicht so?«

»Du sagst, ich bin neidisch auf meinen besten Freund.«

»Sind wir das nicht alle?« Jetzt schaut Rebecca weg und trinkt aus ihrer Flasche.

Will hat mir angeboten mitzukommen. Rebecca wäre sicher auch sofort dabei gewesen, aber das hier muss ich alleine machen. Außerdem möchte ich sie gerne überraschen. Ich gehe zuerst am Gewürzladen vorbei und rieche alles auf einmal. Ich trainiere ein bisschen, indem ich den Laden betrete und mich umsehe, statt wie sonst nur vorbeizulaufen.

Alles ist bunt. Mich springen so viele Etiketten gleichzeitig an, die gelesen werden wollen.

Der indische Ladenbesitzer kommt auf mich zu. Ich bekomme Herzklopfen, ich wollte ja nichts kaufen, nur gucken.

Er schenkt mir ein Lächeln und bedeutet mir mit Zeichensprache, meine Hand zu öffnen. Ich tue es, und er schüttet mir etwas in die Hand, das aussieht wie eine Mischung aus Körnern und Liebesperlen. Er macht mir vor, dass ich sie mir in den Mund schütten soll. Mir bleibt nicht wirklich etwas übrig, also schütte ich.

Die Mischung schmeckt fremd, aber lecker. Der rauchige Geschmack der Körner konkurriert mit dem süßen Geschmack der kleinen Zuckerperlen. Ich schmecke noch Minze heraus und etwas, das ein bisschen wie Lakritze schmeckt. Ich lächle, ohne es zu merken, aber der Ladenbesitzer sieht es sofort und freut sich.

Mit dem Körnergeschmack im Mund laufe ich weiter, bis ich den Schuhladen sehe. Erhaben steht er am Ende der Straße. Er kommt mir vor wie ein Schloss, von dem man die Türme und Zinnen schon von Weitem sehen kann. Eine bunte Flagge weht fröhlich vor dem Eingang.

Langsam gehe ich auf ihn zu.

Das Schaufenster ist wieder neu dekoriert. Überall hängen Schmetterlinge, und dazwischen stehen die Schuhe, die aussehen, als kämen sie direkt aus einem Märchen. Ich kann jetzt fliegen, sage ich mir, atme tief ein und aus und betrete den Laden.

Ich finde ein Regal mit meiner Größe und bewundere die

Schuhe jetzt aus der Nähe. Ich kann all die kleinen schönen Details erkennen. Vorsichtig berühre ich glitzernde Pailletten und kleine runde Perlen, die sich kalt und glatt unter meinen Fingerspitzen anfühlen.

Als mich die Verkäuferin von hinten anspricht, erschrecke ich mich. Ich fahre herum.

»Tut mir leid, ich wollte Sie nicht erschrecken. Sehen Sie sich ruhig in Ruhe um.« Sie zwinkert mir zu. Sie ist einen Kopf größer als ich, aber das kann auch nur an ihren hohen rot-gelb-geringelten Plateauschuhen liegen.

Ich nicke, und sie lässt mich weiter die Schuhe ansehen. Nach einiger Zeit kommt sie zurück an das Regal mit meiner Größe, vor dem ich immer noch wie verzaubert stehe.

»Welche gefallen Ihnen? Manchmal hilft es, wenn man sie aus dem Regal herausnimmt und einzeln betrachtet.«

Ich zeige stumm auf ein Paar, das mit blauem Samt überzogen ist. Jeder Schuh hat eine kleine Schleife, die gerade groß genug für ihn ist. Gegen die anderen Schuhe im Regal ist dieses Paar sehr schlicht, aber als die Verkäuferin es herausnimmt und auf einen Hocker stellt, leuchtet es.

»Probieren Sie die Schuhe doch einfach mal an!«, ermuntert sie mich.

Ich setze mich, ziehe mir umständlich meine einfachen weißen Stoffschuhe aus und schlüpfe in den Märchenschuh aus Samt. Ich versuche ein paar Schritte. Meine Füße haben festen Halt, ich bin etwas größer als sonst. In diesen Schuhen geht man nicht, in diesen Schuhen schreitet man. Ich muss grinsen bei dem Gedanken. Ich schreite den Laden auf und ab, betrachte mich im Spiegel, fühle mich fremd und gut und alles auf einmal.

Die Verkäuferin gleicht aus, dass ich kaum spreche, und redet davon, wie gut mir die Schuhe stehen und wie schön ich darin aussehe.

Das sagt sie zu jedem, sicher. Aber ich mag mein Spiegelbild. Das Drachenmädchen mit den Prinzessinnenschuhen sieht glücklich aus im Spiegel.

»Die nehme ich!«, sage ich. Meine Stimme funktioniert auf Anhieb.

Die Pizza ist längst gegessen. Coren und Rebecca sind bei ihrer vierten Orangen-Ingwer-Limonade. Sie haben alle Listen besprochen und danach noch etwas über ihre Schulzeit geredet. Rebecca weiß jetzt, dass Coren Chemie nur bestanden hat, weil er ein ausgeklügeltes System an Spickzetteln hatte, und Coren hat erfahren, dass Rebecca in Französisch immer auf der Kippe stand, weil sie in den jungen Lehrer verliebt war und kein Wort herausbrachte, wenn er sie aufrief.

»Hast du es ihm je gesagt?«, will er wissen.

Rebecca schüttelt den Kopf. »Wenn man keine Erwartungen hat, kann man nicht enttäuscht werden«, antwortet sie.

»Das ist mein Leitspruch bei Frauen!«, rutscht es Coren heraus.

»Hat dich jemand so enttäuscht?« Rebeccas blaue Augen schauen ihn an.

Es ist zu spät, um zu lügen. Sie haben zu viel geredet. Sie sitzen zu lange schon so nah nebeneinander, an dem kleinen Hochtisch in der Ecke. Coren nickt und schaut dabei in eine seiner leeren Flaschen, als würde er überlegen, wie er sich durch den Hals zwängen könnte, um sich in ihr zu verstecken.

Rebecca nickt auch. »Ich kenne das. Männer ...« Sie macht eine hilflose Geste mit der Hand in der Luft.

Coren interpretiert das falsch und gibt ihr mit seiner Hand ein High Five.

Ihre Handflächen landen kraftlos aufeinander. Coren schließt einem Impuls folgend seine Finger um Rebeccas und hält sie kurz fest. Dann lässt er los, räuspert sich und sagt: »Es ist spät, wir sollten los.«

Umständlich klettert er von der Bank herunter, geht an die Theke und bezahlt. Dieses Mal wehrt Rebecca die Einladung nicht ab.

Draußen ist es dunkel und kühl. Rebecca zieht fröstelnd ihre Strickjacke vorne zusammen.

»Na dann, vielen Dank. Wir sehen uns spätestens bei der Eröffnung.«

»Ja. Es war schön heute mit dir«, sagt Coren.

Rebecca legt den Kopf schief, als würde sie ihm nicht ganz glauben.

Sie stehen sich gegenüber. Beide sind gleich groß. Coren hält sich an seinem Aktenkoffer fest. Rebecca an ihrer Strickjacke.

»Wo musst du hin?«

Rebecca zeigt auf den U-Bahn-Schacht gleich an der Ecke.

»Dann komm gut nach Hause.«

»Komm du auch gut nach Hause.«

Beide wissen nicht, wie sie sich verabschieden sollen. Ein Handschlag wäre irgendwie zu förmlich. Coren hält ihr die Hand hin für ein High Five, Rebecca schlägt ein und schließt ihre Finger um seine. Sie sehen sich in die Augen, dann löst Rebecca ihre Hand aus seiner, dreht sich um und läuft zum U-Bahn-Schacht.

Coren sieht sie die Treppe herunterlaufen und verschwinden. Leise stößt er einen Fluch aus und geht in die entgegengesetzte Richtung davon.

Die Eröffnung

Ich habe vor Aufregung nicht geschlafen, aber das ist nicht schlimm. Will ging es ähnlich, und so haben wir die Nacht für andere Dinge genutzt. Es gibt sehr viel Neues zu entdecken. Mir kommt es so vor, als hätte sich mit dem ersten Kuss eine komplett neue Welt aufgetan. Ich hatte ja keine Ahnung, wie aufregend und schön das alles ist. Wenn ich in Büchern darüber gelesen hatte, fand ich es befremdlich und übertrieben. Leidenschaft war nur ein Wort. Die Adjektive, die benutzt wurden, wie »brennend«, »lodernd«, fand ich seltsam. Aber wenn ich es jetzt selbst beschreiben müsste, würden mir die Worte fehlen. Magnetisch vielleicht. Will übt auf mich eine magnetische Anziehungskraft aus. Wenn wir im selben Raum sind, und das muss längst kein dunkler Aufzug mehr sein, fällt es mir sehr schwer, ihn nicht zu berühren. Wir brauchen kein Kino, ja, nicht mal Bücher, wenn wir zusammen sind. Wir reden. Mal verbal und mal nonverbal.

Ich hätte nicht gedacht, wie viel ich zu sagen habe.

Seine Drachen sind nicht verschwunden, und selbst mit den neuen Schuhen funktioniert meine Stimme nicht immer automatisch, aber seit wir zusammen sind, ist das alles weniger wichtig und leichter. Ich verstehe Felix jetzt, und warum er gesagt hat, es lohnt sich, das Risiko für die Liebe einzugehen. Jeden Tag gehen

Will und ich es gemeinsam ein. Wir tasten uns voran auf einem unbekannten Weg.

Ich gucke auf die Uhr. In letzter Zeit kommen wir überall zu spät, weil wir so viel reden.

Will parkt schwungvoll ein. Ich mag es nicht, wenn er schnell fährt, und er zieht mich gerne damit auf.

»Da seid ihr ja endlich!« Rebecca winkt aufgeregt, als wir aussteigen.

»Ach, du darfst natürlich hier parken, oder was?« Coren, der eine Kiste Sprudel schleppt, schüttelt den Kopf.

Will darf hier ganz und gar nicht parken. Er hat sich unerlaubt hinter den kleinen Laden auf den Bürgersteig gequetscht.

»Wer wagt, der parkt«, sagt Will gut gelaunt und geht Hand in Hand mit mir an Coren vorbei.

Ich umarme Rebecca zur Begrüßung und warte darauf, dass sie meine neuen Schuhe entdeckt, aber sie ist viel zu aufgeregt.

»Ich hab uns etwas Verpflegung mitgebracht ... Abbey und David kommen gleich auch noch und ...«

Verpflegung. Das habe ich total vergessen.

»Will! Gib mir noch mal den Autoschlüssel, wir haben die Egg Sandwiches noch im Kofferraum!«

Will zieht den Schlüssel aus der Hosentasche, und als er ihn mir reicht und ich danach greife, zieht er mich zu sich in den Arm und küsst mich.

»Hallo! Erde an Millie! Wir waren mitten in einem Gespräch! Herrgott, ist das normal?«, fragt sie, während Will mich küsst.

Ich höre Corens Stimme, die sagt: »Vermutlich, aber nervig!«

Ich löse mich von Will und gehe mit rotem Kopf schnell zum Kofferraum.

Mit einem Korb voller Egg Sandwiches betrete ich den Laden, in dem wir die letzten zwei Wochen jeden Tag zugange waren.

Vor allem die Regalwand habe ich mithilfe von Felix und Mrs Crane stundenlang sortiert und mit den passenden Manuskripten gefüllt.

Der Tisch davor wurde heute spontan zu einem kleinen Büfett umfunktioniert.

Offenbar hat jeder etwas mitgebracht. Ich schiebe eine Etagere mit Scones zur Seite, um etwas Platz für die Sandwiches zu finden.

»Ist Mrs Crane schon da?«, frage ich Rebecca und tauche heimlich meine Fingerspitze in die Clotted Cream.

»Was glaubst du denn? Die war die Erste! Sie kümmert sich gerade vorne um das Schild.«

Wir haben den Hintereingang genommen. Ich gehe jetzt durch den kleinen Laden zum Vordereingang, durch den auch die Kunden kommen werden.

Mrs Crane dirigiert einen Mann auf einer Leiter.

»Nach oben, mehr, mehr, stopp, zu viel«, ruft sie ihm zu.

Erst auf den zweiten Blick erkenne ich Mr Anderson. Will steht hinter mir und umarmt mich von hinten. Zusammen schauen wir auf das Schild.

Laden der vergessenen Geschichten

»Finde ich immer noch zu dramatisch. ›Lies, was du willst‹ wäre viel besser gewesen!« Felix steht auf einmal neben uns.

»Große Brüder wissen immer alles besser, so ist das!«, sagt Tobi entschuldigend zu mir und nimmt Felix auch von hinten in den Arm.

Will löst sich von mir und umarmt beide Männer gleichzeitig.

»Na, ihr Knalltüten! Was habt ihr zu essen mitgebracht?«

»Der Inder hatte zu, deshalb haben wir uns um die Getränke gekümmert. Muss ja auch einer machen.«

»Hat schon einer.« Coren stellt sich zu uns in die Reihe.

»Aber er hat nur Sprudel.« Rebecca beugt sich hinter ihm vor, damit wir sie sehen können.

»Nur Sprudel? Was heißt denn bitte ›nur‹? Ohne Wasser sieht jede Party alt aus! Das ist die Basis, die Essenz!«, verteidigt sich Coren.

»Millie! Neue Schuhe?« Tobi hat sie zuerst entdeckt.

Rebecca hüpft wild auf und ab, als sie sieht, was ich anhabe. Sie umarmt mich stürmisch und flüstert mir »Herzlichen Glückwunsch« ins Ohr.

»Wenn sich alle wieder beruhigen könnten. Wir haben in zwei Minuten eine Lagebesprechung im Laden!«, ruft Mrs Crane laut in unsere trubelige Gruppe.

»Seit wann ist sie die Chefin?«, fragt Rebecca leise.

»Eigentlich schon immer«, sagt Mr Anderson, der von der Leiter wieder auf den Boden gestiegen ist.

Anfangs war es ein ziemlicher Schock, als er letzte Woche hier auftauchte. Ich weiß auch immer noch nicht, wer ihm die ganze Geschichte erzählt hat, aber das ist auch nicht wichtig, weil er mit Feuereifer dabei ist, so wie wir alle.

Zur Lagebesprechung sind dann auch Abbey und David da. Ich beobachte die beiden. Sie stehen ganz normal nebeneinander. David hat ihr wohl noch keine Rose geschenkt.

Mrs Crane ergreift das Wort. »Wir sind heute alle hier, um die Eröffnung des Ladens der vergessenen Geschichten zu feiern. Wir machen heute das möglich, was sich jeder Leser wünscht. Ein Buch zu kaufen, das genau zu ihm passt. Rebecca, ist die Befragungslounge vorbereitet?«

Rebecca nickt übereifrig.

»Wir würden heute nicht hier stehen, wenn es Millie Thomas nicht geben würde, die mit Herz und Verstand die abgelehnten Manuskripte entdeckt und gerettet hat.«

Alle drehen den Kopf zu mir, und ich werde furchtbar rot. Will umarmt mich schnell und gibt mir die Gelegenheit, mich ein bisschen bei ihm zu verstecken.

Felix und Tobi verteilen mitten in der Rede Gläser mit Sekt.

»Auf Millie!«, sagt Mr Anderson und hebt sein Glas.

»Auf Millie!«, sagen alle im Chor und prosten mir zu.

Ich werde heute vermutlich gar nicht mehr zu einer normalen Gesichtsfarbe kommen, aber ich stelle erstaunt fest, dass es auch ein bisschen schön ist, von allen gelobt zu werden. Vor allem für etwas, für das man normalerweise eher gefeuert wird. Ich schaue in die Runde und sehe lauter Geschichtenliebhaber. Menschen, die für eine schöne Erzählung ihr indisches Essen kalt werden lassen oder ihre Bahn verpassen oder auch ein größeres Risiko eingehen.

Ich merke plötzlich, dass es jetzt wohl an mir ist, ein paar Worte zu sagen. Ich hebe mein Glas, meine Stimme wackelt etwas, als ich spreche.

»Ich danke euch allen! Ihr seid toll! Als ich im Verlag anfing, dachte ich noch, ich sei anders als alle. Ihr wisst schon. Aber jetzt habe ich verstanden, dass wir alle für die gleiche Sache brennen. Wir lieben Bücher. Und ohne Bücher wäre die Welt ...« Ich mache eine große Geste. Mir fällt kein passender Vergleich ein.

»Von allen Welten, die der Mensch erschaffen hat, ist die der Bücher die gewaltigste. Heinrich Heine«, sagt David und verbeugt sich.

Wir lachen und klatschen.

Die Türglocke geht, und ein junger Mann betritt den Laden. »Entschuldigung, ich habe das Schild gesehen und war neugierig. Haben Sie schon geöffnet?«

»Selbstverständlich. Sie sind der erste Kunde. Wenn ich Ihnen kurz erklären darf, wie das hier funktioniert?« Coren schiebt sich nach vorne.

Der Kunde nickt.

»Sie setzen sich dort drüben auf den bequemen Stuhl und werden dann von meiner Assistentin Rebecca ...«

Rebecca pufft ihm bei dem Wort »Assistentin« in die Seite.

Er verbessert sich: »Von meiner ... Rebecca befragt.«

Will und ich grinsen uns heimlich an.

»Von seiner Rebecca, ja?«, raunt er mir ins Ohr. Sein Dreitagebart kitzelt mich und verursacht das kleine Prickeln, das ich inzwischen schon sehr gut kenne. Mein Name bringt mich auf den Boden der Realität zurück.

»Millie wird dann das passende Manuskript für Sie heraussuchen. Sie müssen nichts bezahlen, dürfen aber für den wunderbaren und erhaltungswerten kleinen Verlag *Anderson & Jones* spenden, wenn Sie mögen.«

Der junge Mann lässt sich von Coren in die Befragungslounge bringen, die nichts weiter ist als eine gemütliche Nische mit Kissen und einem Ohrensessel, in dem der Kunde Platz nehmen darf.

Rebecca macht erst ein bisschen Small Talk mit ihm und stellt ihm dann einige Fragen. Mit dem Ergebnis kommt sie dann zu mir in die Besprechungskabine. Zweck der Kabine ist, dass der Kunde nicht hört, was Rebecca zu mir sagt.

»Also, der ist etwas gelangweilt von seinem Alltag und wünscht sich Abenteuer. Er hat eine humorvolle Seite, und sein Hund ist letzte Woche gestorben. Kannst du damit etwas anfangen?« Sie schaut mich aus großen Augen an.

Den Teil haben wir nie geübt, aber in meinem Kopf setzt sich ein Bild zusammen. Ich verlasse die Kabine und gehe die Regale mit den Manuskripten durch und bleibe an der Sortierung »skurril« stehen. Ich ziehe das richtige Manuskript heraus und reiche es dem jungen Mann.

»Es geht um zwei Eierbecher, die die Welt erobern wollen«, erkläre ich ihm und komme mir dabei etwas schräg vor. »Lesen Sie doch mal rein«, ich lege ihm das Buch auf den Schoß.

Er nimmt es, und drei Minuten später hört man aus dem Ohrensessel zufriedenes Gekicher. Bevor er den Laden verlässt, spendet er etwas in unsere Spardose, die wie ein großes Buch aussieht. Ein Stück aus Mr Andersons Sammlung.

Mrs Crane und ich schauen ihm nach, wie er mit dem Manuskript unter dem Arm die Straße heruntergeht.

»*Nichts geht je verloren, und nichts ist je ganz fort, es geht nur etwas weiter, wechselt nur den Ort*«, sagt Mrs Crane und schaut mich liebevoll an.

»Ist das aus *Mary Poppins*?«

Sie lächelt und nickt.

Es kommen noch ein paar Kunden heute, aber die meiste Zeit stehen wir alle zusammen, essen, trinken und reden über Bücher. Als es nach sechs ist, macht Mr Anderson den Laden zu und Musik an. Eine kleine Party beginnt.

Felix zupft mich am Ärmel. »Neue Schuhe, ja?«

»Ja.« Wir sehen uns an. Ich weiß, was er eigentlich gefragt hat.

»Macht er dich glücklich?«

»Siehst du das nicht?«

Er grinst und legt den Arm um mich.

»Sag jetzt nicht: ›Ich hab's dir doch gesagt‹«, warne ich ihn.

»Ich hab's dir doch gesagt.«

Ich kneife ihn in seinen Arm, und er nimmt es hin wie einen Ritterschlag.

»Habt ihr alle Manuskripte hier? Wirklich alle, auch die ganz, ganz schrägen?«, will Abbey von mir wissen.

»Fast alle«, sage ich, und mein Blick wandert zu Will. Sein Buch ist nicht hier im Laden. Es liegt sicher bei mir unter dem Bett. Und da bleibt es so lange, bis Will bereit ist, es mit anderen zu teilen.

David hält Abbey einen Teller hin, auf dem ein Scone liegt. Auf den Scone hat er kunstvoll Clotted Cream und rote Marmelade geschmiert, in Herzform.

Abbey strahlt. Sie beißt in den Scone und hält ihn dann David hin, damit er abbeißen kann. Er nimmt ihn und hält dabei ihre Hand fest. Als er abbeißt, ist es wie ein kleiner Kuss, der über einen gewöhnlichen Scone übermittelt wird.

Ich werfe Rebecca einen bedeutungsvollen Blick zu, aber die hat die kleine Szene überhaupt nicht beobachtet. Sie steht neben Coren und streitet sich gerade mit ihm darüber, ob man das Licht am Tisch aus- oder lieber anmachen sollte. Coren möchte es gerne ausmachen. Rebecca ist dagegen, weil man dann nicht mehr sieht, was man isst.

Will verdreht die Augen und zeigt auf die beiden.

Er will etwas sagen, aber ich lege meinen Zeigefinger auf seine Lippen, weil ich dem Gespräch der beiden folgen will. Sie stehen ein paar Meter entfernt von uns. Ich kann nur ein paar Wortfetzen verstehen.

»Nenn mir ... einen guten Grund, warum das Licht aus sein sollte?«, fordert Rebecca und stemmt die Hände in die Hüften.

»Damit ich dich besser ...«, sagt Coren.

Will neben mir hat eben so wenig wie ich das entscheidende Ende von Corens Satz gehört. Aber Rebecca lächelt, geht zum Lichtschalter und löscht jetzt das Licht. Sofort ergibt sich eine schummerige Partystimmung.

Mrs Crane dreht die Musik lauter.

Coren stellt sein Glas ab, macht zwei entschlossene Schritte auf Rebecca zu, umarmt sie und küsst sie vor uns allen. Rebecca lässt sich küssen, Tobi und Felix applaudieren, und Will nutzt den Moment, um mir auch einen Kuss zu geben. Als die Welt wieder vor mir auftaucht, läuft *Every breath you take* von The Police.

Coren und Rebecca tanzen eng umschlungen. Will singt mit. Er schnappt sich eine leere Sprudelflasche, in die er reinsingt. Abbey und David stehen schunkelnd zusammen, und auch Tobi und Felix tanzen jetzt zusammen.

Will singt mich an. Übermütig tanzt er um mich herum. Um uns herum haben sich lauter Paare gebildet. Der ganze Raum schwappt über, aber vielleicht ist das auch nur mein Herz, das übersprudelt vor Glück.

»Ich bleibe dabei, er schreibt besser, als er singt!«, sagt eine

Stimme an meinem Ohr. Mrs Crane geht lächelnd an mir vorbei und fordert Mr Anderson zum Tanzen auf.

Ich nehme meinem Sänger die Flasche weg und umarme ihn.

Er hebt mich hoch und dreht sich mit mir im Kreis. Alles fliegt an mir vorbei. Für eine Sekunde sehe ich mein Spiegelbild im dunklen Schaufenster. Große grüne Augen, die lachen.

Wir haben die Drachen gezähmt.

Erzähl mir von deinen Träumen und ich sage dir, wen du liebst

In einem kleinen Café in Amsterdam lernt Valerie den Holländer Ted kennen. Sofort haben die beiden eine besondere Verbindung. Statt sich mit Smalltalk aufzuhalten, erzählen sie sich von ihren Sehnsüchten: Ted träumt von den Bergen, Valerie liebt das Meer. Sie haben eine verrückte Idee. Wie wäre es, wenn sie sich in zehn Jahren wieder treffen, um zu sehen, ob ihre Träume wahr geworden sind? Und so hat Valerie ein Date in zehn Jahren. Während sie das amüsant findet, begreift Ted zu spät, dass er sich hoffnungslos in Valerie verliebt hat – und beginnt sie zu suchen. Er will nicht zehn Jahre auf seine große Liebe warten. Aber lässt sich die Zeit überlisten?

Judith Pinnow
Rendezvous in zehn Jahren
Roman

Klappenbroschur
Auch als E-Book erhältlich
www.ullstein.de

ullstein

Ein gebrochener Fuß, zwei gebrochene Herzen und eine Inselpension

Das Leben ist kurz, der Alltag grau. Vor allem wenn man Liebeskummer hat. Louise muss raus. Zusammen mit ihrer besten Freundin Anna reist sie nach Norderney zu ihrer Freundin Kim, die sich gerade den Fuß gebrochen hat und Hilfe braucht. Gleich am ersten Abend auf der Insel hat Louise bei viel Sekt und Pralinen einen Geistesblitz: Wäre das nicht die perfekte Geschäftsidee – eine Pension für alle mit gebrochenem Herzen? Schließlich hatte jeder schon mal Herzschmerz. Sogar der attraktive Bürgermeister, den Louise für das Projekt gewinnen muss. Doch das ist gar nicht so einfach …

Christin-Marie Below
Pension Herzschmerz
Roman

Klappenbroschur
Auch als E-Book erhältlich
www.ullstein.de

Die schönste Liebesgeschichte seit es Onlinedating gibt

Vor drei Jahren stand Marlene vor dem Nichts: Freund weg, Haus weg, Job weg. Seitdem hat sie aus einer Idee, die aus Verzweiflung und einer Menge Cocktails geboren wurde, ein eigenes Unternehmen gemacht: die Onlinedating-Agentur Wolke Sieben. Sie selbst will sich ganz sicher nie wieder verlieben. Lieber spielt sie für andere den Amor. Doch das Schicksal hat eigene Pläne: Der berühmte Sänger Basket, sein rüpelhafter Manager Bruno und ein Spontantrip nach Sardinien bringen Marlenes geordnetes Leben ganz schön durcheinander. Bald merkt sie, dass sie die Liebe nicht so einfach aus ihrem Herzen räumen kann, und vielleicht landet sie dieses Mal ja sogar selbst auf Wolke Sieben …

Franziska Jebens
Suche Platz auf Wolke Sieben
Roman

Klappenbroschur
Auch als E-Book erhältlich
www.ullstein.de

Verlieben? Wie geht das noch mal?

Frieda, Anfang fünfzig, alleinerziehende Mutter eines frisch ausgezogenen Sohnes und Mitbesitzerin von fünf gut gehenden Berliner Currywurstbuden hat ihr Leben eigentlich im Griff. Sie kann alles alleine, macht alles alleine, ist aber – leider – auch oft alleine. Verliebt hat sie sich seit ihrer Scheidung nicht, und einen Mann für aufregende Nächte hat sie auch lange nicht mehr getroffen. Ohnehin läuft es in Friedas Bett nicht gut: Sie schläft nicht mehr. Nachdem sie deshalb fast eine ihrer Currywurstbuden abfackelt, verordnet der Arzt Frieda eine Auszeit. Sechs Wochen Almhütte, Blumenwiesen, Bergluft, Gipfelglück und vor allem: himmlische Ruhe. Oben angekommen wartet jedoch eine Überraschung: Nicht nur Frieda hat die Hütte gemietet. Und ihr Mitbewohner wider Willen ist genauso nervtötend wie attraktiv ...

Silke Neumayer
Schmetterlinge im Bauch sind die gefährlichsten Tiere der Welt
Roman

Klappenbroschur
Auch als E-Book erhältlich
www.ullstein.de

Nur die Liebe ist kalorienfrei

Die Liebe prallt an Nele ab wie ein Flummi an einer Betonwand. Schuld daran ist ihr Gewicht – denkt Nele. Und meldet sich auf Sylt zu einer Fastenkur an. Die soll Körper und Seele angeblich auf Werkseinstellung resetten und dadurch ein vollkommen neues Lebensgefühl schaffen. Doch kann Verzicht wirklich Veränderung bewirken? Auf Sylt kommt alles anders als erwartet. Nele begreift: Perfekt aussehen muss man nur, wenn man sonst nichts kann. Ein turbulenter Smoothie aus Kalorien, Kulinarik, Chaos, Genuss und Leidenschaft...

Claudia Thesenfitz
Sylt oder Sahne
Ein Glücksroman

Taschenbuch
Auch als E-Book erhältlich
www.ullstein.de

ullstein